KB066267

극히 드문
개들만이

극히 드문
개들만이

이나경 소설집

아작

차
례

사랑하는 아내에게
이 책을 바칩니다.

냉장고에 코끼리
집어넣기

"궁금한 게 있어."

"뭔데?"

"냉장고에 코끼리 집어넣기 말이야."

"그거 유행 지난 지가 언젠데…. 첫째, 냉장고 문을 연다. 둘째, 코끼리를 넣는다. 셋째, 냉장고 문을 닫는다. 쉽잖아?"

"아니, 내가 궁금한 건 다른 거야."

"응?"

"코끼리를 도대체 왜 냉장고에 넣어야 해?"

"뭐?"

✳

선우는 별난 아이였다. 우리는 고등학교 3학년 때 처음 만났고 어쩌다 짝이 되어 친해졌다. 이따금 선우는 한 손으로 턱을 괸 채 온종일 무언가에 골몰하곤 했는데, 옆에서 보기에 아주 신경이 쓰였다. 그래서 물어보면 한다는 말이 코끼리를 왜 냉장고에 넣어야 하는지, 바위섬 노랫말에서 바위섬이 나를 왜 미워하는지 따위를 생각한다는 것이었다. 더욱 황당한 것은 그렇게 시시한 고민이나 하면서도 모의고사 성적은 나보다 좋았다는 사실이다.

한번은 선우가 자신의 '노력 대비 높은 성적'의 비결을 누설한 적이 있다. 그녀가 말하기를, 모든 질문은 결국 '왜'로 귀결된다고 했다. 요컨대 만물의 본질은 '왜'에 깃들어 있다나. 어린아이들도 본능적으로 그것을 알기 때문에 왜? 왜? 왜? 하고 꼬리에 꼬리를 무는 질문을 던진다는 것이다. 따라서 일단 이 '왜'에 대한 답만 구하면 나머지 답은 수월하게 찾을 수 있다고 했다. 만물이니 본질이니 하는 대목이 너무도 거창해 나는 감히 반박할 엄두를 내지 못했었다.

그래도 나는 선우가 좋았다. 수험을 앞두고 다들 정신없는 와중에 홀로 세사에 초연한 듯한 태도가 멋있어 보였다. 그녀에게 입시니 성적이니 하는 것들은 아주 하찮은 일이었고 진정으로 중요한 '왜'는 따로 있었다. 선우의 이야기에 가만히 귀 기울이노라면 나도 덩달아 내가 당면한 문제들이 한결 시시하게 여겨지곤 했다.

졸업하고 우리는 연락이 끊겼다. 내가 소홀한 탓은 아니었다. 선우가 사라져버린 것이었다. 언젠가 다른 친구에게서 소식을 전해 듣기로, 운영하던 사업체가 부도가 나는 바람에 선우 아버지가 옥상에서 투신해 스스로 목숨을 끊었다고 한다. 그런 뒤에 그 집 식구들은 도망치듯 이사를 했다. 그 뒤로 아무도 그녀를 본 사람이 없었다.

그런데 어제 선우에게서 전화가 온 것이다.

고등학교를 졸업한 지는 15년이나 됐고 그에 비하면 우리가 알고 지낸 시간은 아주 짧은데도 나는 대번에 목소리의 주인을 기억해냈다. 선우는 예전처럼 차분하게 내 안부를 물었다. 나도 마침 비번이었으므로 우리는 제법 길게 통화할 수 있었다.

염려했던 것과 달리 선우는 성공적인 삶을 살고 있었다. 유수의 대학을 나와 굴지의 직장에 취업해 초고속 승진에 결혼까지…. 실로 더할 나위 없는 이력이었다. 여전히 박봉에 싱글인 나로서는 그저 부러울 따름이었다. 그러나 이야기가 그녀의 지친 목소리와 어우러지면서 나는 부러움보다는 안타까움이 들었다. 나야 따분하고 비루한 일상에 그럭저럭 적응했지만 선우마저 무미건조하고 평범하게 살 줄은 몰랐으니까. 어떤 의미에서 선우의 삶은 대실패였다. 구름 위를 노닐던 몽상가가 척박한 현실로 추락한 것이다. 15년 전 그녀의 어깨에 가장의 짐이 지워지지 않았더라면 그녀의 삶은 지금과 달랐을까?

문득 나는 선우가 내게 전화한 이유가 궁금해졌다. 나를 잊지 않고 찾아 주었다는 사실은 물론 고맙고 반가웠지만 그렇다고 마냥 좋아할 일로 단정할 수만은 없었다. 내 직업을 알고 도움을 얻으려거나 예전의 관계를 들먹이며 보증이나 좀 서달라는 용건으로 걸려오는 전화가 종종 있었기 때문이었다. 그녀는 부담스러운 부탁은 일절 하지 않던 사람이었지만 과연 우리가 지금 서로에 대해 얼마나 알까? 더구나 통화 내내 선우의 목소리는 건조하다 못해 스산하기까지 했다. 생각이 그에 미치자 갑자기 경계심이 일었다.

"그런데 내 번호는 어떻게 알고 전화했어? 영수한테 들었니?"

수화기 너머에서 선우가 대답했다.

"어떻게 전화했느냐고? 그보다는 왜 전화했는지를 묻고 싶은 거 아니야?"

나는 본심을 들킨 기분이었으나 내색하지 않고 통화를 이어 갔다.

"그래, 그럼. 무슨 일이야? 혹시 뭐 부탁할 거라도…."

"예전에 그거, 기억나? 냉장고에 코끼리 집어넣기."

"어? 어, 그래…."

"냉장고 문을 열고, 코끼리를 넣고, 문을 닫는다, 였나."

"그거 말고 너는 코끼리를 왜 냉장고에 넣어야 하는지를 궁금해 했었잖아."

"기억하는구나."

"그런데 갑자기 그 얘기는 왜?"

"마침내 답을 알았거든."

"무슨 답?"

"왜 하필 냉장고인지."

"그걸 알려주려고 15년 만에 전화했다고? 야, 그건 너무 변태

같은데?"

"듣기 싫어?"

"아냐, 말해봐. 갑자기 나도 궁금하다."

"간단해. 코끼리가 죽었거든. 그냥 놔두면 상하잖아. 그럼 냄새도 나고."

"흠⋯."

"아무리 사고였어도 죽인 건 잘못이지? 그래서 냉장고에 숨기려 한 거야."

"아니, 그래서는 말이 안 돼. 애초에 숨길 작정이면 남한테 처리 방법을 물어보는 것부터가 난센스잖아?"

"맞아. 사실은 불쌍한 질문자가 누군가에게 그 일을 털어놓고 싶었던 거지."

"이런 얘길 진지하게 하는 것도 참 난센스다."

✳

난센스는 따로 있었다. 오늘 선우는 남편을 죽였다고 자백했다. 내가 직접 그녀의 손에 수갑을 채웠다. 오랜 기간 가정폭력에 시달렸다는 점이나 경찰에 자수했다는 점에서 참작의 여지가 있을지 모른다. 시신을 훼손하지 않았다면 더 좋았을 것이다. 그녀는 정말로 코끼리를 냉장고에 넣을 생각이었을까?

모든 걸 털어놓은 선우는 어쩐지 홀가분해 보였다.

*

　"기억나? '어떻게'가 아니라 '왜'의 답을 구해야 한다고 했었
잖아."

　"그래."

　"부디 너도 어떻게 사는지가 아니라 왜 사는지를 고민해라."

　"너는 그 답도 찾았니?"

　"아니…. 그건 아무리 생각해도 모르겠다."

극히 드문
개들만이

내가 처음 '옴니션트'에 관해 들은 것은 연초의 술자리에서
였다.

우리 동아리에서는 매년 초에(정확히는 1월의 두 번째 주말에)
선배고 후배고 할 것 없이 모여서 술을 마셨다. 누구든 신춘문
예에 당선되면 만나서 축하하자는 것이 최초의 취지였다고 하
나 그것은 내가 입학하기도 전의 이야기이고 지금은 당선작과
심사평을 헐뜯고 조롱할 뿐인 볼썽사나운 모임으로 변질된
지 오래다. 어차피 술을 마시기 위한 구실이니 아무려면 어떻
겠냐만.

하여간 그런 자리에서 나온 이야기였다.

"정말 들어본 적도 없어요?"

소개한 사람은 2년 후배인 윤이었다. 녀석은 도무지 글을 쓸

것처럼은 안 생겼고 실제로도 전혀 쓰지 않았다. 그런데도 동아리 활동은 누구 못지않게 열성적이었으므로 나는 녀석이 우리 중 누군가를 짝사랑하고 있지 않나 하고 의심하고 있었다. 윤이 누굴 좋아하든 아무래도 상관없지만, 멍청히 앉아서 게임 얘기나 들을 바에는 차라리 그런 쪽으로 관심이 기울어지는 것이었다.

"난 게임은 별로 흥미 없어서."

"하지만 이게요, 단순한 게임이 아니거든요!"

윤이 목소리를 높였다.

"등단 작가 중에 옴니션트로 소설 쓴다는 사람이 제가 아는 것만 다섯이에요. 이쯤 되면 이건 동아리 차원에서 구입해줘야 마땅하다는 거죠."

"소설을 쓰다니?"

"제 얘기 하나도 안 들었죠?"

"들었어. 그러니까 NASA 출신 아무개가 개발한 앰비셔스라는 게임이 불세출의 걸작인데…."

"옴니션트. 전지적이라는 뜻이에요. '전지적 시점'할 때 그 전지적."

"아, 옴니션트 잘 알지. 근데 그게 소설을 써준다고? 전지적 시점으로?"

"엄밀히 말하면 소설로 옮겨 쓰는 건 각자의 몫이지만… 백문이 불여일견이라니 그냥 사서 해봐요. 3만 원도 안 하는데."

"나 원. 그렇게 안일하게들 하니까 신춘문예가 이 지경이 된 거 아냐."

"와, 진짜 3만 원 때문에 신춘문예까지 욕하기예요?"

"얼마인지가 문제가 아니야. 소싯적에 오규원 시인이 '프란츠 카프카'라는 시에서 말하기를…."

그 순간 윤이 세라를 힐끔 쳐다보았다. 나는 똑똑히 보았다. 찰나의 우연이라기에는 충분히 노골적이고 음흉하며 질척거리기까지 한 시선을.

"아하."

"뭐가요?"

"뭐가?"

"아하, 라면서요."

"그게… 지금 막 뭔가 알았거든."

"그러니까 뭐를요?"

"넌 몰라도 돼."

"말 안 해줄 거면 게임이나 사요."

"알았어, 알았어. 앰비언트라고 했지?"

"옴니션트!"

윤은 과장된 몸짓으로 가방을 뒤지더니 내 손바닥에 유성 펜으로 '옴니션트'라고 적어주었다. 나는 간지럼을 못 참고 그만 폭소했다.

뭐, 그렇게 호언장담했건만 나는 사지 않았다. 그뿐만 아니라 그런 일이 있었다는 사실 자체를 잊고 지냈다. 계절이 바뀌고 바뀌어 마지막 학기가 시작됐을 때 나는 동아리방에 거의 올라가지 않게 되었다. 딱히 바쁜 건 아니었지만 그냥 좀 시들해졌달까, 취업의 벽을 실감하느라 주눅이 들었달까.

그런 시기에 윤에게서 연락이 왔다.

"어, 오랜만이다."

"누나! 누나!"

"살살 말해도 들려. 웬일이야?"

"옴니션트 안 샀죠?"

"옴니… 응, 아직."

"그럴 줄 알았어. 그거 추석 마지막 날까지만 무료니까 당장 사서 해봐요. 전화 끊자마자 링크 보낼 테니까. 알았죠?"

"야, 이게 그렇게까지 권할 일인가 싶다."

"우리 동아리에서 안 산 사람은 이제 누나밖에 없어요."

"그러고 보니 너 동아리 회장 됐다며! 회장이랍시고 회원들한테 게임이나 강매하고 다니는 거야?"

"무료라니깐, 무료."

"너도 참 징하다 징해."

"누가 징하다고요?"

풍문에 따르면 윤과 세라는 교제 두 달여 만에 깔끔하게 결별했다고 한다. 그런데 정작 탈퇴한 건 세라였다. 나는 윤이 왜 동아리에 남아 있는지 이해가 안 됐다.

22

＊

"게임의 목적이 뭐야? 뭘 해야 돼?"

"오오, 드디어!"

"방금 켰는데 화면에 지구가 나오더니 빙빙 돌기만 해."

"원래 처음에 세팅할 때는 좀 오래 걸려요. 그런데 그 전에 시대 고르는 거 있지 않았어요?"

"기준점이랑 시작점? 별생각 없이 둘 다 2020년대로 골랐는데… 잘못했나?"

"아뇨, 잘했어요. 기준점은 실제의 지구를 얼마나 반영할지 설정하는 거예요. 2020년대를 골랐으면 2025년까지의 지구를 반영하는 거고. 시작점은 말 그대로 플레이할 시작점."

"반영한다는 게 무슨 뜻이야?"

수화기 너머로 한숨 소리가 들렸다.

"예를 들어서 기준점으로 1600년대를 골랐다고 해봐요. 그럼 어쨌든 조선은 건국되었고 임진왜란도 발발했다는 얘기예요. 하지만 기준점 이후로는 독자적인 역사가 진행돼요. 일제강점기가 오지 않을 수도 있고, 예상보다 일찍 올 수도 있고."

"고생대를 고르면 아예 인류가 등장하지 않을 수도 있겠네?"

"1세기부터 시작이에요. 처음엔 100년 단위로만 고를 수 있는데 19세기부터 10년 단위로 세밀하게 설정할 수 있어요."

윤이 말했다.

"그런데 누나는 둘 다 2020년대를 골랐으니 지금 우리가 사는 지구랑 다른 점을 못 느낄 거예요. 통계상 이용자의 70퍼센트였나 80퍼센트였나가 2000년대 이후를 선택한대요. 아무래도 그게 리얼하니까."

"흠…. 그래서? 이제 뭘 하면 되는데?"

"일단 지구가 다 돌 때까지 기다려야 돼요. 저도 처음에는 로딩만 12시간쯤 걸렸어요."

"그렇게나 오래 걸려?"

"지구 나이 46억 년 따라잡는 데 12시간이면 선방한 거죠."

"1세기부터 시작이라며."

"뭐… 어쨌든 선방이잖아요. 하느님도 천지창조에 엿새나 걸렸는데."

"알았어. 그래서 이게 뭐하는 게임인데?"

"쉽게 말해 이제 누나는 평행우주의 신이 되는 거예요. 게임 내에서 일어나는 모든 일을 다 알 수 있어요. 그저 현상만 보는 게 아니고 사람들의 생각이나 심리 상태나 꿈 내용 같은 것도 전부 다요. 전혀 어렵지 않고 클릭이랑 드래그만 할 줄 알면 돼요. 그렇게 삼라만상을 다 꿴 채로 뭘 하느냐면… 어린 백성을 굽어살피는 거예요."

"어린 백성 누구?"

"아무나요. 이 사람들은 누나가 보든 말든 자기 의지대로 살아가고 있거든요. 그중에서 누굴 관찰할지는 누나가 정하는 거예요. 아이의 진짜 아빠가 누구인지, 노부부가 조개 요리에서 우연히 발견한 금목걸이가 10년 전에는 누구의 목에 걸려 있었는지, 절름발이 소년이 지갑을 훔친 것과 세계대전이 무슨 관계가 있는지 등등 이야기는 무궁무진하니깐."

"그것 말고는? 또 뭘 할 수 있어?"

"그냥 관찰하는 게 목적인 게임이에요."

"왜, 착한 사람한테는 상을 주고 나쁜 사람한테는 벌을 준다든지…."

"안 돼요. 유저는 게임 내에서 아무 영향력도 없어요."

"신이라며. 무슨 신이 그러냐."

"신은 원래 그래요. 누나는 신이 인간사에 개입하는 거 본 적 있어요?"

"어… 에… 음…."

나는 잠시 말문이 막혔으나 이내 화제를 돌렸다.

"그럼 엔딩은 어떻게 보는데? 레벨은 어떻게 올리고?"

"그런 건 없어요. 그냥 지켜보기만 하는 거예요. 남들은 어떻게 지내나, 무슨 재미난 일이라도 일어나나 하고요. 예전에 세라가 써온 단편 기억나요? 동물원에 온 네 사람 이야기."

"앗! 그게 여기서 보고 쓴 거야? 나 그거 괜찮게 읽었는데. 디테일이 좋았어."

"살짝 극적으로 각색하긴 했지만 옴니션트에서 힌트를 얻은 거예요. 이제 이해돼죠? 잘 몰라도 막상 해보면 금방 알 거예요."

"그런데 너는 고세라 얘기를 참 아무렇지도 않게 한다."

"응? 아무렇지 않게 안 하면 어떻게 해요?"

"그냥 그렇다고."

내 관할의 지구는 꼬박 하루를 돌아 다음 날 저녁 8시에 회전을 멈추었다.

나는 화면이 지시하는 대로 클릭하며 관찰할 범위를 좁혀갔다. 검색어를 입력해 추천 목록을 띄우는 방법도 있었으나 그러는 대신에 나는 더듬더듬 지구본을 훑으며 내가 사는 동네를 찾아보았다. 현실에서처럼 변두리 동네의 소방서 옆 두 번째 골목의 세 번째 모퉁이에 2층 주택이 나타난다면 거기엔 과연 누가 살고 있을지 궁금했다. 그 집에서도 나를 닮은 인간이 졸업을 앞두고 전전긍긍하고 있을까? 그 사람도 책상 앞에 앉아 컴퓨터 게임을 서투르게 조작하고 있을까? 그 게임에서 자기네 집을 찾고 있을까?

마침내 내가 소방서를 찾아냈을 때, 이어서 두 번째 골목을 찾아내고, 다시 세 번째 모퉁이에 위치한 붉은 지붕의 2층 주택을 찾아냈을 때, 머리로는 알면서도, 그러니까 2025년의 데이터를 반영한 지구라면 응당 이렇게 생긴 집이 화면에 나타날 줄 알았으면서도, 그야말로 속수무책으로 전율하고 말았다. 우리 집이었다.

나는 허벅지에 땀을 닦은 뒤 신중히 마우스를 움직였다. 기대감인지 두려움인지 모를 묘한 감정이 솟구쳐 심장이 쿵쾅거렸다. 심지어 창밖에서 누군가 내 방을 들여다보는 듯한 기분에 고개를 돌려보기도 했다. 창밖에는 물론 아무도 없었다. 아무도. 아마도.

다시 모니터로 시선을 돌린 나는 이내 안도했다.

우리 집 대문 옆에 엉뚱한 이름이 쓰인 명패가 달려 있었기 때문이었다. 난생처음 들어보는 이름이었다. 왠지 난처한 기분을 느끼며 마당에 들어서자마자 나는 현실 세계와의 차이점을 한 가지 더 발견했다. 평행우주의 우리 집 마당에 개가 있었다. 나도 한때는 무척 키우고 싶어 했던, 골든 리트리버 한 마리가 현관 앞에 웅크린 채 잠들어 있었다.

자연스럽게 나는 이 집에 사는 식구들을 관찰하기로 결정했다. 특히 저 늙은 골든 리트리버를.

＊

12년 전 식목일에 고등학생 유정인은 집에 강아지 한 마리를 몰래 들였다. 친구네 개가 새끼를 낳았다길래 반쯤 농담으로 한 마리 달라고 했다가 진짜로 얻은 것이었다. 부모님 허락을 받기는커녕 본인 스스로도 전혀 각오가 없던 터라 사양할 생각이었으나 막상 눈앞에서 꼬물거리는 강아지를 보자 도저히 돌려보낼 수 없었다.

그런데 정인이 모르는 사실이 있었다. 정인의 부모님은 신혼 초에, 즉 정인이 태어나기 전에 잠시간 개를 기른 적이 있었다. 초코라고 이름 붙인 갈색 푸들이었다. 그러나 초코는 뭘 잘못 먹은 탓인지 제때 접종하지 않은 탓인지 하여간 원인 모를* 고열

---

* 그러나 나는 그 원인을 알고 있다.

을 앓다가 사흘 만에 죽었다. 반년도 살지 못한 것이었다. 이후 부부는 절대로 개를 기르지 않겠다고 결심했다.

"드릴 말씀이 있는데요…."

정인이 말을 꺼낸 것은 금요일 저녁이었다. 식사 중에 아들이 안절부절못하는 걸 못 본 체했던 부부는 방에 들어갔던 정인이 쭈뼛거리며 나와 운을 떼자 내심 긴장했다. 정인이 본론을 꺼내기도 전에 그들의 상상은 최악을 향해 내달리고 있었다. 학교에서 따돌림을 당한다든지, 불량배에게 용돈을 갈취당했다든지, 또래 친구를 임신시켰다든지….

"강아지 키우고 싶어서요…. 허락만 해주시면 공부는 더 열심히 할게요."

부부는 서로의 얼굴을 쳐다보았다. 그들은 허탈감에 미소가 지어지려는 걸 억지로 참고 있었다.

"갑자기 웬 강아지 타령이야?"

"친구네 개가 새끼를 낳은 걸 받아왔어요."

"받아왔다고?"

"네. 잠깐만요!"

정인이 자기 방으로 뛰어가더니 잠시 후 강아지를 품에 넣은 채 달뜬 표정으로 조심조심 나왔다.

"그새 잠든 모양이에요. 얘 좀 보세요."

일찍이 부부는 동물을 기르지 않기로 결심했었다. 초코 때 워낙 상심했기에 그 결심을 무너뜨릴 일은 없을 줄 알았다. 그러나 노란 털 뭉치가 꼼지락대는 걸 보자 본심과 다른 말이 튀어

나왔다.

"밥은 줬니? 접종은 했고?"

어린 골든 리트리버는 그렇게 이 가족의 일원으로 받아들여졌다. 곧 이름도 갖게 되었다.

"보리야."

보리는 그게 자기를 부르는 소리임을 금세 깨우쳤다. 어디서 자기를 찾는 소리가 들릴라치면 꼬리부터 흔들어댔다. 영리한 아이였다.

어렸을 적에 녀석은 전신거울 앞에서 자기 모습을 유심히 바라보곤 했다. 온몸에 털이 무성하고 엉덩이 쪽에는 꼬리가 있으며, 주둥이가 길고 귀는 축 늘어진, 발 네 개를 모두 써서 걷는 자신을 보았다.

또한, 보리는 다른 식구들도 면밀히 관찰했다. 그들은 몸이 위로 길쭉했고 걷는 발과 먹는 발을 구분했으며 날마다 다른 모양의 헝겊을 뒤집어썼다. 꼬리가 없었고 주둥이가 있어야 할 곳은 밋밋해 전반적으로 초라하고 궁상맞아 보이는 외양이었다. 그들은 자기들끼리는 다른 식으로도 부르는 모양이지만 보리에게는 엄마, 아빠, 오빠로 자신들을 칭했다. 식구들은 생김새가 조금씩 달랐지만 어쨌든 한 무리처럼 느껴졌다. 반면 보리는 자신이 그들과 근본적으로 다른 존재라고 확신했다.

하지만 식구들은 보리가 자기네 무리와 다르다는 점을 전혀 개의치 않아 했으므로 보리도 그에 대해 신경 쓰지 않기로 했다.

보리의 몸집이 커짐에 따라 식구들은 마당에 새집을 장만해주었다. 그렇다고는 해도 집 안에 드나들 수 있게끔 현관을 조금씩 열어놓았으므로 보리는 내키는 대로 돌아다닐 수 있었다. 이 집에 살면서 보리는 행복했다.

오빠가 집을 떠난 건 보리가 세 살이 되던 해였다. 대학에서 기숙사 생활을 하게 되어 떠난 것이었으나 그런 사정을 보리는 알지 못했다. 다만 유난히 길고 진하게 포옹해주고 나간 오빠가 새 아침이 밝도록 돌아오지 않았다는 것만 알았다. 전에도 하루나 이틀쯤 집을 비운 적이 있긴 하지만 이번에는 영 느낌이 좋지 않았다. 아니나 다를까 며칠이 지나도 오빠는 돌아오지 않았다.

보리는 낮이면 대문 옆에서 오빠가 돌아오기를 기다렸고 밤이면 오빠의 방을 서성거렸다. 날이 갈수록 오빠의 냄새가 희미해지고 있는데 다른 식구들이 아무 일도 없는 듯 지내는 게 의아하고 못마땅했다.

한참이 지나 불쑥 오빠가 돌아왔다. 보리는 대문 밖의 발소리를 듣고 오빠라는 것을 알아차렸다. 오빠다! 오빠 냄새다! 보리가 세차게 꼬리를 흔들며 오빠의 주위를 빙글빙글 맴돌았다.

더운 날에 돌아온 오빠는 얼마간 머물다가 날이 선선해지자 다시 떠났다. 이번에도 보리를 유난스럽게 안아주었고, 그에 따라 보리도 어느 정도 이별을 각오했다. 전처럼 무방비가 아니었다. 이제는 기다리면 돌아올 거라는 믿음이 생겼다.

날이 추워지니 오빠가 다시 돌아왔다. 보리는 이번에도 대문에서부터 오빠를 반겼다. 짐을 한가득 가져온 오빠는 이번엔 추위가 채 가시기도 전에 떠났다. 떠나기 며칠 전부터 조짐이 있었다. 얼굴 위에 달린 털이 눈에 띄게 짧아졌고 웃음기도 덜했다.

떠나던 아침에 오빠는 보리를 끌어안고서 상냥한 음성으로 한참을 설명했다. 보리는 '보리'와 '오빠' 외에 '기다려', '착하게', '엄마 아빠랑' 같은 단어도 드문드문 알아들었다. 중요한 내용은 대체로 이해한 셈이었다. 여느 때처럼 부드러운 손길이 보리의 머리를 어루만졌다.

그것이 마지막이었다. 오빠는 영영 돌아오지 않았다.*

오빠가 죽었으며 따라서 기다려도 오지 않는다는 사실을 보리가 깨달은 것은 3년이 지나서였다. 이는 보리가 일곱 살 때의 가을로, 그날 보리는 아빠가 쓰러지는 것을 직접 목격했다. 보리는 그때 처음으로 죽음의 개념을 깨우쳤다.

쉰여섯 번째 생일을 한 달여 앞둔 '아빠' 유장환은 그날 아침에 눈을 떴을 때부터 이상을 느꼈다. 개천절이라 평소보다 늦게까지 잠을 잤는데도 개운하기는커녕 몸이 무겁게 느껴졌다. 침대에서 나올 적에는 송곳으로 찌르는 듯한 두통에 잠시 비틀거리기도 했다.

영양제 한 줌을 입에 털어 넣고 한 잔 가득 냉수를 들이켠 뒤 어슬렁대던 유장환은 아내와 맞닥뜨렸다. '엄마' 배은실은 교회에 가려고 구두를 신은 참이었다. 유장환이 시비조로 불평을 몇 마디 읊으니 아내는 진력을 내며 나갔다. 마당에 있던 보리가

* 훈련소에서는 유정인의 죽음을 자살로 발표했다. 정인의 부모를 포함해 대다수의 사람들은 이를 믿지 않았다.

유장환을 대신해 아내를 배웅했다.

유장환은 거실 창가에 놔둔 화분으로 눈을 돌렸다. 요사이 아빠의 최대 관심사는 난초였다. 아끼던 난이 며칠 전에 꽃을 피우기까지 했으니 그야말로 애지중지였다. 근래 바깥 공기가 부쩍 차가워졌는데 행여나 냉기가 스미어 잎이 상하지 않았을지 난엽을 슬쩍 건드려보기도 했다. 그렇게 한다고 뭘 알아낼 수 있는 건 아니지만.

통유리 너머로 보리가 고무공을 물어뜯으며 노는 게 보였다. 유장환은 화분을 닦는 틈틈이 보리를 내려다보았다. 녀석도 시선을 느꼈는지 이따금 고개를 들어 유장환을 쳐다보았다.

유장환은 재차 강한 두통을 느꼈다. 그 자신은 카페인 부족을 탓하며 대수롭지 않게 여겼으나 기실 그것은 그를 영원히 침몰시킬 뇌졸중의 전조였다.

유장환은 손가락으로 관자놀이를 꾹꾹 눌렀다. 그러다 문득 아들을 떠올렸다.

허무하게 아들을 잃은 탓에, 슬프기도 했지만 지난날에 그는 무엇보다 화를 많이 냈었다. 한동안 술도 많이 마셨고 그 바람에 아내와도 소원해졌다. 그런 세월이 쌓이다 보니 이제는 짜증이 나고 울화가 치밀 때면 도리어 아들 생각이 간절해졌다. 슬플 때는… 모르겠다. 오로지 슬프기만 했던 적이 있었던가.

유장환은 부정한 생각을 떨치려는 듯 몸을 일으켰다. 그러나 이내 중심을 잃고 쓰러졌다. 의식을 잃기 전에 그가 마지막으로 본 것은 아끼던 화분이 박살 나고 난초가 짓뭉개지는 풍경이었다.

우당탕 소리가 들리자 보리는 반사적으로 등을 곧추세웠다. 소리가 난 곳에는 아빠가 누워 있었다. 보리는 아빠에게 무언가 좋지 않은 일이 일어났음을 직감했다. 하여 계단 위로 잽싸게 달려간 것까지는 좋았으나 얄궂게도 현관문이 굳게 닫혀 있었다.* 뭉툭한 발로는 아무리 긁어도 꿈쩍하지 않았다. 컹컹! 보리가 다급히 아빠를 불렀다. 컹컹컹!

점심쯤 엄마가 돌아와 사태를 파악하고는 정신없이 대처했다. 요란한 소리와 함께 들이닥친 몇몇 무리가 아빠를 어디론가 실어 갔고 엄마도 그들을 뒤따라갔다.

한바탕 광풍이 휘몰아친 뒤 보리는 집에 홀로 남겨졌다.

시간이 더디 갔다. 노을이 지고 어둠이 내리도록 식구들은 돌아오지 않았다. 보리는 아빠의 마지막 모습을 기억했다. 단순히 발을 헛디뎌 넘어진 것과는 달랐다. 아빠가 있던 자리에는 아빠 모양을 한 껍데기가 축 늘어져 있을 뿐이었다. 그 속을 채우고 있던 알맹이는 사라지고 없었다.

아빠가 떠난 것이다.

불현듯 아빠를 다시 보지 못하리라는 예감이 보리의 뇌리를 강타했다. 아니나 다를까 엄마는 이튿날 점심에 헝클어진 몰골로 혼자 돌아왔다. 엄마는 보리의 밥을 챙겨주는 것도 잊고 방에 틀어박혀 나오지 않았다. 보리는 엄마가 흐느끼는 소리를 들

---

* 이는 유장환의 실책이었다. 최근 유장환은 보리가 난초를 망칠 것을 우려해 현관을 잠가놓곤 했다.

었다. 보리의 눈가도 덩달아 촉촉해졌다.

이후로는 단조로운 나날의 연속이었다.

배은실과 보리는 넓은 집에 둘만 있는 게 더는 어색하거나 쓸쓸하지 않았다. 다만 배은실이 낮 동안 교회에 나가고 장을 보며 문화센터를 다니는 등 집을 비우는 때가 잦은 반면 보리는 배은실이 산책을 데려갈 때나 드물게 바깥 구경을 하곤 했다.

한때 보리는 혼자서도 잘 노는 아이였으나 이제는 노는 것도 귀찮아져 햇볕에 데워진 돌바닥에 배를 깔고 엎드려 하릴없이 눈알만 굴리는 시간이 늘었다. 그러고 있노라면 줄무늬 고양이가 담장을 타고 넘어오거나 참새가 마당에 내려앉거나 하며 심심치 않게 해주었다. 설령 손님이 없더라도 외롭거나 쓸쓸하지 않았다.

날이 어두워지면 엄마는 곧 돌아왔다. 이 집에 둘만 남은 이래로 이를 어긴 적은 한 차례도 없었다.

어느덧 배은실은 쉰일곱 살이 되었고 보리는 열세 살이 되었다. 둘은, 둘이기에, 오래오래 행복하게 살았다.

그렇게 끝나는 이야기일 거라고 생각했다.

＊

누군가의 12년간의 삶을 훔쳐보는 동안 내 시간은 한 달이 훌쩍 넘게 흘렀다. 그렇다고 내내 모니터만 들여다본 건 아니었다. 취업지원센터에서 채용 정보를 모았고 자기소개서를 끝없이 수정했고 여기저기 서류를 제출했다. 서너 번 정도 면접관 앞에 서기도 했다. 비슷한 처지의 친구들과 차도 마시고 술도 마셨다. 새벽에 잠들어 점심에 깨는 날이 많아졌다. 시간이 갈수록 초조해졌다. 그래야 마땅했다.

마지막 학기가 그렇게 저물었다.

연말부터 나는 옴니션트를 하는 시간을 대폭 줄였다. 가상의 평화로운 노년을 지켜보는 일이 내게 위안이 되기보다는 고역으로 느껴졌기 때문이었다. 급기야 새해가 되어서는 실행조차 하지 않게 되었다.

올해 새해 모임은 윤의 송별회이기도 했다. 보름 뒤에 동기 몇 명과 함께 입대한다고 했다. 나는 반쯤 강제로 모임에 불려 나갔다. 겨우 몇 시간 지각했을 뿐인데 졸업생과 재학생과 기타 등등이 이미 거나하게 취해 있었다.

"이번에 소설 안 냈어요?"

윤이 나를 보자마자 다짜고짜 물었다. 그는 얼굴이 벌겠지만 혀가 꼬일 만큼 취하지는 않았다.

"쓰지도 않았어."

"어, 옴니션트 하는 거 아니었어요?"

"내가 본 얘기가 소설로 쓸 만한 건 아니더라고."

"무슨 얘기였길래…."

"훈련소에서 죽은 남자 얘기. 너도 조심해. 세상에 그런 개죽음이 없더라."

"갑자기 저한테 왜 이러시는…."

"무사히 다녀오라는 얘기야."

보름 뒤 윤은 입대했다. 취업 문턱을 넘지 못한 나는 궁여지책으로 졸업 유예를 선택했다.

이후로도 내 생활은 별반 달라지지 않았다. 졸업 유예란 말 그대로 유예일 뿐이어서 백수가 되기까지 기껏해야 한두 학기쯤 늦춘 것에 불과했다. 서글픈 와중에도 나는 스펙을 쌓고자 동분서주했다.

내가 옴니션트에 다시 관심을 갖기까지 계절이 두 번 바뀌었다.

여름밤 토익 학원에서 돌아오던 버스 맨 뒷좌석에서 나는 배은실과 보리의 안부가 갑자기 궁금해졌다. 가끔 그렇게 그들이 보고 싶을 때가 있었지만 그날은 유난히 그게 심했다. 모처럼 메일함을 정리하던 중에 눈에 띄는 메일이 있었던 탓이었다.

제목부터 심금을 울렸다.

'보리 님이 기다리고 있어요'

보리, 양순한 반려견. 나는 강렬한 그리움을 느끼며 홀린 듯이 메일을 열어보았다. 물론 보리가 보낸 건 아니었다. 거기에는 나의 부재를 걱정하는 길고 의례적인 문구와 함께 '지난 60일 동안'이라고 쓰인, 옴니션트의 모바일 홈페이지로 연결되는 링크가 있었다.

링크를 따라가 로그인하니 영상 두 개가 내 계정에 등록돼 있었다. 내가 설정한 인물들의 최근 두 달간의 행적을 녹화한 것이었다. 그러고 보니 윤이 해준 설명이 기억났다.

"일단 게임을 시작하면 기준점을 리셋하지 않는 한 중단할 수 없어요. 세계 일주를 떠난다든지, 군에 입대한다든지, 감옥에 갇힌다든지… 아무튼 도저히 컴퓨터 앞에 앉을 수 없게 돼도 그러거나 말거나 게임 속 시간은 계속 흐른단 얘기예요."

기본적으로 미접속 시 게임에서 흐르는 시간은 실제 시간보다 열 배인지 열두 배인지가 빠르다고 했다. 그러면서 윤은 덧붙였었다.

"실제 플레이와 별개로 60일 치의 영상이 계정에 자동으로 저장돼요. 말하자면 블랙박스 같은 건데요, 단순한 동영상이라서 실제 게임을 조작하듯이 화면 각도를 바꾸거나 생각을 확인하는 건 안 돼요. 휴대폰으로 보는 것만도 감지덕지해야죠."

"바쁘면 안 하는 거지 뭘 감지덕지씩이나 하면서…."

그렇게 콧방귀를 뀌었건만 그날 나는 자투리 시간에 그들을 만날 수 있다는 데 그야말로 감지덕지하고 말았으니, 이 사실을 윤이 알았으면 지탄을 면치 못했을 것이다.

영상은 배은실과 보리를 각각 관찰한 것이었다. 일찍이 나는 이 집 식구들을 모두 관심 인물로 지정했었다. 두 남자가 살아 있었다면 그들을 관찰한 영상도 존재했을 것이다.

집까지는 아직 열 정류장쯤 더 가야 했으므로 고민할 것 없이 보리의 영상을 재생했다.

날이 밝자 현관 앞에 웅크린 보리 모습이 나타났다. 그 자세로 꼼짝하지 않고 시간을 보내던 보리는 점심 무렵에 배은실이 외출할 때만 잠깐 주둥이를 쳐들었을 뿐 다시 무기력하게 시간을 보냈다. 그렇게 날이 저물었다.

날이 밝았다. 보리가 현관 앞에 웅크려 있었다. 그대로 가만히 시간을 보내던 보리는 그림자가 짧아질 즈음 배은실이 집을 나설 때 잠깐 주둥이를 쳐들어 관심을 보였다. 그런 뒤에 다시 원래대로 잠을 청했다. 그렇게 날이 어두워졌다.

날이 밝았다. 보리는 웅크려 있었다. 현관 앞이었다. 배은실이 현관을 나와 대문으로 나갈 동안만 짧게 생기를 보였고 나머지 시간에는 만사 의욕 없는 모습으로 늘어져 있었다. 이윽고 주위가 캄캄해졌다. 하루가 또 저문 것이다.

"뭐야…."

60일 내내 그런 식이었다. 보리의 생활은 내가 예상한 것보다 훨씬 더 단순해져 있었다. 일상이 너무나 비슷해 숫제 하루가 반복되고 있다는 착각이 들 정도였다. 버스는 어느새 소방서 앞 정류장에 도착했다. 나는 골목을 걸으며 생각했다. 이제 보리는 노쇠한 거야. 어쩌면 병을 앓고 있는지도 모르지.

대문을 들어서다가 나는 영상에서 느낀 위화감의 정체를 깨달았다. 매일 점심마다 외출했던 배은실이 다시 이 대문을 통과해 들어오는 걸 한 번도 보지 못했던 것이다. 돌아온 적이 없는데 어떻게 다음 날 버젓이 외출했을까? 더구나 전날 입었던 것과 똑같은 차림으로 말이다.

*

"엄마 금방 나갔다 올게. 집 잘 지키고 있어."

보리가 눈을 떴다.

엄마는 어제와 똑같은 차림이었다. 즉 오늘도 어제와 같은 날이라는 뜻이었다.

오래전부터 보리는 하루가 반복되고 있다는 사실을 알고 있었다. 왜 그런지는 몰랐다. 다만 분명한 것은 보리가 눈치채기 훨씬 전부터 하루가 반복되었으며 눈치채고 나서도 여전히 되풀이되고 있다는 것뿐이었다.

이번을 감지한 계기는 단순했다. 무심코 쳐다본 밥그릇 때문이었다. 기억하기로는 전날 밤에 밥그릇을 싹싹 비웠는데 아침에 눈을 뜨니 다시 사료가 채워져 있었다. 물론 곯아떨어져 있느라 엄마가 밥 주는 걸 못 봤을 수도 있었다. 전에도 종종 그랬던 적이 있었으니 심각하게 받아들일 필요가 없는지도 몰랐다.

실제로 보리는 전혀 대수롭지 않게 여겼다. 사실 보리는 이런 일들에 더는 관심을 기울이지 않게 된 지 오래였다. 주변 일들에 일일이 신경을 쓰고 살기에는 너무 늙어버렸다. 이제 보리의 일과란 그저 따사로운 데서 명상에 잠겨 있는 게 전부였다. 따라서 밥그릇 따위는 눈여겨보지도 않았다. 어쩌다 밥그릇에 눈길이 닿았어도, 엄마가 밥 주러 나온 줄도 몰랐네, 하고 스치듯 생각했을 뿐.

하지만 다음 날에도 사료가 보충돼 있는 걸 봤을 때 보리는

'엄마가 밥 주러 나온 줄도 몰랐네' 하고 가벼이 넘길 수 없었다. 그러는 대신 '어째서 밥이 있지?' 하고 의문을 품었다.

어째서 밥이 있지?

이로써 보리의 정신은 세속으로 즉각 소환되었다. 의심이 한 번 싹을 틔우니 그다음부터는 눈에 보이는 모든 풍경이 수상쩍게 느껴졌다.

엄마가 집을 나서자 잠시 후에 빈집에서 전화벨이 울렸고, 빙빙 맴돌던 잠자리가 날개를 펴고 층계참에 내려앉으면 곧 바깥 골목으로 요란한 차가 지나쳐 갔다. 동시에 고약한 냄새와 함께 하얀 연기가 마당으로 틈입했다. 그림자가 길어질 무렵에는 목청껏 누군가를 부르는 소년의 고함 소리가 들렸으며, 비슷한 시기에 멀리 흉측한 경적 소리도 들렸다. 휘파람 음률과 경쾌한 구둣발 소리가 담장 가까이 다가왔다가 이내 멀어졌다. 어둠이 세상을 뒤덮으면 벌레들이 분주해졌다. 소리가 낮게 깔렸고 냄새는 진해졌다. 스산한 바람이 축축한 흙냄새를 실어왔다.

새로운 건 하나도 없었다. 모두 익히 아는 것들이었다. 정확히 말하면 하루 전에 고스란히 겪은 일들이었다. 되풀이되는 풍경을 몇 날 며칠 동안 거듭 확인하고서야 보리는 신중히 결론을 내렸다. 하루가 반복되고 있다!

그러나 그러한 사실을 깨달았다고 해서 뭐가 달라지는 건 아니었다. 살면서 처음 있는 일인지라 퍽 기묘하긴 했으나 그냥 그뿐이었다. 보리는 무덤덤하게 받아들였다. 시간을 거슬러가기 전에도 이미 보리는 비슷한 일과를 답습하고 있었으니까. 오래전부터 하루를 반복하고 있었으니까.

보리는 다시 현관 앞에 웅크린 채로 생각에 잠겼다. 많은 개가 그러하듯 보리에게도 오래된 의문이 있었다.

나는 왜 사는 걸까?

아빠가 거죽만 남기고 사라진 사건은 크나큰 충격이었다. 이후 보리는 줄곧 죽음을 의식했다.

왜 죽는가?

길고 긴 사색의 결과 보리는 스스로 답을 내렸다. 죽는 것은 태어났기 때문이다. 죽음이 끝이라면 그 시작은 탄생일 것이다. 탄생이 원인이고 죽음은 결과이다. 모든 존재는 죽기 위해 태어나는 것이다. 적어도 보리가 본 바로는 그랬다.

이해가 안 되는 것은 그 중간이었다.

일단 태어난 다음에는 그저 죽음을 기다리기만 할 뿐인가? 딱히 별일 없으면 지금 당장 목숨을 끊어도 되지 않나? 도대체 다들 왜 살고 있는 거지? 무언가 이루어야 하나? 각자 맡은 역할이라도 있는 걸까? 그렇다면 내 역할은 뭐지?

나는 왜 사는가?

보리는 죽음에 대해 골몰한 나머지 생의 목적을 묻기에 이르렀다. 일찍이 많은 반려견들이 이 질문을 던지는 데까지는 도달했다.* 그러나 극히 드문 수의 개들만이 이에 대한 답을 얻었다.

보리도 그중 하나였다.

---

* 반면, 야생의 개들은 먹고사는 문제가 더 시급했다.

우연한 기회에 보리에게 터무니없이 많은 시간이 주어졌다. 하루를 살면 하루 치의 시간이 되감겼다. 고장난 레코드처럼 시간은 같은 자리를 뱅글뱅글 맴돌았다. 이전까지 열두 해를 살았고 덤으로 열두 해쯤 더 살았다.* 하지만 보리는 열세 살에서 조금도 노화하지 않았다.

이렇듯 불멸의 생을 누리게 되었건만 그런데도 보리는 불멸보다 필멸을 믿는 편이었다. 언젠가는 껍데기만 남기고 사라질 거라는 확신이 있었다. 따라서 보리는 생각하기를 멈추지 않았다. 기존의 의문에 대한 답을 찾으려 애썼다. 도대체 나는 왜 살지? 무엇 때문에?

오랜 묵상에 잠겼던 보리는 마침내 답을 내렸다.

삶이란 우연에 불과하고 목적도 의미도 없다. 다들 그 사실을 인정하기 싫어 일말의 목적이나 의미를 구하려는 것이다. 그러나 제아무리 목적과 의미를 부여한들 그것은 거짓된 것이며 죽음에 이르는 동안 고통만 더해질 따름이다. 즉 이미 죽은 자들을 가련히 여길 게 아니라 아직 죽지 못한 우리 자신을 가련히 여겨야 마땅하다.

위와 같은 깨달음을 얻은 밤에 보리는 스스로 머리를 계단에 짓찧음으로써 지난했던 삶을 끝장냈다. 그 어느 때보다 확신에 찬 행동이었다. 뜨거운 피가 흐르고 의식이 몽롱해지는 동안 무언가 놓치고 있다는 기분이 들었으나 그것은 착각이었다.

---

* 나중에 계산해본바 보리는 같은 하루를 정확히 5,766일간 반복했다.

"엄마 금방 나갔다 올게. 집 잘 지키고 있어."

보리가 눈을 떴다.

엄마가 코앞에서 환영처럼 어룽거렸다. 엄마는 어제와 똑같은 차림이었다.

죽지 못한 것이다.

아니다. 보리는 확실히 죽었다. 알맹이가 빠져나가는 감각이 아직도 생생했다. 하지만 시간이 되감기는 바람에 죽기 전으로 되돌아온 것이었다.

이어서 보리는 몇 번을 더 자해했고 그럴 때마다 멀쩡한, 그러니까 여전히 늙고 쇠약한 몸으로 부활했다. 이런 식이라면 결코 죽을 수 없었다. 그렇다고 사는 것도 아니었다. 삶과 죽음 사이의 어느 흐릿한 점에 갇혀버렸다.

어째서 밥이 있지?

보리는 말도 안 된다고 생각했다. 엄마는 지난밤에 안 들어왔는데 어떻게 여기 밥이 있을 수 있어?

"엄마 금방 나갔다 올게. 집 잘 지키고 있어."

엄마의 뒷모습을 보며 보리는 처음으로 올바른 질문을 던졌다.

엄마는 왜 돌아오지 않지?

전에는 날이 어두워지면 엄마가 곧 돌아왔다. 이 집에 둘만 남은 이래로 이를 어긴 적은 한 번도 없었다. 그런데 이번엔 돌아오지 않았다. 보리는 그리운 얼굴들을 떠올렸다. 오빠도 아빠도 모두 떠나서 돌아오지 않았다. 이제 엄마 차례가 된 것이다.

엄마한테 무슨 일이 생겼나?

그것은 단순한 의문이었으나 오랜 고민을 타개할 궁극의 답이기도 했다.

✳

모르는 번호로 전화가 왔길래 받아보니 윤이었다. 나흘짜리 포상휴가를 나왔다고 했다. 내가 밥을 사기로 하고 동아리 후배를 몇 명 더 데려가는 거로 약속을 잡았는데 어쩌다 보니 둘이서만 보게 되었다.

윤을 보자마자 나는 바짝 깎은 머리를 놀리긴 했지만 사실 별로 어색해 보이지 않았다. 어색해진 것은 따로 있었다. 인상이 조금 날카로워졌고 말투도 왠지 낯설었다. 대화하는 중에도 윤은 주위를 곁눈질하며 경계를 늦추지 않았다.

"취업한 줄 알았으면 더 비싼 데로 가자고 할 걸 그랬어요."

"그럼 넌 내가 백수라고 생각하면서도 밥 사달라고 전화한 거야?"

"그나저나 남자친구 생겼다면서요?"

"말 돌리긴. 반년 됐어."

"반년이면… 설마 사내 커플?"

"아냐. 초등학교 동창인데 여차여차해서 만난 거야."

"제일 궁금한 부분을 여차여차라고 하면 어떡해요."

"진짜 별거 없어. 그보다 너는 어때? 이제 1년 남았지? 시간 참 빠르다."

"그런 말 마요. 시간 안 가서 죽겠구만."

"아."

불현듯 얘깃거리가 떠올랐다.

"시간 얘기하니까 생각났다. 그 게임 말이야. 작년에 얼마간 방치했었거든. 한 반년쯤 쉬었나? 그러다 오래간만에 다시 해봤는데 이게 좀 이상해졌더라. 게임 속에서 하루가 계속 반복돼. 원래 안 하면 그렇게 되는 거야?"

"아뇨, 그런 얘기는 처음 들어보는데…. 지금도 그래요?"

"몰라. 그때 한번 실행했다가 괜히 소름 끼쳐서 다시 안 켜봤어. 그 뒤로 녹화 영상을 두어 번 보긴 했는데 계속 같은 날이더라고. 무슨 저주받은 영상 보는 줄 알았어."

"별일이네요."

윤도 이에 대해 아는 게 없는 듯했으므로 그 대화는 그걸로 끝났다.

그것 말고도 할 얘기는 많았다. 우리는 지칠 때까지 수다를 떨었다. 윤은 나보다 동아리 근황을 훨씬 잘 알고 있었다. 선후배들의 온갖 소식을 전하던 그는 갑자기 제풀에 진지해져서는 전역 후에도 동아리 활동을 계속할지 모르겠다고 선언했다. 그래도 소설은 한 편 써볼 생각이라고 덧붙이면서.

"제 옴니션트에서 지금 어마어마한 이야기가 진행 중이거든요."

"무슨 얘긴데?"

"초등학교 동창이랑 여차여차해서 만나는 얘기."

"볼 것도 없이 해피엔딩이네."

"방금 그건 농담이고…. 누나는 혹시 현실의 인물을 게임 속에서 찾았다면 믿겠어요?"

"누구? 나?"

"아니요. 다른 사람."

"다른 사람 누구?"

"음, 다 쓰면 보여드릴게요."

"미리 말해두지만 나는 까다로운 독자야."

우리는 시침이 10을 가리키기 전에 헤어졌다. 윤은 이제 곧 취침 시간이라며 연신 하품을 해댔다.

그래놓고는 자정이 지나 내게 전화했다. 화장을 지우고 침대에 막 누우려는 참이었다.

"누나! 누나!"

"이거 잠꼬대하는 거면 죽일 거야."

"누나네 컴퓨터, 윈도우 버전이 몇이에요?"

"어… 몰라. 산 이후로 쭉 쓰고 있어."

"언제 샀는데요?"

"나 초등학교 4학년 때."

"으아, 그럼 10년도 넘었잖아! 검색해봤더니 이게 윈도우 12 이전 버전에서는 버그가 있을 수 있대요. 그 버그가 뭐냐면…."

"다음 날로 안 넘어가는 거?"

"그런데 이건 패치만 깔면 해결된대요. 홈페이지 자료실에 있을 거예요."

"오, 찾아볼게."

물론 곧바로 그러겠다는 얘기는 아니었다. 나는 전화를 끊고 눈가리개를 한 뒤 잠을 청했다. 그 일이 있고부터 일주일이 지났을 때 패치 생각이 났고, 다시 사흘이 지나서야 홈페이지 자료실을 뒤져보려는 의욕도 생겼다. 결국 열흘 만에 패치를 깔 준비를 마친 것이었다.

결론부터 말하면 내가 패치 적용에 성공하기까지는 그로부터 4년 하고도 6개월가량이 더 필요했다. 결코 게을러서가 아니었다. 반대로 아주 성실히 사수한 시간이었다.

4년 6개월의 첫 번째 날에, 즉 패치를 깔기로 마음먹은 날에 나는 귀갓길 버스에서 옴니션트에 접속했다. 별다른 기대 없이, 그저 마지막으로 녹화 영상을 확인해볼 셈이었다. 그런데 영상을 재생하고 얼마 지나지 않아 믿기지 않는 장면이 펼쳐졌다. 보리가 집 밖을 홀로 배회하고 있었던 것이다. 항상 무기력하게 엎드려 지내던 보리가.

나는 허둥지둥 날짜를 확인했다. 게임 속 하루는 여전히 반복되고 있었다. 유독 보리만이 정해진 일과를 무시하는 것이었다. 휴대폰 화면에서 노쇠한 골든 리트리버는 예순 번의 하루를 다 다르게 보냈다. 도대체 어떻게? 새로운 버그일까?

나는 보리가 배은실에게 들키지 않도록 먼발치에서 배은실을 미행하고 있다는 것을 알았다. 하지만 배은실은 집을 나와 지하철에 탑승했고 보리의 미행은 모조리 실패로 귀결되었다. 그래도 보리는 포기하지 않았다. 시행착오를 끝없이 되풀이하며 배은실의 행방을 찾으려 했다.

이렇듯 보리가 늙은 몸을 이끌고 필사적으로 뛰어다니는 데에는 확고부동한 목적이 있었다. 배은실의 목숨을 구하려는 것이었다.

보리가 어떻게 알았는지 몰라도 배은실은 그날 죽을 운명이었다. 하루가 반복되는 것도 그 때문이었다. 윤은 옴니션트의 버그가 관심 인물이 사망하는 날에 발동된다고 했다.

나는 보리가 소명을 다할 때까지 패치를 까는 것을 미루기로 했다. 이대로 패치를 적용한다면 보리는 엄마가 없는 내일을 맞이할 터, 보리가 불의의 사고로부터 엄마를 구했을 때 그 보상으로 내일을 선사하고 싶었다. 무능한 신으로서 해줄 수 있는 게 기껏해야 그 정도뿐이었다.

나는 게임 진행 속도를 기존의 10배속에서 1배속으로 조정했다. 즉 현실과 동일하게 시간이 흐르도록 설정했다. 배은실이 무사히 돌아와도 하루가 리셋되어 보리의 노력이 허사가 되지 않도록, 보리가 배은실을 구하는 게 답이 아니었다고 생각하지 않도록, 매일 자정 전에 녹화 영상을 확인했다.

그러나 보리가 임무를 완수하기까지 1,282일이나 걸릴 줄 누가 알았을까.

10배속이었으면 반년도 안 걸렸을 테지만, 보리가 고군분투하는 사이에 나는 직장을 옮겼고 새로운 연애를 시작했고 여차여차해서 결혼까지 해버렸다. 이듬해에는 아이도 낳았다. 앙증맞은 요크셔테리어도 한 마리 입양했다. 강아지에게는 싸리라고 이름 붙였다.

한편, 보리는 사람들에게 아무 위협도 되지 않았으나 사람들은 보리에게 충분히 위협적이었다. 주인 없는 개가 단독으로 시내를 돌아다니는 것에는 상당한 제약이 따랐다. 보리는 안전한 경로를 익히며 조금씩 배은실과 가까워졌다. 보리 자신의 역량으로 배은실에게 다가간 건 아니었고, 정확히는 용무를 마치고 돌아온 배은실이 오후 내내 동네를 서성이던 보리의 눈에 띈 것이었다.

어쨌든 보리는 적절한 때에 적절한 곳에서 배은실을 발견했다. 그게 대략 1,100일째였다. 이때 나는 식구들이 깰 정도로 환호했다.

그러자마자, 환호가 무색하게도 태권도장의 노란색 승합차가 흉측한 경적 소리를 내더니* 배은실을 들이받았다. 미처 돌아볼 새도 없이 습격을 당한 엄마는 서늘한 포물선을 그리며 허공을 날았다. 보리는 그러한 광경을 180번이나 지켜보았다. 엄마를 구하려는 180번의 시도가 모두 실패했다.

그래도 결국엔 성공했다.

성공하던 날 나는 윤에게 전화를 걸었다.

"성공했어! 보리가 성공했어!"

윤이 물었다.

"우리 딸? 보리 아직도 안 자?"

"뭔 소리야! 보리가 드디어 배은실을 살렸다고!"

---

* 보리가 마당에서 줄곧 들어왔던 바로 그 경적 소리였다.

*

"엄마 금방 나갔다 올게. 집 잘 지키고 있어."

문이 닫히고 엄마의 발소리가 모퉁이를 돌아 멀어졌다. 이어서 행인 하나가 지나갔다.

골목이 안전해질 때까지 기다렸다가 보리는 현관 계단에서 담장을 향해 힘껏 뛰었다. 가뿐히 뛰어넘으면 좋았으련만 늘 조금씩 힘이 모자랐다. 담에 매달린 채로 뒷발을 한참 버둥거려야 겨우 넘을 수 있었다. 그래도 이제는 착지하는 데 요령이 생겨 절룩거리지 않게 되었다.

착지에 성공해서도 안심하기엔 일렀다. 보리는 납작 몸을 숙여 주차된 승용차 옆에 붙었다. 잠시 후 남자 두 명이 보리가 은신한 곁을 지나갔다. 뒤이어 자전거도 미끄러지듯 지나쳤다. 예전에 저 자전거 때문에 고생한 걸 떠올리면 몸서리가 쳐졌다.

자, 다시 이동할 때가 됐다. 멍하니 있다간 차 주인이 차를 옮기러 올 테니까.

보리는 노련한 솜씨로 누구의 눈에도 띄지 않고 무사히 의류 수거함에 도달했다. 오랜 시간 이곳은 보리에게 안식처가 되어 주었다. 간혹 지나치는 사람들은 보리에게 눈길을 주지 않았으며, 무엇보다 소독차의 경로에서 벗어나 있는 점이 좋았다. 보리는 여기 웅크린 채로 얼마간 숨을 골랐다.

그렇다고 방심은 금물이었다. 소독차가 떠난 뒤 들리는 일곱 번째 발소리의 주인은 피해야 했다. 그자는 지팡이를 휘두르며 보리를 위협했다. 보리는 타이밍을 재다가 다시 이동했다.

그렇게 빌라 주차장과 학교 운동장과 아파트 화단 등등 인적이 드문 곳을 전전하니 어느새 해가 기울기 시작했다.

쓰레기봉투를 뒤지던 생쥐가 보리의 기척에 화들짝 놀라 달아났다. 이를 신호로 보리는 사거리를 향해 전속력으로 달렸다. 그보다 앞선 신호에 움직이면 사거리에 도착하기도 전에 사람들에게 가로막혔고, 그보다 뒤의 신호를 보고 움직이면… 너무 늦었다.

생쥐 신호도 완벽한 건 아니어서, 아무리 힘껏 달려도 제때 도착할 수 없었다. 엄마가 횡단보도를 건너다 변을 당할 때 보리는 그 맞은편에 있었다. 몸을 던져 엄마를 감싸려 해도 꼭 몇 걸음이 모자랐다. 즉 엄마의 임종을 지켜보는 것이 고작이었다.

그날 보리가 엄마를 구한 건 순전히 우연이었다.

사거리에 도달하기 전 언덕에서 보리는 허겁지겁 코너를 돌다가 뭔가를 밟아 미끄러졌다. 늙고 지친 몸이 관성을 못 이겨 차도를 구르던 순간 직선 도로에서 방심하고 있던 승용차 운전자는 불의의 사태에 침착하게 대처하지 못했다. 브레이크를 밟는 대신 핸들을 왼쪽으로 꺾어버린 것이었다.

승용차는 중앙선을 침범했고 마주 오던 택시와 충돌했다. 입이 거친 두 운전자는 다행히 가벼운 부상만 입었다.

하지만 좁은 도로였던 탓에 체증이 발생해 차량들의 가늘고 긴 행렬이 언덕 아래 사거리까지 이어졌다. 이로 인해 태권도장의 승합차가 속력을 낼 기회는 사전에 차단당했으며 배은실 또한 어떠한 위험에도 노출되지 않은 채 무사히 귀가할 수 있었다.

다만 배은실은 뒤따라오는 개를 보고 흠칫 놀랐다가 그게 자신의 반려견임을 알고 한 번 더 놀랐을 뿐이었다.

배은실의 손에 이끌려 집에 돌아온 보리는 비로소 긴장이 풀려 탈진했다. 한때 삶의 목적도 의미도 부정했던 보리는 자신이 무엇 때문에 살아왔고 살아가야 하는지를 깨달았다. 스스로 죽음을 맞이하고자 엄마를 구하려 했던 의도는 퇴색했으며 이제는 그 대신 형언할 수 없는 충만감이 차올랐다.

어둠이 물러나 새 아침이 밝았을 때 여전히 시간이 고여 있고 똑같은 하루를 재차 삼차 반복해야 한대도 상관없었다. 오늘 보리는 앞으로도 영원히 엄마를 구하겠노라고 맹세했다. 그러기 위한 삶이었다. 거짓된 목적일지라도 있는 편이 나았다.

보리는 실로 오랜만에 단잠을 이루었다.

반대로 나는 잠을 이루지 못했다. 늦게까지 회식하다 돌아온 윤을 앉혀 놓고 재잘재잘 수다를 떨었다. 다정한 윤은 꾸벅꾸벅 졸면서도 내 말에 일일이 대꾸해주었다.

아침이 밝았다. 이제 보리는 더 이상 엄마를 찾아 애태우며 돌아다닐 필요가 없었다. 전과 다름없는, 그러나 엄연히 다른 하루가 시작되었다. 엄마는 외출했다가도 날이 어두워지면 곧 돌아왔다. 둘만 남은 이래 배은실은(보리의 의견은 다르겠지만) 한 차례도 이를 어긴 적이 없었다. 단조롭고 평온한 일상이 오래도록 이어졌다.

보리와 배은실은 오래오래 행복하게 살았다. 이야기는 이렇게 끝난다.

다수파

아빠는 저녁 식사를 마치고 사무실로 돌아왔습니다. 드문드문 자리를 지키던 사람들이 아빠 발소리에 고개를 들었습니다. 그들과 눈인사를 나누며 아빠도 자리에 앉았지요. 늦도록 잔업을 하는 사람들이 층마다 대여섯 명씩은 있었습니다. 끼니를 못 챙길 정도로 업무에 치이는 경우도 더러 있었지만 대개는 야근 수당을 타고자 귀가를 미루는 사람들이었어요. 아빠도 그중 하나였고요. 그 시절의 아빠는 집에 가서도 그다지 할 일이 없었거든요. 엄마를 만나고부터는 늘 제일 먼저 사무실에서 탈출했지만요.

책상 왼편에 들쭉날쭉하게 쌓인 서류철을 얼마간 뒤적거리던 아빠는 소설책을 펼치고서 더는 그것들에 눈길을 주지 않았습니다. 웹툰으로 관심을 옮기기 전까지, 그러니까 도서대여점 시대가 몰락하기 전까지 아빠는 시중의 무협지를 모조리 섭렵했다고 자랑한 적이 있어요. 그날도 아빠는 티백으로 우려낸 녹차를 홀짝거리며 강호의 안개 낀 대나무 숲을 홀홀 날아다녔어요. 거기엔 하늘을 찌르는 빌딩 숲도 숨 막히는 지하철도 없겠지요.

"상식 씨."

북슬북슬 투박한 손이 아빠의 어깨를 툭 건드렸습니다. 아빠는 하마터면 녹차를 엎지를 뻔했어요. 돌아보니 박경완 씨가 해죽거리고 있었습니다.

"놀라기는. 집에 가서 편하게 읽잖고."

"아, 형님. 오늘까지 반납해야 해서요. 가는 길에 반납하려고요."

"나도 본 거네. 가만있자, 9권이면 하선랑이 죽던가?"

"하선랑이 죽어요?"

무심코 실언한 경완 씨는 아빠만큼이나 당황하여 횡설수설했습니다.

"농담이야, 농담. 다른 사람이랑 착각한 거야. 아니, 그보다 영원히 사는 사람이 어디 있겠어. 태어난 이상 반드시 한 번은 죽는 거야. 에… 그나저나 뭐 좀 물어보려고 왔는데, 혹시 상식 씨도 그거 했어?"

"뭘 해요?"

"설문 말이야. 요새 TV나 라디오나 광고 엄청나게 때리는 거."

아닌 게 아니라 얼마 전부터 거국적으로 설문이 진행되고 있었습니다. 세계 일주 크루즈 여행권을 위시해 각종 크고 작은 경품을 내건 것으로도 모자라 편의점에서 소책자를 무료로 배포하면서까지 사람들의 참여를 유도하고 있었어요.

"대국민 설문인가 뭔가 하는 거요? 아직 안 했어요. 왜요, 위에서 무슨 공문 내려왔어요? 하지 말래요?"

"공문은 무슨. 그냥 중간에 막히는 문제가 있어서 물어보려고 했지."

"막히는 문제?"

"막힌다기보다는… 뭐랄까, 질문이 묘하게 까다로워. 엄마가 좋으냐, 아빠가 좋으냐. 개가 좋으냐, 고양이가 좋으냐. 죄다 이런 식이라니까. 어때, 상식 씨라면 뭘 고를 거야?"

"까다로울 것도 없구먼. 그냥 형님 좋아하는 거로 골라요. 남한테 물어서 하면 설문 조사하는 의미가 없지."

"천국은 있다, 없다."

"나, 원. 뭘 그리 쩔쩔매요? 모태신앙이라면서?"

경완 씨는 아빠에게 핀잔만 들은 채 소득 없이 자리로 돌아갔습니다. 아빠는 하선랑의 안위가 걱정되어 나이 많은 동료에게 조금 쌀쌀맞게 굴었던 거예요.

왈가닥 하선랑이 싸늘한 주검으로 돌아와 주인공의 품에 안긴 것은 11권의 말미였습니다. 이 장대한 서사시에서 하선랑이 맡은 배역은 아주 사소했지만, 하선랑의 죽음은 이야기 전체에서 막대한 위력을 발휘했어요. 그로 인해 시종 미적지근하게 굴던 주인공은 복수를 다짐하며 무림에 투신했고, 아빠는 비로소 설문에 참여하기로 결심했으니까요.

＊

우리 아빠는 평범한 사람이었습니다.

아빠가 종종 무용담처럼 늘어놓던 학창 시절의 일화란 기껏해야 방송반에 짓궂은 제목의 팝송을 신청했다든가 골목에서 마주친 불량배로부터 달아났다든가 하는 것들이었습니다. 자질구레한 사건을 많이도 늘어놓지만 어째 강력한 한 방이 없습니다. 수학여행에서 엉뚱한 버스를 탄 이야기는 마무리가 싱겁고요, 좋아하는 여학생에게 고백했다가 차인 이야기는 소재의 훌륭함에 비하면 잡다하게 사설이 길어 영 지루하지요. 대학생이 되고도 추억담은 좀체 나아지지 않았습니다. 통기타에, 미팅에, 최루탄에… 하여간 거창하기만 할 뿐이고 큰 감흥은 없어요. 각색을 한 것이 그 모양이라면 정말이지 구제불능입니다. 상황이 이러하니 군대 이야기는 하나마나겠지요.

졸업이 코앞으로 다가오자 철없는 대학생 아빠도 슬슬 장래를 걱정하기 시작했습니다. 애초에 시험 점수에 맞춰 간 대학인지라 무역학을 전공했다고 하여 아빠에게 무역업에 관한 뚜렷한 비전이 있었던 것은 아니에요. 하지만 달리 배운 게 없으니 직장을 구할 때도 전공과목에서 자유롭지 못했습니다. 다른 친구들처럼 아빠도 결국 무역업체에 입사했지요. 아주 이름난 회사는 아니었지만 그래도 아는 사람 사이에서는 제법 견실하다고 평가받는 곳이었어요.

그런데 입사한 지 한 해를 채우자마자 갑자기 회사가 부도났

습니다. 그 회사를 추천하던 사람들이 잔뜩 곪은 속사정까지는
미처 몰랐던 거지요. 연일 밤을 지새우며 무던히 애를 쓴 직원
들의 고생이 무색하게도 한번 주저앉은 회사는 다시 일어서지
못했습니다. 두 달 치 밀린 월급은 영영 받지 못하게 되었습니
다. 직원들 중 아빠는 그나마 나이도 어리고 부양할 가족도 없
어서 타격이 적은 편이었어요. 그러나 타격이 적다는 것은 아빠
에게 새로운 타격을 주었습니다. 주변이 온통 위로받을 사람으
로 넘쳐나서 아빠 몫으로 남은 위로가 없었거든요. 아빠는 그때
처음으로 세상의 냉엄함을 느꼈다고 해요.

졸지에 실업자가 된 아빠는 다른 직장에 문을 두드리는 대신
도서관에 다니며 공무원 시험을 준비했습니다. 삭풍이 휘몰아
치는 취업 시장에 왠지 주눅이 든 탓도 있겠지만 무엇보다 군인
이었던 할아버지의 강권을 거역하지 못했던 거예요. 이듬해 치
른 9급 공무원 시험에서 아빠는 턱걸이로 합격했습니다. 그렇
게 절대로 무너지지 않을, 적어도 최후까지 버텨줄 직장을 얻었
지요. 그로부터 수년이 흘러 제가 태어나던 해에 우리나라가
IMF에 구제금융을 요청하는 대사건이 일어났으니 회사가 일찌
감치 망한 것을 아빠는 액땜한 것으로 여기고 있습니다. 남들보
다 미리 대비할 수 있었다고요.

하지만 말단 공무원의 봉급이란 역시 성에 안 차는 것도 사실
입니다. 봉급 대부분은 적금으로 빠져나가고 아빠 손에 실제로
쥐어지는 액수는 처량할 정도였대요. 그리하여 아빠는 실바람에
꽃잎이 흩날리는 달밤에도 사무실의 부윰한 형광 불빛 아래서

독서에 탐닉하는 것이었습니다. 아주 좋지는 않지만 그렇다고 나쁘다는 생각도 들지 않는 소소한 행복의 나날이 계속되었습니다.

설문을 작성한 것이 바로 이 시기였습니다. 아빠는 편의점에서 설문 내용이 인쇄된 주황색 소책자를 받아왔습니다. 문고본 정도의 크기로 중철 제본된 얄팍한 책자였는데 응모 요령 및 주의사항과 경품 광고 등을 제외하면 본문 분량은 스무 페이지도 되지 않았습니다. 본문의 내용이야 익히 알다시피 작성자의 선택을 요하는 것이었지요. 세밀하다면 세밀하겠거니와 구차하다면 구차하다 할 만한 질문들이 빼곡히 있었습니다. 간혹 선뜻 답을 고르기 어려운 질문도 있었지만 어쨌든 아빠는 빈칸을 모두 채웠고, 동봉되어 있던 봉투에 OMR 답안지를 넣어 출근길에 발송했습니다.

다음 달 말일로 설문이 마감되었고 이윽고 경품 추첨 행사가 진행되었어요. 배포가 작은 아빠는 세계 일주 티켓이나 고급 세단 같은 건 감히 꿈도 꾸지 않았습니다. 다만 100명에게 준다는 백화점 상품권 10만 원권 정도라면 가능성이 있겠다고 내심 기대했다지요. 설문에 참여한 국민이 2,500만 명에 육박한다는 기사를 읽기 전까지 말이에요. 주요 일간지에 일제히 실린 경품 당첨번호 목록에 아빠의 책자에 할당된 번호는 빠져 있었습니다. 하다못해 백만 명에게 발송된 캔커피 교환권조차 아빠는 받지 못했어요. 그따위 엉터리 짓거리를 하느라 아까운 시간만 들였다고 분개한 것도 아주 잠시였을 뿐 다른 사람들처럼 아빠도 더는 설문에 대해 생각하지 않게 되었습니다.

그 후로 계절이 세 번 바뀌어 연말이 되었습니다.

어느 쓸쓸한 월요일 저녁에 아빠는 여느 때처럼 야근을 마치고 돌아오는 길이었습니다. 욕조에 따뜻한 물을 받아놓고 몸을 녹일 심산이었어요. 그런데 집 앞 골목에서 아빠의 이름을 부르는 목소리가 들렸습니다.

"오상식 씨?"

걸음을 멈추고 돌아보자 전봇대 옆에서 말쑥하게 정장을 빼입은 남자가 모습을 드러냈습니다. 아빠 또래로 보였지만 처음 보는 얼굴이었습니다.

"실례지만 오상식 씨 맞으십니까?"

"그런데요. 누구시죠?"

"이제야 뵙는군요. 안녕하십니까, 저는 최한기라고 합니다. 수도 그룹에서 나왔고요."

아빠는 최한기 씨가 내미는 명함을 조심스럽게 건네받았습니다. 살짝 스친 손이 얼음장처럼 차가웠어요. 후미진 골목에서 얼마나 오래 기다렸는지 남자의 코끝과 귓불이 몹시도 빨갰습니다.

"다름이 아니라 지난봄에 대국민 설문에 참여하셨지요? 그 일로 찾아왔습니다."

남자는 아빠가 설문에 대한 기억을 미처 끄집어내기도 전에 말을 이었습니다.

"저희 측에서 대대적으로 설문조사를 한 것이 바로 오상식 씨

같은 분을 찾기 위한 과정이었습니다. 길게 말씀드릴 것도 없이 오상식 씨가 바로 저희 그룹의 미래이십니다."

그때까지 아빠는 한 번도 스스로 특별하다거나 평범하다고 생각해본 적이 없었습니다. 그런 생각을 아예 해본 적이 없었다는 얘기예요. 만약 설문에 자신이 특별한지 평범한지를 고르는 항목이 있었다면 아빠는 특별하다는 선택지에 체크했겠지만요.

하지만 아빠는 평범한 사람이었습니다.

그것이 아빠를 특별한 사람으로 만들었지요.

✳

아빠는 심야의 불청객을 차마 떨치지 못해 근처 호프집으로 데려갔습니다. 월요일의 술집은 한산했습니다. 더벅머리 대학생들이 한 테이블을 차지하고 있을 뿐이었지요. 대학생 중 하나가 최근에 실연을 당했는지 이따금 고성이 들렸는데 대화에 방해될 정도는 아니었어요. 아빠와 최한기 씨는 구석 자리에 앉았습니다. 아빠는 생맥주를 두 잔 주문했어요. 호프집을 나올 때까지 최한기 씨 몫의 잔은 전혀 줄지 않았지요.

"죄송합니다. 전화나 우편으로 말씀드릴 내용은 아니라 이렇게 불쑥 찾아뵙게 되었습니다. 실은 일전에도 한번 왔었는데 이렇게 늦게까지 근무하시는 줄 몰라서 허탕을 쳤거든요. 오늘은 작심하고 기다린 보람이 있네요."

하얗게 김 서린 안경을 벗어놓고 최한기 씨는 시린 양손을 비벼댔습니다.

"설문 때문에 오셨다고 했지요? 저 같은 사람을 찾았다는 게 무슨 뜻입니까?"

"아, 그렇죠. 날이 늦었으니 곧장 본론으로 들어가겠습니다."

아빠가 채근하자 최한기 씨는 테이블에 바싹 다가앉았습니다.

"많은 기업이 사내 제안제도라는 걸 운영합니다. 저희 그룹도 마찬가지지요. 새로운 아이템의 발굴이랄지 기존 업무의 절차 개선방안에 대한 건의랄지, 하여간 회사에 도움이 될 만한 것이라면 가리지 않고 제안하도록 하는 겁니다. 제안이 채택되면 제안자는 합당한 보너스를 받고요. 미리 말씀드리자면 이번 설문은 제 아이디어였습니다."

최한기 씨의 제안서를 검토한 사람 대부분은 그것을 장난이라고 단정했습니다. 실없는 제안은 일주일에도 서너 건씩 보고되었고 그런 것들은 중간에 커트되곤 했어요. 소위 예선 탈락인 셈이지요. 그런데 언젠가의 회의에서 그것이 문제로 지적된 것입니다. 잔뜩 진노한 회장은 소중한 의견을 한 건도 빠뜨리지 말고 상부에 올리도록 지시했습니다. 아니, 그것으로도 모자라 아예 업무 소관을 그룹 싱크탱크인 전략기획실로 이관했어요.

전략기획실 커뮤니케이션팀의 염진홍 팀장은 창업주인 회장의 셋째 아들이었습니다. 젊은 혈기에 혁신을 부르짖으면서도 마땅한 방안이 없어 고심하던 참이었어요. 그 자리를 거쳐 간 염진홍 팀장의 두 형은 어느새 주요 계열사의 사장직을 맡아 선방하고 있었습니다. 아직 변변한 실적을 내지 못한 동생으로서는 억울하기도 했을 거예요. 형님들은 그저 호황기를 잘 탔을 뿐이니까요.

그런 염 팀장이었기에 도박이나 다름없는 제안서를 주목한 것입니다.

염 팀장은 아이디어만 발탁한 게 아니었습니다. 최한기 씨도 더불어 전략기획실로 소속을 옮겼지요. 모호한 프로젝트이니만큼 제안자를 곁에 두는 편이 안심이었을 테니까요. 최한기 씨 입장에선 튼튼한 동아줄이 내려온 거나 마찬가지였어요.

"저는 그룹이 문어발식으로 사업을 확장하는 것이 못마땅합니다. 물론 사업을 하다 보면 성장곡선이 주춤해지는 시기가 있어요. 지금 하는 영역에서 더 빼먹을 게 없는 시기 말이에요. 그럴 땐 사업을 확장해야겠죠. 그러니까 제 말은, 그 자체를 두고 나쁘다고 할 순 없다는 거예요. 하지만 이것저것 손댄다고 그만큼 수익이 나는 게 아니거든요. 실속 없는 짓이지요. 오상식 씨는 재벌 그룹들이 무작정 영역을 넓히는 근본 원인이 무엇이라고 생각하십니까?"

갑작스러운 질문에 아빠는 얼른 대답하지 못했습니다. 최한기 씨도 딱히 대답을 요구한 건 아니었는지 즉시 말을 이었어요.

"그건 확신이 없어섭니다. 뭘 해야 돈이 벌리고 뭘 하면 손실을 보는지 모르니까 이것저것 찔러보는 거예요. 마치 경마장의 모든 말에게 베팅하는 것과 같죠. 틀림없이 우승마를 맞히기야 하겠지만 나머지 뒤처진 말들에 대해서는 손해를 볼 수밖에 없어요. 따도 적게 따고 잃어도 적게 잃자는 전략입니다. 굴지의 그룹이 쪼잔한 짓이나 하는 거예요. 그런 식으로 분탕질하니까 기업 생태계가 엉망이 되지요. 세간에서 저희를 대하는 시선도 곱지 않고요."

"이게 진짜!"

저쪽 테이블의 소란에 최한기 씨는 잠시 입을 다물었습니다. 아빠는 그 틈을 타서 맥주를 한 모금 마셨어요.

"상황이 그렇다는 정도로 알아두시고, 요컨대 제 제안은 이런 것이었습니다. 알자. 해야 하는 것과 하면 안 되는 것들을 미리 알아내자. 그런 연유로 설문을 하게 된 거예요."

아빠는 설문 책자를 채우고 있던 수백 개의 시시콜콜한 질문 가운데 수도 그룹을 연상케 하거나 기업의 활로를 묻는 것은 하나도 없었다고 단언할 수 있었습니다. 설문은 낮과 밤, 산과 바다, 야구와 축구, 수학과 영어, 물냉면과 비빔냉면, 짜장면과 짬뽕 따위의 선택지를 끝없이 늘어놓을 뿐이었어요. 고작 그런 질문을 미끼로 삼아 미래에 대한 확신을 낚을 수 있다고? 순간 아빠의 머릿속에 떠오른 것은 서브리미널(subliminal) 효과였습니다. 서브리미널 효과란 인지할 수 없는 자극을 통해 대상의 잠재의식에 영향을 끼쳐 답을 유도하는 기법이지요. 잘은 몰라도 설문을 작성하는 과정에 그런 비슷한 실험을 당했다고 생각한 거예요. 하지만 어떻게?

"오상식 씨."

얼이 빠져 있는 아빠를 최한기 씨가 불렀습니다. 그는 짐짓 심각한 표정으로 말했습니다.

"지금부터 제가 하는 말은 대외비입니다. 다른 데서 함부로 발설하시면 저희 입장이 아주 난처해져요. 설령 오상식 씨가 저희 계획에 동참하지 않더라도 오늘 일은 불문에 부치셔야 합니다. 이런 일은 보안이 생명이거든요. 경우에 따라서는 오상식 씨에게 배상을 청구할 수도 있어요. 무슨 말인지 아시겠죠? 저희는 이미 리스크를 가득 안고 시작한 일이라 신중할 수밖에 없는 것을 양해 바랍니다. 자, 그럼 이야기를 계속해도 될까요?"

아빠가 조심스럽게 고개를 끄덕였습니다. 최한기 씨는 미소를 지었습니다.

"생각해보십시오. 사람들이 축구보다 야구를 좋아한다는 것을 오상식 씨가 알고 있다면 핫도그를 팔러 야구장 앞으로 가겠지요? 또, 사람들이 핫도그보다는 뻥튀기를 선호한다면 야구장에서 뻥튀기를 파는 게 현명할 테고요."

야구와 축구? 핫도그와 뻥튀기?

"그럼 혹시 그 설문이…."

"아뇨, 이건 그냥 예를 든 것입니다. 책자에 있던 선택지는 아무래도 좋은 것들이에요. 중요한 것은 사람입니다. 설문의 목적은 특정 인물을 찾는 것이었지요. 처음에 저희는 막연히 스무 명쯤 될 것으로 짐작했는데 막상 결과를 확인하니 남은 건 여덟 명뿐이었습니다. 오상식 씨도 그중 하나입니다."

"제, 제가 뭘 했길래…?"

아빠의 목소리가 떨렸습니다.

"오상식 씨가 고른 답안이 다수가 선택한 답과 같았습니다.

그뿐이에요."

최한기 씨의 대답은 퍽 간결했지만 아빠는 그 말의 의미를 한참이나 헤아렸습니다. 그러고도 그게 무엇을 뜻하는지 깨닫지 못했어요. 그래서 아주 세심하게 질문을 골랐지요.

"그게 왜요?"

"말 그대로입니다. 오상식 씨가 설문 참가자 중에서 상대적으로 더 선호된 답을 골랐다는 말이지요. 그것도 무려 300번이나요."

"그게 왜요?"

설명이 더 필요했습니다.

"어, 이건 보통 일이 아닙니다. 따로 정답이 없는 질문이었고 답안을 취합할 때까지는 저희 쪽에서도 어떤 항목이 다수가 되고 어떤 항목이 소수가 될지도 알 수 없었지요. 응답자가 그런 계산을 할 이유도 전혀 없었고요. 아시다시피 순수하게 개인의 선호를 묻는 설문이었으니까요. 아무튼 그 결과 모든 작성자가 저마다 취향을 드러냈습니다. 다수에 속한 경우가 훨씬 많았겠지만 상대적으로 덜 선호된 항목에도 적어도 한 번씩은 체크했지요. 우리는 그런 사람들을 무조건 배제했습니다. 응답자의 성별이나 연령별, 지역별로 가려내는 문제도 중간중간 넣었습니다. 그런 식으로 이천오백삼십만 명을 차례차례 걸러내니 여덟 명만 끝까지 남은 겁니다. 한결같이 다수의 취향을 가진 사람들이죠. 우리가 찾은 게 바로 그런 사람이었습니다."

술을 마시던 대학생들이 문득 이상한 멜로디에 억박적박한 화음으로 노래 비슷한 것을 외쳤어요. 그 바람에 대화의 맥이 끊겼고 아빠와 최한기 씨는 얼굴을 찌푸렸습니다.

학생들의 기세가 시그러질 즈음 아빠가 물었습니다.

"대강 무슨 말씀인지는 알겠는데요, 그런 사람들을 찾아서 뭘 어쩌시려는 겁니까?"

"소비자란 변덕스러운 집단입니다. 소비자의 취향을 파악하려거든 그들에게 일일이 물어보는 수밖에 없어요. 하지만 저는 세상 어딘가에 항상 다수파에 속하는 사람이 있을 거라고 생각했습니다. 그렇다면 그 사람만 확보하면 일이 훨씬 수월해지지 않겠습니까? 그게 제 아이디어의 요지입니다. 오상식 씨의 이름이 끝까지 남은 것은 그저 우연이 겹친 결과인지도 모릅니다. 그러나 300번이나 반복된 우연이라면 이미 필연이라고 해도 무방하지 않을까요? 물론 논리적으로는 설명할 수 없습니다. 차라리 비논리의 극치예요. 하지만 소비자의 변덕 또한 다를 바 없지요."

최한기 씨가 잠시 입술에 침을 바르며 맥주잔을 만지작거렸습니다.

"이제 저희 팀이 할 일은 검증된 자문단을 모아 미래로 눈을 돌리는 것입니다. 예컨대 제품의 디자인이나 색상 같은 것, 나아가 더 큰 범주의 무언가를 물을 수도 있겠지요. 그거야 저희가 고민할 부분이고요. 아무튼 각종 결정을 앞두고 여덟 분께 의견을 구할 겁니다. 물론 사례는 충분히 해드리겠습니다. 건당 50만 원이 즉석에서 현금으로 지급될 거예요. 법에 저촉되는 부분은 하나도 없습니다. 모두에게 이득이에요. 저희는 시행착오를 줄여서 좋고 여러분은 용돈벌이가 생겨서 좋죠."

"하지만 제가 틀린 선택을 하면요? 저 때문에 손해를 볼 수도 있잖아요?"

"300번 연속으로 다수의 편에 섰던 사람이 그 다음번에 때마침 소수 취향을 드러낸다고요? 저는 아니라고 봅니다. 물론 그럴 가능성도 대비해야죠. 한 번이라도 예상이 틀리면 즉시 아웃입니다. 그렇다고 책임을 묻진 않을 테지만요. 단지 가욋돈을 벌 기회가 영영 사라질 뿐이에요."

문득 아빠는 거대 자본을 들인 프로젝트치고는 너무 주먹구구식이 아닌가 하는 생각을 떨칠 수 없었습니다. 혹시 이렇게 꾀어서 사기를 치려는 건가? 그래서 얼른 떠오르는 대로 질문을 던졌지요.

"여덟 명의 의견이 갈리면 누구 말을 듣나요?"

"당연히 다수 의견에 따라야겠지만 설문을 다시 하거나 모든 의견을 반영할 수도 있습니다. 사안에 따라 대처를 달리할 겁니다."

"저희 답안에 따라 나머지 선택지는 폐기 처분된다면 제가 옳은 답을 골랐는지 어떻게 아나요? 축구장에서 핫도그를 팔아봐야 야구장에서 뻥튀기를 파는 편이 낫다는 걸 알 거 아닙니까?"

"지당하십니다만 앞으로 저희가 드리는 질문지를 보시면 그런 말씀을 못 하실 겁니다."

그렇게까지 말하니 아빠는 최한기 씨의 제안을 받아들일 수밖에 없었습니다. 용처는커녕 존재조차 몰랐던 재능을 손수 발굴해 그것을 빌리는 데 대가를 치르겠다고 하니 딱히 거절할 까닭이 없겠지요.

✳

아빠와 최한기 씨는 한 달에 한 번꼴로 만났습니다. 이변이 없는 한 약속은 매월 셋째 주의 평일 점심으로 잡혔어요.

처음에 아빠는 다른 자문단을 함께 만나는 것으로 짐작했는데 막상 약속 장소에는 최한기 씨 혼자 나와 있었습니다.

"다른 분들은 안 오시는 겁니까?"

"네, 다른 분들과도 개별적으로 접촉하고 있습니다."

"어차피 용건은 같지 않아요? 번거로울 텐데 한 번에 처리하시지…."

"괜찮습니다. 보안상 서로에 대해 모르는 편이 나아요."

아빠가 보기에 최한기 씨는 그렇게까지 꽉 막힌 사람은 아니었지만 유독 보안만큼은 깐깐하게 구는 느낌이었습니다. 약속 장소만 해도 그랬습니다.

"그럼 그날 제가 수도 그룹 쪽으로 찾아가겠습니다. 전략기획실이면 본사에 계시지요?"

최한기 씨가 편의를 많이 봐주고 있다는 생각에 아빠는 통화 내내 마음이 불편했습니다. 그래서 무엇이든 하나쯤은 최한기 씨 수고를 덜어드려야겠다고 생각하면서 타이밍을 재다가 그렇게 말한 거예요.

하지만 수화기 너머의 반응은 기대와 달랐습니다.

"그러실 것까진 없습니다. 제가….."

"아뇨, 아뇨. 저는 진짜로 괜찮은데."

어색한 침묵이 아주 잠깐 전화선에 머물렀습니다. 그런 뒤에 최한기 씨가 차분한 음성으로 말했어요.

"실은 제가 평소부터 찜해 두었던 요리가 있어서 그럽니다. 이번엔 제 쪽에서 대접하는 것이니 장소까지 책임지도록 해주시지요."

대번에 아빠의 기세가 꺾였고, 최한기 씨는 생소한 음식점 이름을 대며 주소를 불러주었습니다. 한산한 주택가의 단정한 일식집이었습니다.

"여기 뭐가 맛있나요?"

한참 두리번거리던 아빠가 최한기 씨에게 물었습니다. 최한기 씨는 아빠를 빤히 쳐다보다가 지난번의 통화를 떠올리고는 빙긋 웃었습니다.

"사실 저도 이 동네는 처음입니다. 단지 지리적으로 이쪽 부근에서 뵙는 게 서로 좋을 것 같아서요."

최한기 씨가 설명했습니다.

"우리 둘이 만나는 건 가급적 사람들 눈에 띄지 않아야 합니다. 다른 분들도 그렇지만 상식 씨도 우리 그룹에 있어서 더없이 소중한 자원이거든요. 어, 자원이라는 단어의 어감이 그리 좋진 않군요. 설문조사에 들인 비용이 고스란히 여덟 분의 몸값이라고 생각해보세요. 얼마나 귀중한 분들일지 이해되시죠? 쉽게 말해 VIP 취급을 받으시는 겁니다. 갑자기 다른 기업이 눈치를 채고 오상식 씨나 다른 분들을 가로챈다면 재앙이나 마찬가지지요. 그러니 저희로서는 비밀 유지에 각별할 수밖에 없는 겁니다. 그룹 내에서도 이번 프로젝트의 세부사항을 아는 사람은 손에 꼽을 정도예요."

아빠가 단어를 떠올리느라 허둥지둥했습니다.

"저기, 그… 스파이… 산업스파이 때문인가요?"

"재계에 암약하는 스파이가 얼마나 많은지 아마 짐작도 못하실 겁니다. 아예 산업스파이만 전문적으로 양성하는 에이전시가 따로 있을 정도예요. 그날도 도청이 우려되어 자세한 설명은 못 드리고 대충 둘러댔던 겁니다. 도청이나 미행은 예사고 때에 따라서는 절도를 하거나 교묘하게 위장 살인까지 저지르거든요."

"위장… 살인?"

"과로며 우울증이며… 직책이 높을수록 지병이 훈장처럼 들러붙거든요. 자살로 꾸미기 간편하죠. 하지만 그런 건 아주 드문 경우입니다. 오상식 씨 같은 외부인사는 안심하셔도 좋아요."

"네에…."

음식은 그럭저럭 먹을 만했지만 멀리서 찾아올 정도는 아니었습니다. 아무튼 식사를 마칠 즈음 최한기 씨는 서류가방에서 출력물을 꺼냈습니다.

"방식은 지난번 설문과 동일합니다. 한번 훑어보시고 마음이

가는 쪽에 표시해주세요."

아빠가 건네받은 것은 제품의 사진이었습니다. 첫 번째 페이지에는 세 종류의 무선전화기 모델이 세 종류 있었는데 다른 것은 색상뿐이었습니다. A안은 흰색, B안은 회색, C안은 검은색이었어요. 조금 머뭇거리던 아빠는 결국 하나를 골랐습니다. 다음 페이지에는 자전거 사진 세 장이 나란히 있었어요. 심지어 그건 수도 그룹의 제품이 아니었는데 역시 색상이 달랐습니다. 한 장 더 넘기니 세 가지 색상의 모자 사진이 있었고요. 그런 식으로 총 스무 가지 제품의 색상을 선택했어요.

"여기서 제가 고르는 색상만 출시되는 겁니까? 보통은 여러 색상이 다 나오지 않나요?"

"이것들은 이미 출시가 되었습니다. 아직 자문단의 능력이 검증되지 않았으니 확인을 하려는 겁니다. 색상별 판매량과 작성하신 답안을 비교하려는 거예요. 그런 뒤에 확신이 생기면 본격적으로 일을 맡기겠지요. 그러니 오늘 설문은 최종 테스트쯤으로 여기시면 되겠습니다."

"여기서 틀리면 끝이겠군요?"

"그렇게 되면 저도 끝입니다."

최한기 씨가 대수롭지 않게 말했습니다. 아빠는 그 말의 의미를 나중에야 알았어요.

"자, 그럼 다음에 또 연락드리겠습니다. 살펴 들어가십시오."

"다음에도 이쪽 동네에서 보나요?"

"다음이 있다면요. 하지만 메뉴는 바꾸는 게 좋겠군요."

그로부터 한 달 뒤에 아빠는 다시 최한기 씨의 전화를 받았고 약속을 잡았으며 식사를 마치고 새로운 설문에 답했습니다. 한 달 뒤에도, 그 한 달 뒤에도요. 정말로 아빠에게 신묘한 재주가 있는지 이후로도 약속은 끊이지 않았어요. 사례도 착실히 지급되었고요.

최한기 씨가 내미는 설문은 대개 '이런 게 있다면 사겠다, 사지 않겠다'를 묻는 것으로 시작되었습니다. 이어지는 상세 질문은 아빠를 질리게 할 정도였지요. 수도 그룹은 아빠의 취향을 낱낱이 해부했습니다. 이런 것까지 묻나 싶은 자질구레한 질문이 있는가 하면, 이런 것까지 묻나 싶은 중대한 질문도 있었지요. 그러나 무엇을 묻든 아빠가 내리는 신탁은 번번이 다수 취향의 것으로 확인되었습니다.

✳

무협지나 웹툰 말고 아빠가 진짜로 끊지 못한 것은 박카스였습니다. 중독자들이 으레 그렇듯 한 병 두 병 마시던 것이 어느새 끊으려야 끊을 수 없는 지경에 이른 거예요. 그래도 주변 사람들은 아빠의 자양강장제 중독에 대해 알지 못했을 거예요. 오래전에 아빠가 박카스를 연거푸 들이켜는 걸 보고 누군가 우스갯소리를 했대요. 시답잖고 악의없는 그 말이 아빠의 내면에 거대한 수치감의 파문을 일으켰나 봅니다. 그날 이후 박카스는 집에서만 마신다는 규칙을 정하고 남들 앞에서는 초인적인 자제

력을 발휘했거든요. 그러다 정 참기 어려우면 몰래 약국으로 달려가 얼른 한 병 마시고 돌아왔다지요.

그런데 이제 아빠에게 작은 여흥이 생겼습니다. 최한기 씨와 헤어진 뒤 지하철역 근처에 있는 약국에 들르는 것이었지요. 그곳은 여느 약국과는 달랐습니다. 아니, 약국이야 별다를 것이 없었고 그저 아빠의 기분이 남달랐던 거예요. 주변에는 알아보는 사람이 없고 지갑은 두둑해졌으니 피서라도 온 기분이었을 겁니다. 해방의 공간에서 만족할 때까지 음료를 들이켜며 아빠는 소위 길티 플레저를 누렸겠지요.

자문단으로 활동한 지 근 1년째 되던 어느 날이었습니다. 그날도 아빠는 어깨에 묻은 눈을 떨어내며 역 앞 약국에 들어섰어요.

"박카스 두 병만 주세요. 아니, 세 병."

미리 밝히자면 약국 카운터를 지키던 사람은 우리 엄마입니다. 고등학교를 졸업하고 직장을 구할 때까지 임시로 고모네 약국에서 일을 돕고 있었어요. 암중모색의 기간이 한없이 연장되기는 했지만요.

"여기요."

아빠는 우선 가볍게 한 병 해치울 요량으로 능숙히 뚜껑을 땄습니다. 그런 뒤에 저로서는 대체 무슨 맛으로 먹는지 모르겠는 액체를 입 안 가득히 들이부었지요. 그런데 쿨렁쿨렁 쏟아지는 액체의 느낌이 여느 때와 사뭇 달랐어요.

"웩!"

그것은 박카스가 아니었습니다. 약국에서 팔고 단단한 병에 들었다는 점 외에는 박카스와 마땅히 공통점이랄 게 없는 물건이었지요.

"이봐요! 이거 쌍화탕이잖아!"

"어머, 죄송해요."

　대신 변명을 좀 하겠습니다. 그날 엄마는 제정신이 아니었어요. 엄마를 둘러싼 몇 가지 근심들이 회전목마처럼 머릿속을 빙글빙글 돌았답니다. 그래서 아침부터 카운터에 턱을 괴고 앉아 창밖 풍경을 멍하니 바라보고 있었던 거예요.

"깜빡 실수했어요. 죄송합니다."

　엄마가 허리를 굽혀 연신 사과했어요. 불미스러운 일이 발생한 것은 바로 그 순간이었습니다. 눈물 한줄기가 그만 엄마의 뺨에서 또르르 구른 거예요. 송구한 마음에 맺힌 눈물은 결코 아니겠으나 아빠로서는 다른 가능성을 떠올릴 수 없었지요.

"어? 왜, 왜 울지? 왜 이래요?"

　당황한 아빠를 앞에 둔 채 엄마는 급기야 얼굴을 파묻고 흑흑 흐느꼈습니다.

"저기, 울지 마요. 갑자기 소리를 지른 건 죄송합니다. 사과할게요. 화를 낸 건 아니고 저도 놀라서 그만…."

　한낮의 소란에 안쪽에 있던 고모할머니가 무슨 일인가 싶어 얼굴을 비쳤습니다.

"너 왜 울어? 왜 그래?"

　엄마 대신 아빠가 해명에 나섰습니다.

"글쎄요, 저도 잘…. 이 분이 실수로 박카스 대신 쌍화탕을 주 셨는데 갑자기 대성통곡을 하지 뭡니까. 아, 내가 쌍화탕을 달 라고 말했던가? 생각해보니까 그런 것도 같네요. 이거 죄송합니 다, 죄송해요."

아빠는 눈물에 약한 사람이었어요. 이런 상황에서는 그저 머 리를 조아리는 것이 해결책이었지요. 그리고 엄마는 겉보기와 달리 웃음이 많은 사람이었습니다. 들썩이던 어깨에서 새어 나 오던 흐느낌이 기묘하게 뒤틀렸어요. 카운터를 사이에 두고 어 색하게 대치 중이던 아빠와 고모할머니는 그 소리가 킥킥거리 는 웃음소리라는 사실을 이내 깨달았습니다.

마침내 엄마가 고개를 들었습니다. 눈가가 촉촉이 젖었지만 입가에는 미소가 걸려 있었어요.

"아니야, 고모. 내가 실수한 거야. 이 분은 맨날 박카스만 사 가시는데 내가 그걸 알면서도 잘못 드렸어."

"근데 왜 울어? 무슨 해코지라도 당했니?"

"고모, 그건…. 어제저녁에 수경이랑 좀 다퉜거든. 나 절교당 했어."

"왜? 둘이 죽고 못 살았잖아?"

"그렇게 됐어. 그 얘기는 나중에 해요."

아빠는 오해가 풀려 안도하면서도 새로운 궁금증이 고개를 들었습니다.

"제가 맨날 박카스만 샀다고요?"

"네, 오실 때마다 서너 병씩 사 드시잖아요."

"그걸 어떻게… 저는 여기 단골도 아닌데요. 손님들이 뭐 사는지 다 기억해요?"

"비가 오나 눈이 오나 박카스만 사는 손님은 기억하지요."

진종일 한 자리를 지키는 것은 생각 이상으로 따분한 일입니다. 짬짬이 수필집을 읽거나 낱말 퍼즐을 푸는 것은 근본적인 해결책이 되지 못했어요. 그러다 엄마는 일과를 흥미롭게 보내는 방법을 터득했는데 그것은 손님을 관찰하는 것이었습니다. 얼굴이나 말투, 걸음새 따위를 유심히 바라보며 어울리는 별명을 찾다 보면 하루가 금세 저물곤 했지요.

평일 점심에 가끔 들러 박카스를 홀랑 비우고 떠나가는 손님에게 엄마는 '드 니로'라는 별명을 붙였습니다. 별명은 박카스와 아무 상관도 없었어요. 단지 오른쪽 눈 아래 광대께에 큼직한 점이 있었을 뿐이니까요. 그러니까 로버트 드 니로의 점과 같은 위치에 말이에요. 결국 아빠에 관해서는 드 니로를 기억한 게 먼저고, 그 사람이 줄곧 박카스만 주문한다는 걸 기억한 게 그 다음이에요. 하지만 그런 노하우를 함부로 떠벌리는 것은 서비스 종사자의 바람직한 태도가 아니겠지요.

이런 속사정을 알 리 없는 아빠는 얼굴이 화끈 달아올랐습니다. 이유야 간단하지요. 자신의 중독이 들통났다고 생각한 거예요.

"그때 드 니로 씨가 엄마한테 뭐라고 했는지 아니?"

엄마가 손가락으로 제 배를 간질이며 물었습니다. 글쎄요. 저는 그때 그 자리에 없었으니 대답할 수 없네요.

"꼭 박카스 때문에 온 건 아닙니다."

아빠는 땀을 뻘뻘 흘리며 궁색하게 변명했답니다.

"에구머니…."

고모할머니가 아빠와 엄마 사이에 시의적절한 감탄사를 남긴 채 슬그니 안쪽으로 사라졌습니다.

오해는 오해를 불러일으키고 때로는 뜻밖의 인연을 엮기도 하지요. 언젠가 아빠는 이 모든 사건이 나를 만나기 위한 과정이었다고 말한 적이 있습니다. 저는 아빠가 그렇게 생각하지 않았으면 좋겠어요.

＊

한편, 아빠는 새로 발견한 재능에 기세등등했습니다. 다음은 그 증거입니다.

"오래전에 프랑스의 어느 왕이 아주 유명한 말을 했어. …아니, 나라야. 그건 왕이 아니라 왕비가 한 말이야. 더구나 실제로는 그런 말을 한 적이 없대. 그거 말고 이런 말은 못 들어 봤니? 왜, '짐이 곧 국가다'라고…. 그건 자기가 나라의 주인이니까 이러쿵저러쿵하지 말라는 선언이었어."

초등학교에 갓 들어갔을 때의 일입니다. 당시 제가 아는 거라곤 빵이 없으면 아쉬운 대로 케이크를 먹으라는 달달한 제안뿐이었어요. 만화영화로 본 거라 기억하고 있었지요.

"지금은 어때? 지금은 우리 스스로 대통령도 뽑고 국회의원이나 도지사도 직접 뽑잖아. 그래, 반장선거처럼. 이건 너도 들어봤을 거야. 대한민국의 주권은 국민에게 있다. 왕이나 대통령이 아니라 국민 모두가 나라의 주인이지. 그런데 여기엔 어폐가 있어. 사실은 모두가 주인이 되는 건 아니란다."

저는 고개를 갸웃했습니다. 그런 걸 배운 적도 없거니와 애초에 제가 한 질문과는 점점 동떨어진 대답이 되고 있었거든요. 하지만 아빠 말씀은 끝까지 들어봐야 알 때가 많으니까 저는 조금 더 들어보기로 했지요.

"우리나라 국민 중에는 이번 대통령에게 표를 주지 않은 사람도 있겠지? 다른 후보를 지지하거나 아예 투표조차 하지 않은 사람들이 있을 테니까. 그런 사람을 여전히 우리나라의 주인이라고 할 수 있을까? 아빠 대답은 '아니요'야. 동물원에 가려는 남자랑 미술관에 가려는 여자가 우연히 같은 택시를 탔다고 생각해봐. 택시기사가 남자 말만 듣고 동물원에 간다면 여자는 억지로 동물원에 따라가는 수밖에 없겠지?"

"그냥 각자 다른 택시를 타면 안 돼?"

"되고말고. 하지만 그건 마음에 안 드는 사람더러 이민을 하라고 하는 꼴이잖니? 그보다는 미술관으로 가주겠다는 사람을 운전석에 앉히는 게 편하겠지?"

"응."

그 말은 어렴풋이나마 이해가 될 것도 같았습니다. 엉터리 비유를 하던 아빠도 제 눈빛을 읽고는 계속 무리수를 두었어요.

"그러니까 자기가 원하는 행선지로 데려가줄 기사를 앉히는 승객이 진짜 주인이고, 나머지는 어쩌다 보니 택시에 합승한 사람인 셈이야. 그런데 우리는 기사를 정하는 결정을 선거로 하지? 선거에서 이기려면 표를 많이 받아야 하고."

"근데 그게 내 이름이랑 무슨 상관이야? 자기 이름이 무슨 뜻인지 써가는 게 숙제라니깐?"

저는 도저히 참을 수 없어서 그만 중간에 끼어들고 말았습니다. 아빠도 저도 난감한 표정을 지었지만 그런다고 달라지는 건 없었어요. 저는 팔짱을 끼고 앉아서 뚱딴지같은 설명을 마저 들어야 했지요.

"지금까지 아빠가 탄 택시는 늘 아빠가 원하는 행선지로 갔어. 대통령은 말할 것도 없고 국회의원이나 시장, 도지사 등등 모두가 아빠의 선택을 받았다는 얘기야. 내가 표를 준 사람이 어김없이 당선됐거든. 아마 앞으로도 그럴 테고. 그렇다면 우리나라의 주인은 바로 아빠 아니겠니? 다시 말해 우리나라는 아빠 거야. 그래서 네 이름을 나라라고 정한 거야. 우리 딸은 누구 거?"

"엄마 거."

저의 이런 기질은 엄마를 닮았지요.

"어허, 무엄하도다. 짐이 곧 국가니라."

"뭐래."

다수파의 세상에서 아빠는 스스로 세상의 주인이라고 믿었습니다. 늘 그랬던 건 아니니 저의 불운이라면 하필 아빠가 만면에 의기양양을 문신처럼 두르고 다니던 시절에 태어났다는 점이겠지요. 아무리 그래도 아기 이름을 그렇게 무성의하게 짓는 법이 어디 있답니까. 그나마 '오주인'이라든지 '오다수'라는 이름이 붙지 않은 것을 다행으로 여겨야 할까요?

질리도록 설명을 들었건만 숙제는 여전히 골칫거리였어요. 책상 앞에 앉아 공책을 펼치고도 저는 연필 쥔 손을 망설였습니다. 어디서부터 어떻게 정리해야 할지 막막했거든요. 택시라는 글자를 몇 번이나 썼다 지웠는지 몰라요. 한참을 골몰하다 마침내 갈피를 잡고 또박또박한 글씨로 적어 내려갔습니다.

'제 이름이 나라인 것은 우리 엄마랑 아빠가 나라를 정말로 사랑하기 때문입니다.'

엉터리 답은 아니었어요. 우리 엄마와 아빠는 정말로 저를 사랑했으니까요.

＊

수도 그룹은 여러 방면에서 가파른 성장세를 이어나갔습니다. 불황에도 아랑곳하지 않고 경쟁기업들의 추격을 크게 따돌렸어요. 아빠 말만 들어서는 정확한 기여도를 알 수 없겠지만요.

하지만 시작이 있으면 끝도 있는 법이지요.

10년이 지나도록 담당자는 여전히 한기 아저씨였습니다. 동갑내기인 두 분은 점차 스스럼없이 지내는 사이가 되었어요. 아니, 그건 아빠의 착각이었는지도 몰라요. 사적인 이야기를 떠드는 쪽은 주로 아빠였고, 한기 아저씨는 이런저런 것들을 쾌활하게 말하긴 해도 막상 자기 이야기는 별로 들려주지 않았거든요.

아저씨는 비밀이 많은 사람이었습니다.

제가 초등학교 3학년이 되던 해 여름에도 두 분은 만났습니다. 물을 잔뜩 머금은 스펀지처럼 공기가 무거운 날이었습니다. 그런 날은 그림자도 잿빛으로 찌푸리지요. 점심 메뉴는 콩국수였습니다.

"다 먹었으면 슬슬 일어날까?"

"어?"

그런 적은 처음이었습니다. 식사 내내 아무렇지 않게 굴던 아저씨가 갑작스레 결별을 통보한 거예요.

"오늘은 설문 없어. 앞으로도 없을 거고."

아빠가 아저씨를 보았어요. 한기 아저씨는 아빠 시선을 피해 벽에 걸린 시계를 보았고요.

"결국, 나도 아웃인가?"

"넌 문제 없어. 굳이 따지자면 우리가 먼저 아웃된 거지. 팀이 공중분해 됐거든."

"뭐? 아… 실장님 구속된 것 때문에?"

"아무래도 그 영향이 없다고는 할 수 없지."

회장의 갑작스러운 사망 후 그룹에는 많은 변화가 일었습니다. 후계구도가 명확하지 않던 차기 회장 자리는 둘째 아들이 차지하게 되었습니다. 장남은 차남을 당해내지 못했어요. 삼남에게는 어쩌면 가능성이 있었을지도 모르지요. 몇 년, 아니 몇 개월만이라도 더 회장에게 시간이 있었다면요.

둘째 아들에게 첫째 아들은 위협이 되지 않았습니다. 장남은 노상 정치권이나 기웃거릴 뿐 경영에는 뜻이 없어 보였거든요. 문제는 탕아에서 총아로 거듭난 셋째 아들 염 실장이었습니다. 어느덧 그룹 전략기획실을 총괄하며 승승장구하던 그가 새로운 회장에게는 걸림돌로 인식되었겠지요. 그전에도 몇 번이나 자신의 실책을 지적한 동생이니 당장은 아니라도 언젠가 자리를 노릴 것이라고 판단한 거예요.

새 회장은 전사적 경영쇄신을 선언하고 구조조정을 단행했습니다. 그것은 누군가에겐 몰락의 시작이었어요. 염 실장은 횡령과 배임 등 석연치 않은 혐의로 구속되어 징역 3년형을 선고받았습니다. 한기 아저씨에 따르면 그것은 스파이의 작품이었다고 해요. 그러나 죄의 유무를 떠나서 아저씨가 꼭 쥐고 있던 동아줄이 한순간에 썩둑 끊어졌다는 사실이 중요했지요.

"다른 사람들은 뭐래?"

"다른 사람 누구?"

"자문단 사람들."

내내 무표정하던 한기 아저씨의 한쪽 입꼬리가 그 말에 살짝 올라갔습니다.

"그 사람들은 진즉에 탈락했어. 약속이라도 한 것처럼 어느 날엔가 갑자기 우르르 아웃되더라고. 그게 3년쯤 지났을 때고 이후로는 쭉 너 혼자였어. 팀원들도 나 외에는 전부 원래 부서로 돌려보냈고. 그러니까 우리 둘이서 한 팀이었던 거야."

"그런 얘길 왜 지금까지…."

아빠는 입을 다물었습니다. 이유야 뭐 보안 때문이었겠죠.

"그렇다고는 해도 혼자서 이렇게까지 오래 버틸 줄은 몰랐다."

"그런데 내가 틀린 게 아니라면 계속해도 되는 거 아니야? 회사에 도움이 되는데 잘릴 이유가 없잖아."

"방금 말한 거, 너만 몰랐던 게 아니야. 사장단은 지금도 설문에 협력하는 사람이 최소 백 명은 된다고 생각하고 있어. 그렇게 생각하도록 우리 쪽에서 유도했지만 말이야. 외부인원 한 명의 의견에 수익과 직결되는 결정이 좌우된다는 게 알려지면 업무는 즉시 중단될 테니까. 선대 회장이 정초에 사주 보는 것만으로도 뒷얘기가 무성했거든. 그러니까 차라리 팀을 없애는 한이 있더라도 비밀은 계속 유지해야 돼. 요컨대 후일을 도모하자는 거야."

"올해부터는 작심하고 우리 딸 과외비나 모아볼까 했는데 이거 야단났군."

아빠는 문득 아저씨가 염려되었습니다.

"아니, 그런 건 괜찮지만…. 너는 어때? 괜히 불똥 튀어서 엉뚱한 데로 좌천되는 건 아니지?"

"걱정하지 마. 달라지는 건 없어. 연락할 테니까 가끔 만나서 이렇게 식사나 하자고."

하지만 두 분의 약속은 간격이 점점 벌어지더니 명절 때에나 안부를 묻는 사이가 되었습니다. 아빠는 시간이 한참 흐른 뒤에야 한기 아저씨가 그때 이미 회사를 그만두었다는 사실을 알았어요. 단 한 번, 아저씨가 아빠를 찾아와 허심탄회하게 자신의 이야기를 들려준 적이 있습니다. 아저씨가 오래 짝사랑하던 소꿉친구와 긴 연애 끝에 결혼을 했고, 남매를 두 살 터울로 낳았는데 그중 큰 아이는 저와 동갑이며, 일을 그만두고 변두리 아파트 단지 상가에 치킨집을 시작했다는 이야기를, 조류독감이 발생할 때마다 휘청거리긴 해도 그럭저럭 먹고살 정도는 된다는 이야기를요.

✳

사람은 누구나 하나씩은 재능을 지니고 태어난다는 것이 아빠의 지론이었습니다. 자신의 재능을 빛내는 것이야말로 세상에 태어난 목적이라고 했어요.

"그런데 재능을 찾는 것도 만만한 일이 아니야. 재능이라는 녀석이 어느 구석에 웅크리고 있을지 아무도 모르거든. 전혀 생각지도 못한 방면에서 두각을 드러내는 일이 비일비재하단 말이지. 그러니 모든 가능성을 열어두고 항상 주의를 기울여야 해."

"재능이 없는 사람은?"

"그런 사람은 없어."

아빠가 단호히 대답했습니다. 아빠가 말하기를 경완 아저씨는 성대모사에 능하고 한기 아저씨는 감정을 드러내지 않는 재주가 있었습니다. 그 분야에서 최고까지는 아니라도 그것은 엄연히 그분들이 지닌 재능일 테지요. 또, 엄마는 다림질에 소질이 있다고 했어요. 글쎄, 제가 보기에는 자못 심각한 척하는 아빠의 말을 한 귀로 흘려보내는 것이 엄마의 출중한 능력이지만요.

그럼 저는 어땠을까요?

"그건 네가 찾아야지."

제가 물을 때마다 아빠는 그렇게 말했습니다. 제 키가 아빠 키를 추월한 지 오래인데도 아빠는 팔을 들어 제 머리를 살살 쓰다듬었어요.

"반드시 찾을 거야."

덕분에 저는 어려서부터 안 다닌 학원이 없을 정도입니다. 가능성의 창은 누구 못지않게 활짝 열려 있었던 셈이지요. 그러나 정작 저를 향해 손짓하는 재능은 없었습니다.

발레를 배우던 소영이는 본격적으로 발레를 시작했고, 노래방에서 놀던 유미는 연예 기획사 오디션에 합격했다지요. 학원에서 제 앞자리에 앉던 원우는 전국 수학경시대회에서 입상했어요. 저는 그들 사이에 끼어서 자리만 차지하고 있을 뿐이었고요. 저는 공부를 썩 잘하지 못했습니다. 운동도 젬병이고요. 얼굴이 예쁘장하지도 않고 리더십도 없었지요. 무얼 하든지 금방 질렸습니다. 안 다닌 학원이 없다는 것은 도중에 그만둔 학원이 많다는 뜻이기도 하지요. 요컨대 저는 어중간한 학생이었어요.

줄곧 삭막한 풍경뿐이던 제 창에 처음으로 무언가 포착된 것은 고등학교에 입학하고도 한 해가 지났을 때입니다. 지안이와 짝이 된 것이 계기였어요. 지안이는 수업을 듣는 둥 마는 둥 교과서 귀퉁이에 몰래 낙서하곤 했는데, 슬쩍 곁눈질하니 제법 솜씨가 좋은 것 같더군요.

우리는 아직 제대로 인사조차 나누지 않는 사이였습니다. 하지만 학기 내내 버성기게 지낼 수는 없겠지요. 그래서 조금 과 감하게 다가가기로 한 거예요.

"뭐 그려? 나도 좀 보여줘."

숫기 없는 제 짝꿍은 목덜미까지 시뻘게진 채로 경직되었습니다. 저는 어세를 약간 누그러뜨려 다시 물었어요.

"뭐 그렸어?"

얇은 입술을 한참이나 옴짝하던 지안이가 마지못해 실토했습니다.

"마, 만화 캐릭터…."

"좀 보자."

지안이는 고개를 세차게 가로저었습니다.

"별로 못 그려서…."

"에이, 얼핏 보니깐 잘 그리던데?"

묵묵부답. 짝꿍의 입이 꾹 닫혔습니다. 때마침 수업시간 시작을 알리는 종이 울렸어요. 순간 묘수가 떠올랐습니다.

"만화라고 했지? 좋아, 그럼 나도 하나 그릴게. 서로 보여주는 거야."

대답은 필요하지 않았어요. 저는 쉬는 시간 동안 구부정하게 앉아서 4컷 만화를 그렸습니다. 때로는 막무가내도 필요한 법이거든요. 스토리는 방금 나눈 대화를 토대로 한 것이었어요. 특히 짝꿍인 지안카를로(가명)의 그림을 보고 놀라는 마지막 컷은 상당한 실력이 필요했는데 엉성한 제 솜씨로는 감동을 주기에 역부족이었습니다. 결국 의도와는 달리 괴상한 그림 앞에서 감동의 눈물을 흘리는 초현실적인 마무리가 되고 말았는데 그것이 뜻밖의 반응을 이끌어냈습니다. 곤혹스러워하며 노트를 건네받은 지안이가 만화를 보고는 풋, 하고 웃음을 터뜨린 거예요.

그날의 작은 성취가 제 안에 있던 무언가를 깨웠습니다. 지안이의 환한 얼굴을 보며 머리가 쭈뼛해지던 것은 어쩌면 재능이 저를 발견한 신호였는지도 몰라요.

그 뒤로 저는 만화를 몇 편 더 그렸습니다. 지안이뿐 아니라 다른 친구들도 그것을 호평했어요. 그럴수록 저는 만화에 더욱 매달렸지요. 그림 실력도 조금씩 나아졌어요. 하지만 저는 만족하지 않았습니다.

"저기, 엄마."

저녁 식사 중에 저는 조심스럽게 말을 꺼냈어요.

"나 미술학원 다녀도 돼?"

"미술학원? 너 예전에 다녔었잖아."

저는 중학교 때 미술학원에 다니다가 두 달 만에 도망치듯 그만둔 전적이 있습니다. 하지만 그때와는 다릅니다. 지금은 심지에 불이 붙었으니까요.

"만화를 전문적으로 가르치는 학원이 있대. 나 거기 다니면 안 돼?"

"벌써 2학년인데 대학 갈 준비도 해야 하지 않을까? 그냥 취미로 다니려거든…."

"지금보다 성적 떨어지면 바로 관둘게요. 네?"

그렇게까지 저돌적으로 나서니 엄마는 약간 놀란 듯했어요.

"알았어. 너 제주도 가 있는 동안 아빠랑 얘기해볼게. 다녀와서 결정하자."

"그럼 엄마는 허락하는 거야?"

"대신 성적 떨어지면 끝이야."

"오케이. 아빠한테도 말 좀 잘해줘요."

이것으로 결정되었습니다. 아빠한테는 벌써 허락을 받았다는 사실은 이 타이밍에 굳이 털어놓을 필요가 없겠지요. 여행에서 돌아오자마자 학원에 등록할 생각에 수학여행은 되레 뒷전이었어요.

수학여행은 시작부터 조마조마했습니다. 안개가 심해 출항이 취소될 수도 있다는 말을 들었거든요. 간신히 배가 뜨긴 했지만 2시간이나 지연된 후였지요. 기다리는 동안 흥이 많이 식었는데 배는 처음 타보는 거라 막상 선상에 오르니 기분이 살아나더군요. 비로소 여행을 간다는 실감이 났어요. 엄청 크고 호화로운 배 안에서 우리는 마음껏 먹고 마시고 떠들었어요. 그러다 하나둘씩 쓰러져 잠들었고요. 한참 수다 떨던 저도 지안카를로를 끌어안고 노루잠을 잤지요.

밤사이 저는 꿈을 꾸었습니다. 저는 열쇠 꾸러미를 한가득 들고 있었어요. 개미굴처럼 구불구불한 복도에는 문이 많았는데, 제 앞에도 자물쇠가 채워진 미닫이 철문이 있었지요. 벽에 드리운 그림자가 일렁였습니다. 저는 그 그림자로부터 달아나는 중이었어요. 손이 덜덜 떨리고 목이 바짝바짝 탔습니다. 얼른 숨어야 하는데 좀처럼 맞는 열쇠를 찾지 못했어요. 그러다 마침내 철컥, 하고 손에 걸리는 느낌이 들었습니다. 자물쇠가 둔탁한 소리를 내며 바닥에 떨어졌어요. 저는 환희에 차서 문을 힘껏 밀었지요. 하지만 문 안쪽에 있는 것은 방이 아니었습니다. 그냥 시멘트가 치덕치덕 발라져 있는 차가운 벽이었지요. 저는 망연자실한 채로 벽에 기대었습니다. 이윽고 그림자의 주인이 지독한 냄새를 풍기며 모습을 드러냈습니다. 그것은….

딩동댕, 선내 스피커에서 아침을 알리는 멜로디가 나왔습니다.

차례로 씻고 식사를 마친 뒤 우리는 다시 넓은 방으로 돌아왔습니다. 친구들은 내도록 명랑히 조잘거렸지만 저는 꿈속 장면들을 가만히 곱씹었습니다. 무언가를 암시하는 것처럼 느껴져서 찜찜했거든요.

저는 친구들에게서 벗어나 한적한 곳에서 아빠에게 전화를 걸었습니다.

"어, 도착했어? 밤늦게 출발했다더니?"

"아직. 근데 바다라 그런지 감이 좀 머네."

제가 물었습니다.

"미술학원 있잖아…. 다니지 말까?"

"왜?"

"괜히 돈만 낭비하는 것 같아서."

"돈 걱정을 네가 왜 해."

"나한테 소질이 없다는 걸 비싼 돈까지 들여가면서 확인하고 싶지 않아서 그래."

"왜, 누가 너더러 소질이 없대?"

"그런 건 아니고…. 그냥."

그때 어디선가 쿵 하는 소리가 들렸습니다. 이어서 배가 한쪽으로 급격히 기우뚱했지요. 그 바람에 저는 바닥에 엉덩방아를 찧었어요. 주위를 살피니 저뿐만 아니라 방에 있던 사람들이 모두 한쪽 벽으로 쏠렸습니다.

"어라?"

전화기를 떨어뜨린 저는 정신을 좀 수습한 뒤에 다시 통화 버튼을 눌렀습니다.

"아빠, 배가 갑자기 기울었어. 타이타닉 같아. 이러다 가라앉는 거 아냐?"

"근처에 승무원 없어?"

"승무원은 안 보이고 안내방송만 나와. 현재 위치에서 이동하지 말래. 움직이면 더 위험하다고."

"도대체 얼마나 기울었길래…. 암초에 부딪혔나? 너는 어디 안 다쳤어?"

"난 괜찮아. 한번 나가볼까?"

"아니야, 움직이면 더 위험하다잖아. 거기서 좀 기다려봐. 혹시 모르니까 구명조끼는 꼭 입고."

"알았어요. 무슨 일 생기면 또 전화할게."

끊기 전에 아빠는 한마디 덧붙였습니다.

"그리고 돌아오면 학원 다니는 거다."

배가 가파르게 기울어 저는 또 전화기를 놓쳤고 이번에는 다시 줍지 못했습니다. 발밑에서 물이 차올랐거든요. 4월의 시린 바다가 검푸른 아가리를 벌려 거대한 여객선을 기어이 집어삼킨 거예요. 탑승자 476명 가운데 172명은 다행히 목숨을 구제했습니다. 나머지 사람들은 저와 같은 운명을 맞았지요.

✳

많은 시간이 지났습니다.
많은 일이 있었습니다.

✳

한기 아저씨가 전화를 걸어 아빠에게 다짜고짜 만나자고 한 것은 사고가 있고 1년이 조금 지나서였습니다.
"미안하다. 며칠 전에 겨우 알았어. 내가 너무 무심했다."
수척해진 아빠에게 손을 내민 아저씨는 전보다 살이 좀 찐 상태였어요. 한눈에 보기에도 턱살이 푸짐했지요.
"신수가 훤해졌네."
미소를 짓기 위해 아빠는 잘 쓰지 않는 근육을 움직여야 했습니다. 아저씨는 말을 아끼는 대신 아빠 손을 꼭 쥐었어요.
정오도 되지 않았지만 아빠는 개의치 않고 술을 주문했습니다. 술병을 내주는 식당 종업원도 별로 개의치 않아 했고요. 해물파전을 가운데 놓고 두 분은 한동안 묵묵히 잔을 비웠습니다. 그러다 작심한 듯 아저씨가 운을 뗐어요.
"실은 나 회사 그만둔 지 좀 됐다. 지금은 치킨집 해."
아저씨는 나직이 자기 이야기를 시작했습니다. 아빠는 처음

듣는 이야기였어요. 하지만 사고 이후 아빠는 무슨 이야기를 듣더라도 놀라지 않게 되었습니다. 귀로 들어오는 소리들이 몸속 어딘가에서 길을 잃어버린 듯했어요.

"한기야."

문득 아빠가 메마른 음성으로 아저씨를 불렀습니다. 녹색 병이 죽순처럼 가지런히 테이블에 돋아 있었습니다.

"우리 이러는 거, 너도 지겹지?"

"아니야. 왜 그런 소릴 해?"

"나도 마찬가지야. 이 상황이 정말이지 지겨워."

"너 애쓰고 있는 거 다 알아. 내가 도움은 못 됐어도… 참, 늦었지만 이거."

아저씨가 안주머니에서 봉투를 꺼내 아빠에게 내밀었습니다. 겉면에는 '근조'라고 쓰여 있었어요.

"됐어. 마음만 받을게."

"잔말 말고 받아. 이거 그냥 돈 아니야. 애초에 네 돈이라고."

아주 예전에, 자문단에게 현금으로 사례를 지급하라는 지시를 받고부터 아저씨 마음속에는 다른 꿍꿍이가 생겼습니다. 아무 근거도 남기지 않는다면 얼마쯤은 가로채도 되겠다고 생각한 거예요. 오래갈 프로젝트라는 확신이 없었던 탓도 있었겠지요. 설문조사 결과를 반신반의하기도 했고요. 결국 아빠는 받아야 할 돈의 절반만 받았습니다. 절반은 아저씨 주머니로 들어갔지요. 십수 년이 흘러서 겨우, 뉴스에 나온 아빠 얼굴을 보고서야 그 돈을 돌려주기로 결심한 거예요.

"지금 얘기는 못 들은 거로 할 테니까 도로 넣어. 둘이나 키우려면 돈 많이 들 거야."

"그럴 거면 만나자고도 안 했다. 그러지 말고 유족들이랑 쓰는 데 보태. 끼니도 든든히 챙겨 먹고. 직장도 그만뒀다며."

아저씨가 완강히 버티니 아빠도 도리가 없었습니다.

"좋아. 답례로 나도 오래된 비밀이나 들려주지."

아빠가 새 병을 따서 잔을 채웠습니다.

"예전에 아웃됐다는 나머지 일곱 명 있잖아. 너는 내가 그 사람들을 떨어뜨렸다면 믿겠어?"

"넌 그 사람들 본 적도 없잖아."

"들어봐. 설문지 작성할 때 내가 실수한 적이 있어. 뭘 묻는 거였는지 기억도 안 난다. 아무튼 엉뚱한 답에다 체크를 한 거야. 이상하게 찜찜하더니 며칠이 지나서야 내가 질문을 잘못 이해했다는 생각이 퍼뜩 들더라. 정정하기에는 너무 늦어서 꼼짝없이 아웃될 줄 알았지."

아저씨가 아빠의 잔이 빈 걸 보고 새로 채워주었습니다.

"그런데 내심으로는 내가 쓴 답이 맞을지도 모른다는 기대도 들지 뭐냐. 어차피 따로 정답이 있는 게 아니고 다수가 고르는 게 답이 되잖아."

"그래서?"

"기대 반 걱정 반으로 처분만 기다렸지. 그런데 아무 일도 안 일어났어. 무사히 지나간 거야. 그래서 어쨌든 맞는 답을 골랐나 보다 생각했지. 하지만 나중에 네가 말해줘서 알았어. 그때 나

대신 다른 사람들이 아웃됐던 거야. 한 번에 우르르."

"그게 너랑 무슨 상관인데?"

"내 능력은 다수의 답이 될 만한 걸 고르는 게 아니었어. 오히려 그 반대지. 내가 고른 게 다수의 답으로 결정되는 거였다고. 이 둘이 다르다는 건 다른 일곱 명의 탈락만 봐도 알겠지?"

한기 아저씨도 얼근히 취해 있었으므로 그 말을 이해하기까지는 다소 시간이 필요했습니다. 그사이 아빠는 소주 두 잔을 더 비우고 화장실에 다녀왔지요.

"제정신으로 하는 말이야?"

"물론 한 번으로 확신할 수는 없었어. 그래서 보궐선거 때 시험 삼아 가능성이 아예 없던 무소속 후보를 찍어본 거야. 아니나 다를까 그 사람이 당선되더라고. 얼마 못 가서 선거법 위반으로 당선무효가 됐지만 그건 논외로 치고."

"말도 안 돼."

따지듯 아저씨가 말했습니다.

"그게 어떻게 가능해?"

"나도 모르지. 어쨌거나 나를 찾아낸 건 너잖아."

아빠는 길게 숨을 토했어요.

"하지만 이게 무슨 소용일까? 다수가 고른다고 정답이 되는 건 아니지. 안내 방송이 시키는 대로 기다리라고 했더니 배에 있던 사람들이 반도 넘게 죽었어."

"이봐, 네 잘못이 아니잖아…."

두 분 사이에 정적이 내려앉았습니다. 다시 입을 연 건 아빠였어요.

"우리 나라한테는 돌반지도 없어. 외환위기 때 나라를 살리려면 금이 필요하다기에 선뜻 내줬거든. 그게 두 나라 모두를 위한 일이라고 여겼으니까. 또, 20년도 넘게 이 나라에 봉사했지. 그런데 내 딸이 죽었는데 내가 뽑아준 작자들은, 나 때문에 당선된 자들은 나를 외면했어. 눈을 감고 귀를 닫은 채로 상황이 수습될 때까지 그저 침묵하고 있다고."

아저씨는 아무 말도 하지 못했습니다.

"누가 그러더라. 산 사람은 살아야 하지 않겠느냐고. 댁들이 그러고 있는 동안에 경제가 다 죽어간다고. 지겨우니까 이제 그만 좀 하라고."

아빠가 차분히 말했습니다.

"난 딱히 돈을 원한 것도 아니었고 애먼 울분을 토로할 생각도 없었어. 내 슬픔은 나만의 것이고, 지금 하는 일은 오히려 산 사람을 위한 거라고 생각했지. 어째서 그런 사고가 일어났는지, 어째서 구조 작업이 엉망이었는지, 어째서 제 역할을 못 하는 사람이 중책을 맡고 있는지를 파악하고 대처해야 다음에 같은 비극을 겪지 않을 테니까. 적어도 피해를 줄일 수 있을 테니까. 그런데 어떤 사람들은 우리가 그러는 걸 지겨워했지."

아빠가 계속 말했습니다.

"처음엔 야속했는데 생각해보니까 이해가 되더라. 나와는 처지가 다르니 어쩔 수 없는 거야. 같은 상황에 처해야 비로소 내게 공감하겠지. 그래서 그만두기로 했어. 우리가 하는 일을 지굿지굿하다 여기기로 했다고. 물론 처음에 방송에서 지겹다고 떠들던 건 소수의견이었는지도 몰라. 하지만 내가 그렇게 마음 먹은 이상 이제는 다수의 생각이 됐지."

"그렇게 생각하지 마."

"아니, 그래야 돼."

"……."

"앞으로도 달라지면 안 돼. 바라건대 모두 나와 같은 처지가 되어야 해. 죽은 사람은 잊고 산 사람은 살아야지. 경제를 살리고 이 나라도 살려야지. 그렇게 살려낸 나라의 그늘에서 나는, 아니 우리는 패잔병처럼 쓸쓸히 죽어가겠지. 그나마 위안이라면 아직도 다수는 천국이 있다고 믿는다는 거야. 순진하지?"

"너…."

"한기 너도 부디 정신 바짝 차려라. 이제부터는 능력껏 살아남는 수밖에 없어. 너야 원체 신중하니까 별 탈 없겠지만…. 그래도 역시 이 돈은 네가 갖고 있는 게 좋겠지. 둘이나 키우려면 돈 많이 들 테니까."

아빠는 마지막 잔을 털고 자리에서 일어났습니다. 아저씨는 멍하니 아빠의 뒷모습을 바라볼 뿐이었습니다.

누나
노릇

다른 남매들은 어떤지 모르겠지만, 동생에 대한 나의 감정은 꽤 복잡한 편입니다. 오랫동안 나는 동생을 미워했어요. 동시에 애틋하게 여겼고요. 지긋지긋해 하면서도 한편으로는 동생을 그리워했던 것 같습니다.

물론 애틋하면서도 미워했고 그리워하는 동시에 지긋지긋해했다는 식으로 순서를 바꿔도 무방하겠습니다만, 요는 내가 동생의 전화를 달가워하지 않았다는 얘기를 하고 싶은 겁니다. 질색하면서도 속수무책으로 통화 수신 버튼을 눌렀고, 또 번번이 후회했어요. 그날도 동생에게서 전화가 왔습니다. 용건이야 들을 것도 없었지요.

"조금만 더 빌려줘. 나중에 한 방에 갚을게."

나는 이제부터는 거절하기로 마음을 정했었습니다. 어차피

더는 줄 돈도 없었으니까요. 동생도 알고 있었습니다. 알면서도
찔러보는 것이었죠.

"저번에 줄 때 적금까지 깬 거라고 말했잖아."

"정말 없어? 형편 되는 만큼만 줘도 되는데."

"없다니까."

"어디서 빌릴 데라도 없을까? 내가 진짜 급해서 그래."

"내 형편도 지금 말이 아니야."

수화기 너머로 혀를 차는 소리가 들렸습니다. 왠지 동생 옆에
누가 있는 것 같아 신경이 쓰였지만 내색하진 않았습니다.

"저기 누나…."

동생이 머뭇거렸습니다.

"뭔데?"

"그러면 우리 만나자."

"소용없어. 줄 돈이 진짜로 하나도 없어."

"돈은 됐어. 내가 할 말이 있어서 그래. 만나서 다 설명할게."

뜻밖의 제안이었습니다.

그동안 대체 무슨 돈을 어디에 쓰는지, 돈다발로 밑 빠진 독
을 막기라도 하는지 물어도 동생은 대강 얼버무릴 뿐이었습니
다. 말하기 곤란한 사정이 있나 보다, 어디서 사고라도 쳤나 보
다, 짐작하고 넘어갔지만 다달이 돈이 필요한 사고가 무엇인지
는 아무리 생각해도 모르겠더군요.

그런데 그 찜찜함을 해소할 기회를 준다 하니 내가 어떻게 거
절했겠습니까?

＊

나는 고등학교를 졸업하자마자 집을 나왔습니다. 그 집에서는 숨이 막혀 견딜 수가 없었습니다.

아버지와 어머니는 언제나 아들만 챙겼습니다.

나는 원래 쌍둥이였다고 합니다. 예정대로였다면 남매가 태어났겠지요. 그런데 출산 직전에 아이 하나가 그만 죽어버린 거예요. 세상에 나온 건 나뿐이었습니다.

아버지는 입버릇처럼 말했습니다.

"둘 중에 하나가 죽어야 했다면, 그건 계집아이였어야 했다!"

어머니도 옆에서 거들었습니다.

"네가 우리 아들을 죽였다!"

나라는 인간은 날 때부터 환영받지 못하고 있었던 겁니다. 받은 게 있다면 아마도 저주겠지요. 내가 정말로 어머니 배 속에서 내 혈육을 죽였을까요? 모르겠습니다. 차라리 사실이면 덜 억울하겠네요.

동생이 태어나고부터는 아버지도 어머니도 더는 나를 미워하지 않게 됐어요. 그보다는 아예 관심을 거두어버렸습니다. 어느새 나는 없는 자식이 되었더군요. 아들, 아들, 오로지 아들. 그들에겐 아들밖에 없었습니다.

어렸을 적에 동생은 퍽 귀여웠습니다. 그만하면 얼굴도 귀여웠고 하는 짓도 귀여웠습니다. 모두가 그 애의 비위를 맞춰주었습니다. 반면에 그 애는 누구의 비위도 맞출 필요가 없었지요.

나는 동생을 볼 때마다 밀고 할퀴고 때리고 물어뜯고 싶다는 충동을 느꼈습니다. 동생만 없으면 식구들의 관심이 내게 집중될 거라고 생각한 건 아닙니다. 그 정도로 어리석진 않아요. 나는 그저 나보다 약한 존재에게 분풀이를 하고 싶었던 거예요.

물론 동생에겐 아무 잘못도 없지요. 나도 그것을 압니다. 그래서 아무 짓도 안 했어요.

동생도 내게 잘못이 없다는 걸 알았습니다. 하지만 그 애가 뭘 어쩌겠어요? 그저 응석받이일 뿐인데요.

아무튼, 나는 계획했던 대로 고등학교 졸업식 날에 집을 나왔습니다. 공교롭게도 그날은 동생의 중학교 졸업식 날이기도 해서 식구들은 모두 동생 졸업식에 가 있었습니다. 나는 일찌감치 집에 돌아와 식탁에 메모를 한 장 남기고 얼른 나왔어요.

앞으로 내가 알아서 살 테니 찾지 말라는 내용이었는데, 사실 그런 게 없어도 식구들은 나를 찾지 않았을 거예요. 메모는 나 자신을 위한 것이었습니다. 그들이 나를 버렸듯이 나도 그들을 버리겠다는 선언문이었죠.

이후로 한동안 친구네 자취방에서 얹혀살았습니다. 친구는 대학교에 다녔고 나는 편의점에 다녔어요.

다음 해에는 회사에 취직했습니다. 화장품 회사에 납품할 플라스틱 용기를 만들어 파는 회사였는데, 나는 만드는 업무도 파는 업무도 아닌 허드렛일을 맡았습니다. 편의점 시절에 비해 수입이 크게 나아지진 않았으나 덜 불안했습니다.

그다음 해에는 조금 큰 회사로 옮겼습니다. 주머니 사정도 한

결 나아졌어요. 그때부터 나는 혼자 지낼 집을 구했습니다. 친구는 더 있어도 된다고 했지만 나는 혼자가 좋았습니다. 아무에게도 의지하고 싶지 않았거든요.

그다음 해에는 동생이 대학에 붙었습니다. 기숙사에서 지내게 됐다더군요. 나는 가끔 동생을 불러 밥도 먹이고 용돈도 줬습니다. 동생이야 과외 아르바이트도 하고 집에서 생활비도 받으니 더할 나위 없이 풍족했겠지만, 요컨대 내 도움은 필요 없었겠지만, 나도 딴에는 누나 노릇이라는 걸 좀 해보고 싶었나 봐요.

회사를 옮길 때마다 내 생활은 조금씩 나아졌습니다. 적금도 들고 보험도 들었어요. 가볍게 연애를 할 정도로 여유도 생겼고요. 한때는 고양이를 주워 기른 적도 있습니다. 다시 금방 집을 나가버렸지만요.

그러는 사이 동생은 군대에 갔다 왔습니다. 휴가 중에 두어 번쯤 만났는데 어쩜 그렇게 자기 얘기만 하던지…. 어쨌든 까맣고 탄탄하고 꽤 듬직해졌습니다. 적어도 겉보기로는 그랬어요.

제대한 뒤로 동생은 복학하는 대신에 시험을 준비하겠다고 그러더군요. 무슨 고시라고 하던데 정확히는 모르겠습니다. 아무튼 동생은 학교에 돌아가지 않았습니다.

생각해보면 나는 동생을 한 번도 못 만났습니다. 그러니까 전역한 다음부터요. 우리는 늘 전화 통화만 했어요. 예전처럼 밥을 사주겠다고, 용돈을 주겠다고 꾀어도 나오지 않았습니다. 나로서는 동생이 단단히 각오했다고 여겼지요. 달리 의심이나 했겠어요?

뭔가 이상하다고 느낀 건 그로부터 2년이 지났을 때였습니다. 동생은 내게 전화해 대뜸 돈을 요구했어요. 취했는지 다쳤는지 발음이 부정확해 말을 알아듣기 힘들었습니다. 동생은 아무것도 묻지 말라더군요. 나는 아무것도 묻지 않고 돈을 보냈습니다.

그 일이 있고 한두 달에 한 번꼴로 동생에게서 연락이 왔습니다. 나는 차츰 동생의 전화를 받고 싶지 않게 되었습니다. 하지만 번번이 통화 버튼을 눌렀지요. 번번이 후회했고요.

어느덧 나는 30대가 되었습니다. 괜찮은 사람을 만나면 가정을 꾸릴 셈으로 돈도 적잖이 모았었죠. 하지만 이제는 없습니다. 동생에게 줘버렸어요. 아무것도 묻지 않고 전부 줬어요.

＊

우리는 동네 주점에서 만났습니다.

"오랜만이야, 누나."

"너 괜찮아…?"

나는 동생의 모습을 보자마자 충격을 받았습니다. 까맣고 탄탄하고 듬직하던 모습은 어디에도 남아 있지 않았습니다. 그렇다고 군대 가기 전의 희멀건 샌님으로 돌아왔는가 하면 그렇지도 않았어요.

세상에…. 동생은 나보다도 늙어 보였습니다. 피부는 생기를 잃어 거무죽죽했고, 몹쓸 병이라도 앓는 듯 눈자위와 볼살이 움 푹 꺼져 있었어요. 이도 몇 개 빠졌는지 발음이 쉭쉭 새더군요.

고시 생활이 길어질수록 폐인이 된다지만 이건 그런 수준을 아득히 뛰어넘는 것이었습니다. 단순히 책상 맡에 오래 앉아 있 다고 그렇게 될 리 없었어요.

"아직은 괜찮아. 아직은….."

동생은 조금 겸연쩍어하더군요. 오는 길에 벌레에라도 물렸 는지 벅벅 긁어대는 통에 팔뚝에선 피가 날 지경이었습니다.

"오늘 보자고 한 건, 저기, 다름이 아니라, 누나, 저기 말이야."

"괜찮으니까 말해봐."

"부탁이 있는데, 절대로 어려운 부탁은 아니니까 부담 없이 들어줘."

"아무리 사정해도 안 되는 건 안 되는 거야. 당장에 이번 달 월세도 밀리게 생겼다."

동생이 손사래를 쳤습니다.

"돈 부탁은 안 한다고 했잖아."

"그럼 무슨 부탁인데?"

"좀 이상하게 들리긴 할 텐데, 흠흠, 누나가 나한테 피를 좀 나눠줄 수 있을까?"

이럴 수가! 동생의 말은 전혀 이상하게 들리지 않았어요. 왜 이상하게 들릴 거라고 했을까? 그 말이 더 이상했습니다.

"피? 알았어. 그런 거라면 얼마든지 줄게. 그런데 건강이 많 이 안 좋아?"

"좀 급하긴 해."

"그런데 입원 안 하고 이렇게 돌아다녀도 되는 거야? 수술 날짜는 잡았어?"

"뭐?"

"병명이 뭔데? 이참에 속 시원히 얘기해봐."

"아…."

동생의 얼굴이 흉하게 일그러졌습니다. 나는 그것이 웃음을 참는 표정이라는 걸 나중에 깨달았어요.

"헌혈해달라는 줄 알았어? 그런 게 아니야. 피는 내가 직접 뽑을 거야."

"직접? 직접 뽑겠다고? 왜?"

그제야 비로소 이상함을 느꼈고, 나는 뒤늦게 당황했습니다. 그러나 이어지는 동생의 대답은 나를 더욱 당황케 했습니다.

"내가 마셔야 해서 그래."

＊

우리 부대에 나보다 반년 늦게 들어온 후임이 있었는데 고문관이었어. 고문관이라는 건 어리바리하다는 말이야. 근데 나랑 동갑이더라고. 꼭 그래서는 아니지만 내가 그 후임한테 좀 상냥하게 대했거든? 그래 봤자 덜 갈구고 PX에서 냉동만두 몇 번 사준 정도였지만, 걔는 그게 되게 고마웠나 봐. 말년휴가 때 나를 찾아온 걸 보면 말이야.

밖에서 만난 그 친구는 완전히 다른 사람이더라. 내가 오히려 어리바리했지. 알고 보니 걔는 소위 '좀 사는 집' 자식이었어. 자기가 사겠다면서 데려간 클럽은 척 보기에도 비싼 데였는데, 나는 이래도 되나 하고 눈치를 봤지만 정작 걔는 아무렇지도 않게 자리로 가서 앉더라고. 우리는 춤도 추고 술도 마셨어. 처음엔 좀 어색했지만 환경이 사람을 바꾸는지 나중엔 나도 괜히 어깨에 힘이 들어가더라. 사교계의 거물이라도 된 양 거들먹거렸어.

우리는 완전히 의기투합해서 거의 주말마다 만났어. 둘이서 강남 일대를 누비며 온갖 클럽을 섭렵했어. 돈은 매번 그 친구가 냈는데, 한번은 내가 사겠다고 했더니 버럭 성질을 내더라. 섭섭하게 왜 이러냐며 한사코 자기가 사겠다는 거야. 다행이었지. 나는 도저히 감당 못 할 금액이었거든.

그러다 하루는 자기가 뭘 구해왔대. 그러면서 빨간색 알약을 꺼내더라? 새로 나온 각성제라는데 완전 뿅 간다는 거야.

알아. 그때 자리를 박차고 나왔어야 했어. 하지만 누나도 알다시피 나는 거절을 잘 못 하는 성격이잖아?

"아니, 완전 뿅 가는 건 부차적인 거야. 이거 한 알이면 온몸에 활력이 넘쳐. 살아 있다는 느낌이 장난 아니라고!"

걔는 그렇게 말하면서 막무가내로 내 입에 각성제를 넣었어.

반강제로 그걸 삼켰으니 나는 당연히 겁이 났지. 약간 메스꺼운 느낌이 들어서 게워내야겠다고 생각한 순간에 갑자기 말도 안 되는 변화가 일었어. 아, 그 느낌을 어떻게 설명할까! 내

평생 그렇게 황홀한 기분은 처음이었어. 나를 압박하던 모든 것에서 해방되는 기분이었다고. 쇄도하는 감정의 해일에 완전히 휩쓸렸어. 그러면서도 나라는 존재가 그 어느 때보다도 더 선명하게 느껴지는 거야. 쿵쾅거리는 게 클럽에서 나오는 음악 소리인 줄 알았는데 내 맥박 소리였어. 지금이라면 뭐든지 할 수 있을 것만 같은 기분이 들었어.

이후로 만나기만 하면 우리는 약을 먹었어. 그보다는 약을 먹으려고 만났지. 한동안 아무 문제도 없었어.

그러다 하루는 친구한테서 전화가 왔는데 목소리가 심각했어. 자기 아버지에게 들켜서 재활원에 가게 됐대. 그런데 그 재활원이라는 곳이 외국에 있대. 얘길 들어보니 거의 쫓겨나는 거나 마찬가지더라. 걔도 참 불쌍한 애야. 아무튼 그런 이유로 1, 2년쯤 못 보게 됐으니 남은 약이라도 내게 다 주고 가겠대.

걔는 약 열두 알을 주면서 전화번호도 하나 적어줬어. 약이 부족하면 연락하라면서.

그렇게 떠나갔어.

내게 남은 건 열두 알뿐이었어. 그게 얼마나 갔겠어? 금세 동이 났지. 어쩔 수 없이 나는 전화를 걸었어. 허스키한 목소리가 전화를 받더라. 처음엔 잔뜩 경계하더니 내가 친구 이름을 댄 다음부터는 태도가 좀 누그러졌어. 그렇게 서른 알을 샀지. 그다음에도 서른 알. 서른 알씩 꼬박꼬박.

돈도 꼬박꼬박 나갔어. 집에서 받는 돈으로는 모자라서 여기 저기 돈을 빌렸어. 누나한테도 말이야.

물론 약을 끊으려고도 해봤지. 진짜야.

약을 먹으면 구름 위를 둥둥 떠다니는 기분인데, 약효가 떨어
지면 진흙탕으로 곤두박질을 쳐. 그게 문제야. 약을 끊으려면
이 진흙탕에서 견뎌야 하는데 내가 나약해서 견딜 수 없는 걸
어쩌겠어….

그런데 있지, 한번은 대머리가 묘한 얘길 하더라?

아, 대머리는 판매자야. 아까 말했잖아. 허스키한 목소리로
전화 받던.

아무튼 무슨 얘기였느냐면, 이건 부자들이나 먹는 약이래.
나처럼 가난한 인간은 결국엔 피나 빨아먹게 돼 있다는 거야.

나도 지금 누나처럼 어리둥절했어. 무슨 소리야? 피를 빨아
먹는다니?

약에 포함된 무슨 성분이 혈액에 들은 성분이랑 같대. 그래서
중독자들이 피를 마시면 얼추 약효 비슷한 게 난다는 거야. 그
러면서 나더러 정 돈이 없으면 식구들 피라도 빨아먹으래.

그렇게 된 얘기야. 이제 알겠지? 돈이 없으면 누나 피라도 마
시게 해줘.

＊

나는 기가 막혔습니다.

"피는 안 줄 거야. 대신에 이렇게 하자. 너도 해외에 있는 재활
원이라는 델 가. 그거라면 내가 빚을 내서라도 돈을 마련할게."

"아냐 누나…."

"당장은 어렵겠지만 그게 맞아. 몸이 나으면 어디든 취직해서 돈 갚아. 기다려줄게."

"그런 게 아니라니까."

동생의 얼굴이 흉하게 일그러졌습니다. 나는 그것이 괴로워하는 표정이라는 걸 나중에 깨달았어요.

"내가 거짓말했어. 사실 재활원 같은 건 없어."

"네 친구 간 데 있잖아. 비싸서 그래?"

"그 고문관 새끼가 나를 속인 것 같아. 내가 너무 늦게 깨달았어. 애초에 내 인생 조지려고 작정하고 찾아왔던 거지. 자기는 먹는 시늉만 하고 장단을 맞춰주다가 내가 폐인이 되니까 나를 버린 거라고."

"무슨 소리야? 둘이 친했다며?"

"안 친했어. 전역하고 친해졌지. 그나마도 가짜였지만."

"아까는 군대에서 네가…."

"아니야. 나도 남들이랑 똑같이 대했어. 가끔은 더 심하게 갈군 적도 있지. 걔 때문에 징계도 받고 휴가도 깎였으니까. 그래도 말년엔 많이 참았는데 그 새끼 마음에 앙금이 남아 있었나봐. 말하자면 이건 복수야. 부자 새끼가 돈으로 나를 망쳐놨어."

나는 다시금 기가 막혔습니다.

"그건 그거고 재활원은 재활원이지. 내가 알아볼 테니까 제발 재활원에 들어가. 인생 망치지 말고."

"알겠으니까 오늘은 피나 좀 줘. 나 진짜 급해. 죽을 것 같아."

"도대체 피를 어떻게 달라는 거야? 손목이라도 그으라는 거야 뭐야?"

"아니야. 아니야."

동생이 말했습니다.

"누나가 다칠 필요는 없어. 주사기로 빼면 돼."

"그걸 누가 해? 네가 해? 해본 적 있어?"

"할 수 있어."

할 수 있어? 동생의 대답에는 석연찮은 구석이 있었습니다. 평범한 말이지만 어쩐지 기괴하게 들렸습니다.

순간 머릿속에 끔찍한 장면이 떠올랐습니다. 나는 집을 나온 뒤로 한 번도 묻지 않았던 것을 물었습니다. 기어이 묻고야 말았습니다.

"아버지랑 어머니는?"

"엄마 아빠가 뭐?"

동생이 팔뚝을 긁었습니다. 벅벅, 벅벅벅.

"어떻게 지내?"

"잘 지내지…."

"너 나만 찾아온 거 아니지? 아버지랑 어머니한테도 달라고 했을 거 아냐? 돈 받았어?"

동생은 대답하지 않았습니다.

"돈 못 받았지? 그래서 피라도 받았어? 그런 거야?"

여전히 대답하지 않았습니다. 하지만 대답할 필요도 없었어요.

그들은 아들이 해달라는 건 다 해줬습니다. 돈이 부족하면 피라도 기꺼이 내줬을 거예요. 그런데 동생은 왜 나한테까지 찾아와 피를 달라고 할까? 동생의 먹성으로는 2인분의 피가 모자랐을까? 그런 게 아니라면 그들이 더는 못 주겠다고 했을까? 그럴 리는 없죠. 그보다는… 더는 줄 수 없게 됐겠지?

"솔직히 털어놔."

과연 숨기는 게 있는 모양으로, 동생은 맥주를 벌컥 들이켰습니다. 나는 동생이 대답할 때까지 빤히 쳐다보기만 했습니다.

결국, 동생은 실토할 수밖에 없었습니다. 동생은 나약하거든요.

"누, 누나. 이건 정말 아무한테도 말하면 안 돼."

"알았으니까 말해봐."

"사실은 내가 실수를 했어….."

"죽였어? 죽였지? 죽였구나!"

"조용히 해. 사고였어."

동생이 말했습니다.

"이게 다 그 대머리 때문이야. 그 새끼가 피를 빨아먹으라고 하는 바람에 다른 방법은 생각조차 못 했어. 주사기로 뽑아서 깔끔하게 마시면 될 걸 꼭 빨아먹어야 한다고 세뇌된 거야. 그래서 엄마 목덜미를 깨물었어. 분명히 말해두는데 허락받았어. 빨아먹어도 좋다고 허락을 받았다고. 그런데 재수 없게 아빠가 우릴 본 거야. 사실 모양새가 좀 거시기하잖아? 무슨 오해를 어떻게 했는지는 몰라도 아빠는 갑자기 눈이 뒤집혔어. 차분히 대

화로 하면 좋았을 걸 부엌에서 식칼을 꺼내오지 뭐야. 그걸로
뭐 어쩌려고? 아들을 찌르려고? 나는 그럼 가만 두고 봐? 한참
옥신각신했지. 그러다가 정신을 차려보니 두 사람 다 칼에 찔려
서 쓰러져 있더라."

"그래서?"

목이 콱 메더군요. 내가 그들을 동정했다고는 말하지 않겠습
니다.

"그래서 어떻게 했어?"

"아쉬운 대로 페트병에 피를 받아서…."

"피 얘기는 집어치워! 아버지랑 어머니 어떻게 했냐고!"

"쉬, 쉿! 목소리가 크잖아. 누가 들으면 어쩌려고."

"대답해. 어떻게 했어?"

"마당에 묻었어."

이대로 두었다간 나도 그들과 같은 꼴이 될 것 같았습니다.
아니, 내 꼴을 보십시오. 이미 빨릴 대로 빨려서 볼품없이 앙상
해진 내 삶을 좀 보십시오.

'둘 중에 하나가 죽어야 했다면 그건 계집아이였어야 했다!'

그렇게 말한 인간은 그가 끔찍이도 사랑하던 자식에게 살해
됐습니다. 하지만 나는 누군가를 대신해 죽을 생각이 없습니다.

'네가 우리 아들을 죽였다!'

그렇게 말한 인간도 세상에 없습니다.

동생이 흐리멍덩한 시선으로 나를 보았습니다. 나도 동생을
보았어요. 나는 어렵게 입을 열어 동생에게 피를 주겠다고 약속

했습니다. 동생은 손을 비비며 좋아하더군요.

우리는 주점을 나와 한참을 거닐었습니다. 동생은 내가 이끄는 대로 비틀거리며 따라왔어요.

새벽 무렵에 나는 적당한 골목을 찾았습니다. 아니, 적당한지는 모르겠지만 나는 그만 방황을 멈추고 싶었어요.

"여기서 해."

나는 동생을 후미진 곳으로 잡아끌었습니다.

"여기서 엄마한테 했던 것처럼 해줘. 야만스럽게 빨아봐."

"여기? 길가에서…?"

"뭐, 어때. 아무도 없잖아."

"알다가도 모르겠네, 정말."

구시렁대면서도 동생은 못 하겠다는 말은 안 하더군요.

미로 같은 골목의 한복판에서, 달빛도 들지 않는 담장 아래서, 마침내 나는 동생에게 목덜미를 내주었습니다. 그것이 내가 마지막으로 한 누나 노릇이었어요.

우리는 곧 헤어질 연인처럼 꼭 안았습니다. 동생의 더운 숨결이 내 살에 닿았습니다. 나는 움찔했지만 거부하진 않았어요. 이윽고 메마른 입술과 축축한 혀와 뾰족한 이가 거의 동시에 내게 닿았습니다. 살이 찢어지는 아픔에 나는 그만 몸을 떨었습니다. 비릿한 피 냄새를 맡으며, 정숙하지 못하게 춥춥 빨아대는 소리를 들으며, 나는 가벼운 현기증을 느꼈습니다.

오랫동안 나는 동생을 미워했습니다. 동시에 애틋하게 여겼고요. 지긋지긋해 하면서도 한편으로는 동생을 그리워했던 것 같습니다. 그러나 이제는 아무 감정도 남아 있지 않습니다.

　나는 가만히 손을 뻗어 에코백에서 포크를 꺼냈습니다. 주점에서 가져온 물건이었어요. 나는 그것으로 동생의 목을 힘껏 찔렀습니다. 확실히 하고 싶어서 같은 짓을 몇 번이나 반복했어요.

　푹, 푹, 푹, 푹, 푹.

　내 목에 매달려 있던 동생은 가냘프고 하찮은 신음을 흘리더니 풀썩 쓰러졌습니다.

　인적 없는 골목에서 나는 한동안 동생의 곁을 지켰습니다. 생명이 꺼지는 순간을 눈앞에서 지켜보았습니다. 그러다 문득, 꿀렁꿀렁 쏟아지는 동생의 피를 손가락으로 살짝 찍어 맛보았습니다. 그것은 그러나 아무 맛도 나지 않았습니다. 그저 불쾌할 뿐이었어요.

사랑손님과
나

1

누님은 오늘도 길목을 막아선다. 아무리 기척을 죽이고 쥐걸음으로 나가려 해도 이내 들통이 나니 환장할 노릇이도다.

"모연이 어데 가니?"

누님의 은근한 목소리가 들릴라치면 가슴이 철렁 내려앉는다.

"볼일이 있어 잠깐 다녀와요."

"그러지 말고 선생님 들어오시는 거 보고 나가라."

"좀! 오늘은 폭죽놀이 한다고 분주한데."

그런다고 어디 사정을 봐줄 위인이던가. 도리어 소매를 더욱 팽팽히 당긴다.

"야, 선생님 저녁상 들일 사람이 없잖니."

"입때껏 안 들어왔으면 먹고 오거나 거르겠다는 얘기지. 거 누님도 개의치 마요."

"어찌 그래?"

"그럼 이번만 눈 딱 감고 누님이 상 들고 나가구려. 요새 세상에 내외합니까?"

내가 쏘아붙이니 대꾸하는 대신 누님은 어깨만 새근새근 들썩인다. 더 골려주고 싶지만 그랬다간 금세 눈가가 그렁그렁해질 테지. 그런 건 사절이다.

흥이 식었다. 나는 아무렇게나 신을 벗어 차고서 방에 들어와 드러누웠다.

"제길, 그 선생은 수업을 마쳤으면 재까닥 올 것이지 끼니때마다 어딜 그리 쏘다닌대."

중학생이 되어 거처를 따로 옮겼을 때만 해도 내 생활은 퍽 풍요로웠다. 아주 홀로서기를 한 것은 아니고 바로 옆집인 누님 댁 사랑방에서 잔심부름하며 지내는 조건이 붙었지만 그것만도 어디냐. 비록 누님이나 어머니나 잔소리는 매일반이고 조카딸까지 가세해 이것저것 눈치 볼 일은 많을지언정 내 단연히 행복했노라.

그런데 금년 들어 상황이 달라졌다. 저 남준의라는 자가 내 영역을 침범한 탓이다.

남 선생은 오랜 유학생활을 접고 이번에 우리 동리에 교사로 부임하게 되었단다. 선생을 처음 소개받았을 때는 내 형님의 벗이라기에 조금쯤 우러르는 태도 같은 것이 내게 있었다. 그러나 굳이 형님이 나를 불러다 인사를 시킨 내막이 드러나매, 나는 대번 그에게 앙심을 품게 됐겠지.

"선생님께서 당분간 여기 사랑에서 지내게 됐으니 모연이 네가 성의껏 챙겨드려라."

"네… 네?"

말인즉 내가 지내는 사랑방을 절반으로 갈라 윗방에 선생을 모시고 나더러는 아랫방에서 지내라는 것이다. 결벽이 유난한 선생께서 차마 더러운 하숙에서는 기거할 엄두가 안 난다나. 물론 나는 즉각 항의했으나 형님의 표정을 살피니 더 까불었다간 본가로 도로 내쫓길 공산이 있어 보이므로 적당한 선에서 꼬리를 말았더랬다.

하지만 그래서는 안 되는 것이었다. 쫓겨나 본전도 못 찾는 한이 있을지언정 주장을 끝까지 관철했어야 했다. 그때 비굴하게 타협한 결과 지금껏 부조리에 시달리고 있으니.

펑! 펑!

들릴 리 없는 폭죽 소리가 귓전에 어룽댄다. 아닌 게 아니라 지금쯤 저들끼리 시작했으려나. 오늘 저녁엔 태화도 나온다고 했는데…. 태화의 발그레한 뺨이며 콧등의 점이며 둥근 어깨를 떠올리다가 불현듯 벌떡 일어섰다.

"뭐라도 조치를 해야지, 원."

나는 장지문을 열어젖히고 선생의 방으로 돌진했다. 등을 밝히니 가지런히 개켜진 침구와 정돈된 책상이 눈에 들어왔다. 한쪽 구석에는 과자도 몇 봉지 있는데 그것은 아마도 옥희에게 주려는 것일 테지.

내 그저 염탐질이나 할 요량으로 주인 없는 방에 들어온 건 아니고 따로 목적이 있다.

'우리 모연 군이 용무가 다망해 언제까지고 붙들어 두기 딱하오니 선생님께서 끼니때가 지나도 귀가치 않으시면 밖에서 식사하고 오시는 거로 알겠습니다.'

이렇게 누님의 필체를 흉내 내어 쪽지를 남기면 선생의 방자한 태도도 다소 누그러지리라고 꾀를 낸 것이었다.

하여 선생의 책상 앞에 앉을 때까지도 순조로웠으나 그만 선생의 결벽 병증을 미처 고려하지 못했으니…. 책상 위에는 쪽지 구실을 할 종이는커녕 한 점 티끌도 남아 있지 않았다. 책 귀퉁이라도 찢어 조달하자니 책상 모서리에 세워진 것들이란 원래 이 방에 있던 책들뿐이다. 돌아가신 매형 손을 탄 물건은 내가 감히 훼손할 수 없다.

사정이 여의찮으니 내 방에서 종이를 가져와야겠다. 이런 사태가 아니었어도 애초에 쪽지를 미리 작성해오는 편이 현명했겠지만, 그때는 워낙 경황이 없어서 그런 묘책이 있는 줄도 몰랐다. 일어나려다 말고 나는 (나중 생각해보니 비범한 예지력을 발휘하여) 잠시 정돈을 한답시고 비뚜름히 흐트러진 책들을 바로 세웠는데 마침 책과 책의 작은 틈새에서 수상쩍은 수첩을 발견한 것이다. 검은색의 얇은 수첩이 그림자처럼 숨어 있었다. 나는 그것이 선생의 물건임을 직감했다. 옳지, 그러잖아도 발품 들이기 번거롭던 차에 잘됐군.

보려고 본 것은 아니고 적당한 쪽을 찢고자 대강 훑다 보니 불가피하게 눈에 들어온 것인데 어쨌든 그것은 일기장인 모양이었다. 첫 장에 약속 장소에서 탈 없이 내 형님을 만났다는 내용이 있는 것으로 미루어 이 동리에 와서 일기를 새로이 쓰는 듯했다. 나는 수첩을 조금 더 뒤적거릴지 원래 목적에 충실할지를 고민하다가 수첩을 마저 읽기로 했다. 혹여 나를 평가한 대목이 있다면 알아둘 필요가 있지 않겠는가.

내 짐작에 선생은 본디 일기를 쓰던 사람이 아니었을 게다. 대저 일기란 자기 생각과 느낌을 정리하는 것이 무엇보다 소중할진대 선생의 수첩에는 온통 오늘은 무슨 일이 있었고 무엇을 보고 들었다는 이야기뿐인 까닭이다. 이래서야 우리 꼬맹이가 삐뚤빼뚤 쓴 것보다 나은 점을 찾지 못하겠다. 더욱이 선생과 일절 관계없는 소문들까지 두서없이 적어놓기도 했으니 이 얼마나 한심한 작태인지.

그런데 앞에서부터 순서대로 빠르게 훑던 눈이 문득 멈추었다.

'일주일 뒤. 실수 없이. 정신 똑바로 차릴 것.'

거의 유일하게 자신의 속내를 드러낸 대목이었다. 작성된 날짜는 9일. 오늘이 14일이니 닷새 전에 쓴 것이다. 전후 맥락에 무관하게 툭 튀어나온 구절이라 그 의미는 도통 짐작 가는 바가 없지만 어쩐지 신경이 쓰였다. 이틀 뒤잖아? 무슨 꿍꿍이야?

밖에서 옥희의 들뜬 목소리가 들렸다. 필시 방 주인이 돌아온 것이다. 선생이 마당에서 옥희에게 바짓가랑이를 붙들려 시달리는 틈을 타 나는 수첩을 제자리에 꽂아두고 부랴부랴 방을 빠져나왔다. 잠시 후 모르는 척 저녁상을 가져다주니 선생도 나를 이상히 여기지 않았다.

이후 이틀간 나는 선생을 더 면밀히 관찰했다. 표면적으로 선생은 여느 때처럼 시시풍덩한 모습이었다. 아침에는 일찌감치 집을 나섰고 저녁에는 밥때가 지나 슬금슬금 돌아왔으며 밤에는 옥희를 방에 불러 이것저것 묻고 답하며 아기자기한 시간을 보냈다. 자정 무렵까지 책을 읽거나 일기를 쓰거나 하다가 소등하고 자리에 누운 듯했다. 도무지 정신을 똑바로 차린 사람의 일상이라 보기 어렵다. 그래도 나까지 해이해져선 안 될 일이다.

뜬눈으로 사흘째 아침을 맞았을 때 비로소 나는 안도했다. 우려한 사태는 일어나지 않았다. 선생의 뭔지 모를 계획이 무위에 그친 것이다. 어쨌든 선생도 누님도 꼬맹이도 무사태평하게 각자 자리에 있는 걸 확인했으니 홀가분하게 등교할 수 있겠다.

그런데 교실 분위기가 심상치 않았다. 묘하게 어수선한 게 아마 무슨 사건이 있었던 모양이었다.

"얘기 들었어?"

묻기도 전에 뒷자리의 현호 녀석이 먼저 아는 체했다.

"어저께 석정명이 죽었대. 누가 칼로 찔렀다나 봐."

"석정명?"

"그 왜, 내지인 앞잡이 말이야. 저택에 사는."

"어저께 몇 시에?"

"글쎄, 귀갓길에 변을 당했다니까 저녁쯤이겠지 뭐."

"누… 누가 그랬대?"

"모르지. 아직 안 잡혔을걸."

내 생각이 틀렸다. 선생은 실수하지 않았다. 계획을 성공시킨 것이다. 내가 예상한 것과는 다른 계획을.

2

과연 동리가 발칵 뒤집혔다. 석정명에게 닥친 불운에 대해서는 죽어 마땅한 자가 죽었다는 것이 중론이며 동정하는 이는 딱히 없다. 반면 사람들은 미상의 살해범에 대해 호걸입네 구국영웅입네 하며 낯간지러운 칭송들을 남발하고 있다.

설상가상으로 몇몇 철없는 학급 동무들은 금번의 호기를 놓쳐선 안 된다며 목소리를 높이는 실정이다. 명명백백 기사년 광주 시위를 염두에 둔 의견일지어다. 당시 전국적 항일운동으로 번진 대규모 시위는 우리 또래의 다툼에서 촉발되었더랬다. 즉 그날의 영광을 우리도 재현할 수 있다는 것이다. 어디서 어떻게 비약해야 그러한 결론에 도달할 수 있는지 당최 모를 일이지만서도.

이렇듯 우리가 망령된 공상에 빠진 사이 저들은 저들대로 망상에 사로잡혔다. 일본인과 그 하수인들은 두 번째 습격이 있을 것이라 확신하는 듯하다. 평소 석정명과 교류한 고위 관료들은 경비 인력을 보강했고 순사들은 골목마다 어슬렁거리며 마구잡이로 불심검문하고 있다. 보통은 사람 하나가 죽었다고 이렇게 유난을 떨지는 않으니 꼭 석정명을 탓할 일은 아니겠다. 기실이 소동의 중심에는 출처 불명의 소문이 자리하고 있었다.

"얘기 들었어?"

이번에도 현호 녀석이 쿡 찌른다.

"범인 말이야, 각시탈이래."

"각시탈?"

"못 들어봤어? 동섬서홀 신출귀몰하며 왜놈들을 척결하는 애국지사인데 특이하게도….'"

"탈을 썼다는 거지. 그건 알아. 한데 석정명을 죽였다니?"

"듣기론 그래. 근래에 경성이 삼엄해져서 이곳저곳으로 옮겨 다니면서 활동하나 보더라. 전국 순회공연인 셈이지. 아무리 그래도 이리 외진 지방까지 올 줄이야."

"그래서 그자가 어떻게 생겼대? 그러니까, 탈 말고 얼굴이 어떻게 생겼느냐는 얘기야."

"알 방도가 없지. 가면 뒤 진짜 얼굴은 아무도 못 봤으니."

"흠."

내가 봤다. 무표정한 가면 뒤에는 눈꼬리가 슬쩍 처지고 콧날이 오뚝하며 입술이 종잇장처럼 얇은, 생채기 하나 없이 각시처럼 희멀건 얼굴이 있다. 어느 날 돌연 나타나 호기심 많은 교사 행세를 하는 자다. 그가 석정명을 죽였다.

일제에 협력하고 싶은 마음은 추호도 없다. 표독한 부일협력자가 살해되었다는 소식을 듣고서 처음엔 나 역시 가슴이 쿵쾅거렸었다. 이곳에도 압제에 저항하는 자가 있다니! 그때 내가 느낀 장쾌한 기분을 모조리 부정하지는 않겠다. 다만 범인의 정체를 안 뒤로 그를 무작정 성원할 수 없게 되었을 뿐이다. 선생은 우리 식구와 너무도 가깝다. 그것이 문제다. 독립투사라는 족속은 야생의 호랑이와도 같아서 그 존재가 참으로 귀하고 아름답지만 그렇다고 바로 코앞에서 맞닥뜨리고 싶지는 않은 존재이기도 하다. 자칫하면 우리가 다칠 수도 있는 것이다.

설혹 선생이 체포된다면 그것은 애석한 일이다. 애석한 정도로 끝나면 차라리 다행일 것이다. 그 이상의 끔찍한 일이 우리 식구를 기다리고 있을 테니. 선생을 단순히 하숙인으로 치부할 수는 없다. 애초에 어릴 적 친구랍시고 데려온 것이 우리 형님이기 때문이다. 형사들은 집안 어른들을 데려가 여죄를 캐물을 테고 그 과정에서 무자비한 고문이 가해질 것이다. 그것을 노쇠한 우리 어머니가 견뎌낼 수 있을까.

남준의 선생으로 말하자면, 선생은 정말이지 자기 정체를 숨기는 데 탁월하다. 동리 사람들은 다들 선생을 좋아한다. 하기야 상시 입가에 미소를 띠고 단정한 말투로 인사를 건네며 공순하게 다가오는데 밀쳐낼 까닭이 없겠다. 개를 쓰다듬고 화단을 굽어보거나 담벼락을 매만지고 느긋이 완보하며 걸핏하면 책방을 들락거리는 선생과 유혈 참극을 동반하는 애국지사를 연관지어 생각하는 이는 감히 없으리라. 나부터도 선생을 글이나 들여다볼 줄 알지 저리 유약해서야 어디 사내구실이나 하겠나, 하고 얕잡아보았으니 말이다.

거사가 있었던 뒤로도 선생의 생활은 태연자약이라 옥희를 데리고 산책하러 나가는 데 거리낌이 없다. 아침마다 복작대는 순사들 곁을 지나칠 땐 내가 다 조마조마할 지경이지만 선생은 동요조차 없다.

그렇지만 영원히 정체를 숨기는 게 가능할 리 없다. 멀리 갈 것도 없이 당장에 나부터도 그 본색을 알고 있지 않은가.

3

형님은 밤이 깊어서야 집에 돌아왔다. 늦게까지 형님을 기다린 것은 선생에 관해 상의하고자 함이었다. 선생이 어려서는 어땠는지 몰라도 지금은 위험한 인물이라고, 조속히 누님댁에서 내보내고 관계를 청산하는 편이 이롭겠다고 말할 참이었다.

"그래, 모연아. 옆집에 사는데도 얼굴 보기 힘드네. 어찌 지내냐? 방이 좁아져서 불편하지?"

"그럭저럭 지낼 만합니다. 형님, 그보다 오늘은 꼭 좀 드릴 말씀이 있어서요."

형님이 움직일 때마다 그림자가 기괴한 모양으로 일렁였고 그때마다 나는 움찔거렸다. 형님은 두툼한 손으로 이마에 흐르는 땀을 연신 훔쳤다. 날이 부쩍 더워진 탓이다. 언뜻 보기에 별로 이상한 모습은 아니겠으나 일순 위화감이 들었다. 한낮에야 더웠지만 이 밤에 땀이라니? 뛰어오지 않고서야 저토록 땀이 솟진 않을 텐데? 이슥한 밤거리를 뛰어다닐 만한 사정이 무에 있었을까? 이를테면 들개와 맞닥뜨렸다든가, 유령을 보았다든가,

괴한에게 쫓겼다든가.

혹은 길목마다 늘어선 순사를 피해 달아났다든가.

"왜? 무슨 고민이라도 있냐?"

나는 그만 입을 다물었다.

고보를 졸업하고서 형님은 친척 어른의 소개로 미래사라는 곳에 취직해 십여 년째 다니고 있다. 형님은 내게 회사에서 무슨 일을 하는지 제대로 설명한 적이 없다. 그저 적당히 엉덩이를 비비고 있으면 달마다 월급이 나오는 편한 직장이라고만 말했다. 소위 '사라리맨'이라는 것이다. 나는 그것을 한 번도 의심한 적이 없었다. 지금까지는.

"안색이 왜 이래? 어디 체한 거 아니야?"

"아뇨. 괜찮습니다. 저기… 다름이 아니라 제가 이번 달 용돈이 조금 일찍 떨어졌거든요. 송구스럽지만…."

어쩐지 나는 형님의 얼굴을 똑바로 쳐다볼 수 없었다. 내가 거짓말을 해서? 아니다. 나는 형님이 내게 거짓말을 할까 봐, 그리고 내가 그걸 알아차릴까 봐 저어되었던 것이다.

"뭐야, 그런 용무였군."

형님이 옷걸이에 걸린 웃옷을 뒤져 지갑을 꺼냈다.

"하하. 나는 엉뚱한 짐작을 하고 있었지 뭐냐."

"무, 무슨 짐작이요?"

"아니, 됐다. 그러고 보면 모연이 너도 한창 돈이 필요할 때지. 내가 미리 챙겨야 했는데 미안하다. 자주는 아니라도 가끔 이렇게 너희 형수 몰래 보너스를 주마. 이건 우리끼리 비밀로 하고, 응."

"비밀로…."

처음에는 선생이 우리 모두를 속였다고 생각했었다. 경성을 떠나 한동안 은신할 작정으로 형님을 찾아와 옛 우정을 들먹였다고, 석정명을 죽이기로 마음먹은 것은 이후의 계획이라고. 하지만 더욱 이치에 맞는 것은 외려 그 반대의 경우가 아닐지. 형님이 이번 사건에 깊숙이 연관되어 있다는 것. 선생을 부르기 전부터 어쩌면 형님의 살생부에 석정명의 이름 석 자가 적혀 있었다는 것. 형님이 전문가인 선생을 고용해 암살을 사주했다는 것.

나는 인사를 하는 둥 마는 둥 하고 형님댁에서 나왔다. 바로 옆집인데도 담장을 더듬어 왔을 정도로 정신을 못 차렸다. 방에 돌아와 기진맥진하고 있자니 옆방에서 여자애의 웃음소리가 아스라이 들렸다. 볼 것도 없이 우리 꼬맹이겠지. 하여간 기운찬 녀석이로다. 나는 그 근심 없는 웃음에 긴장이 풀려 이내 혼곤한 잠에 빠져들었다.

이후 며칠간 추이를 관망했지만 선생이나 형님의 신변에는 위협될 만한 일이 없었다. 그래, 전부 내 억측이었던 게지. 선생은 몰라도 형님까지 의심한 건 확실히 조금 지나쳤어. 안도감이 드는 동시에 어쩐지 김이 새는 기분도 들었더랬다.

4

한편, 선생은 평소 옥희를 예뻐했고 옥희도 선생을 잘 따랐다. 그런데 어제는 둘 사이에 냉랭한 기류가 흐르는 것이었다. 낮에 소풍을 간답시고 부산을 떨 때만 해도 여느 때처럼 화목했는데 나가서 무슨 일이 있었는지 울며 돌아온 옥희는 제 방에 틀어박혀 나오지 않았다.

"무슨 일이랍니까?"

누님도 영문을 모르기는 마찬가지였다.

"네가 한번 여쭤보려무나."

"옥희는 아무 소리 안 해요?"

"돌아와서는 저래 울기만 한단다. 밖에서 나부대고 떼 부리다 야단이라도 맞았으려나."

선생의 방에 저녁상을 들이며 옥희 일을 넌지시 물으매 선생은 얼버무리며 말꼬리를 흐렸다. 선생에게선 미안한 기색보다는 차라리 숨기기 급급한 태도가 느껴졌다. 어쨌든 선생이 옥희를 잡도리한 것만은 분명해 보였다.

자기 전에 주전자에 물을 채우러 나갔다가 대청 구석에 놓아둔 신문지에 눈길이 닿았다. 이미 읽고 놓아둔 석간신문이었는데 거기 그대로 있는 걸 보니 오늘은 꼬마 녀석이 영 토라진 모양이다. 요사이 옥희는 글을 배우는 재미에 빠져 신문 여백에 삐뚤빼뚤 글씨를 따라 쓰곤 하는데 어려운 한자는 쏙 빼놓고 만만한 한글과 가나만 골라 적는 것이 우습기도 하고 귀엽기도 하다.

딴엔 제법 열의가 있어 신문뿐 아니라 글자가 있는 것이라면 종류를 따지지 않고 들척거리니 내 교과서며 잡지며 수필집은 일찌감치 섭렵했으며 한번은 내 필기 공책을….

수첩이다!

어째서 미리 깨닫지 못했는지. 옥희도 선생의 책상에서 작고 아담한 그 수첩을 찾아낸 게다. 또한 습관대로 마구 뒤지다 거기서 무언가 본 게다. 정녕 그랬다면 낮에 있었던 일이야 빤하다. 대뜸 자기가 본 것을 떠들어 선생을 난처하게 만들었겠지. 그래서 선생이 함부로 발설하지 말라고 겁을 주었을까? 생각이 그에 미치자 머리털이 쭈뼛 섰다.

아침이 되어 누님은 옥희를 데리고 예배당에 갔다. 나야 불량 교인인지라 어지간한 중대사를 앞두지 않고서는 예배를 빼먹기 일쑤지만 누님은 성실히 참석한다. 특히 매형이 세상을 뜬 뒤로는 더욱 기도에 열심이다.

모녀가 현관을 나서자마자 선생도 외출을 준비하는 소리가 들렸다. 급한 용무가 있는지 서두르는 모습이 아무래도 수상쩍었다. 이윽고 선생의 구둣발 소리가 들렸다. 그때는 이미 나도 선생을 뒤따라 나갈 준비를 마쳤기에 날렵하게 따라붙을 수 있었다. 무슨 배짱이 솟아났는지 선생의 뒤를 밟기로 마음먹은 것이었다.

백주대낮의 미행은 가히 진땀나는 것이었다. 주일 오전의 거리는 한산한 편이고 띄엄띄엄 솟아 있는 전신주도 몸을 숨기는 데에는 썩 도움이 되지 않을 터여서 행여나 선생이 뒤쪽 풍경을 보고자 고개를 조금만 돌려도 내 존재가 눈에 띄기 십상이었다. 선생이 무언가를 골몰하느라 주위를 돌아볼 여유가 없었던 것이 내게는 행운이었도다. 말쑥하게 차려입은 선생이 향한 곳은 언덕 위였다. 즉 예배당이 있는 곳 말이다.

나는 대번에 선생의 의도를 간파했다. 겁을 주어 울리고도 선생은 아직 꼬맹이를 믿지 못한다. 예배당에 간다는 이야기를 듣고 마음이 조급해졌겠지. 행여 사람들 앞에서 입방정을 떨지나 않을지 감시하러 온 것이다.

교인들 사이에 숨어서 선생을 지켜본바 과연 선생은 찬미하고 기도하는 중에도 여자석을 부지런히 훑고 있었다. 마침내 옥희를 발견한 뒤로는 눈도 깜박이지 않고 그쪽을 응시했다. 이윽고 옥희도 선생의 시선을 알아채니 겁에 질려 누님에게 매달려 응석을 부렸다. 아무것도 모르는 누님은 조그만 입술로 기도문을 읊조렸을 뿐.

5

선생은 예배가 끝나기 전에 슬쩍 자취를 감추었다. 나도 곧 예배당에서 빠져나왔다. 식구들 눈에 띄어서 곤란해지는 것은 선생뿐만이 아닌 것이다. 예 왔던 것을 알면 매주 나오라고 성화일 테지.

나는 집에 돌아갈까 하다가 생각을 고쳐 태화를 보러 가기로 했다. 실은 무슨 영문인지 예배 도중부터 태화 생각이 났기 때문이었다. 어차피 내일 학교에서 만나겠지만 딱히 하루 일찍 본다고 손해볼 것도 없지 않나.

공교롭게도 태화네 집은 석정명의 집 부근이어서 거기 도착할 때까지 검문을 세 번이나 당했다. 순사가 내게 눈을 번득거릴 때마다 나도 모르게 술술 실토할까 봐 어찌나 겁이 나던지.

"에엣, 최모연 아니니?"

태화가 나를 불렀다. 태화도 외출에서 막 돌아온 참이라 우리는 집 앞에서 만났다. 내가 점잖게 손을 들어 인사하자 태화가 여동생을 먼저 들여보내고 총총 다가왔다. 태화와 두세 살 터울인 여동생은 희귀한 구경거리라도 만난 듯 내 쪽을 할금거리다가 언니의 성화를 못 이겨 현관 안으로 모습을 감추었다.

"와, 여긴 어쩐 일이래?"

"그게… 잠깐 할 말이 있어 왔다."

"나 보러 왔나?"

"그렇지."

"응. 뭔데?"

원래 우리는 아무 사이도 아니었다. 어쩌다 같은 해에 태어나고 어쩌다 같은 동리에 살게 된 동급생 중의 하나일 뿐이었다. 그러던 것이 합동 포크댄스 시간에 어쩌다 짝으로 맺어져 얼굴을 익히고 이름도 알게 되었다. 무릇 댄스란 것이 정해진 법도가 있으니 손도 물론 포갰겠지. 이제는 시내에서 마주쳐도 인사 몇 마디 주고받을 만큼은 가까워졌다.

이렇듯 지금은 포크댄스라는 명분이 우리를 매어두고 있지만 언제든 다시 아무 사이도 아니던 시절로 돌아갈 수 있다. 합동 수업이 이달 말이면 종료하기 때문이다. 더욱이 내달엔 방학을 하니 새로운 학기가 시작할 즈음엔 확실히 남남이 돼 있을 것이다. 시간이 얼마 남지 않았다.

나는 목소리를 가다듬고 신중하게 물었다.

"손태화, 너 혹시 좋아하는 사람 있나?"

"어…?"

태화는 고개를 푹 숙였다. 하얀 얼굴이 대번에 새빨개졌다. 내 사정도 별반 다르지 않아 목이 뜨거워지고 다리가 후들후들 떨렸다. 현관 안쪽에서 킥킥거리는 소리가 들렸다. 저 애, 우리 꼬맹이를 닮았군.

"글쎄, 있다고 해야 하나 없다고 해야 하나."

오래 뜸을 들이던 태화가 기어들어가는 음성으로 답을 주었다. 그런데 대답이 수상하다. 있다는 겐지 없다는 겐지. 수줍어 하는 모습을 보면 희롱하려는 수작은 아닐진대 어찌 이따위 고약한 짓을 하는가. 그래도 이리 말하는 걸 보면 심중에 떠오르는 이름이 있긴 한가보다.

"있나 보군."

"그럼 너는?"

태화가 반문했다.

"모연이 너는 좋아하는 사람 있나?"

다시 안쪽에서 간들바람처럼 새어 나오는 킥킥 소리. 나는 어떻게 대답할지 궁리한 끝에 고개를 들어 태화를 똑바로 바라보았다.

"나는 네가 좋다."

그리 말해버리고 나니 어쩐지 눈뿌리가 저릿했지만 불쾌한 느낌은 아니었다. 오히려 일말의 개운함이 느껴졌다.

"그뿐이야. 이만 간다."

이리 돌아설 제 나를 붙드는 손이 있겠지.

"나도…."

들릴락 말락 한 목소리로 말하는 태화는 평소보다 몸집이 아담해 보여서 내 품에 쏙 들어오리라는 착각이 들 정도였다. 하지만 중요한 건 그런 게 아니었다. 태화도 내가 좋다고 한 것이다!

"뭐? 그렇지만 너 아까 좋아하는 사람 있다고…."

"응. 나도 너 좋아한다고."

"그러니까 아까는 분명히…."

"으이그!"

여기서 여세를 몰아 교제를 신청해도 나쁘지 않았겠다. 그러나 내가 태화를 좋아하고 태화가 나를 좋아하는 것을 알았다고 해서 태도가 일변할 수는 없는 노릇이다. 나는 제멋대로 부풀어 오르는 마음을 애써 억누르고 포크댄스 수업 일정을 묻는 것으로 대화 주제를 바꾸었다. 이러한 내 심중을 헤아렸는지 태화도 곧 평소처럼 나를 대하는 것이었다. 우리는 애매한 거리를 유지한 채로 마주 서서 이야기를 나누다가 어영부영 헤어졌다.

돌아오는 길에도 가로막는 순사들이 더러 있었다. 그들은 불한당을 다루듯이 나를 담벼락에 몰아세웠다. 그러나 이번에는 아까처럼 떨리지는 않았다.

우리 식구에게 선생의 위협이 현실로 다가온 작금의 상황에 충동적으로 여자애를 보러 간 것은 다분히 도피적인 행동이었다. 나란 인간은 다분히 그런 성향을 지니고 있기 때문이다. 하지만 그것이 외려 새로운 돌파구를 제시한 꼴이 됐으니, 사람 사이의 문제에 있어서는 당사자와 직접 담판을 짓는 게 최선이라는 생각을 떠올린 것이다. 그때 나는 약간 기고만장한 상태였고 모든 상황이 내게 유리한 쪽으로 돌아가리라는 근거 없는 낙관을 하고 있었더랬다.

6

밤까지는 시간이 더디게 흘렀다. 나중 생각하기로 선생을 뵙는 것이 꼭 밤이어야 할 이유는 없었지만 모름지기 비밀 대화는 어두울 때 해야 한다는 편견이 있었다. 그래서 기어이 밤까지 기다렸다.

안방에서 옥희 목소리가 들리지 않게 된 뒤로 1시간을 더 참았다가 장지문 너머로 음전히 선생을 불렀다.

"저기, 선생님. 주무십니까?"

"어어, 아직 깨어 있네만. 모연 군이 이 시간엔 웬일로?"

"드릴 말씀이 있어서요. 실례가 안 된다면 잠시 뵐 수 있을까요? 제가 그리로 건너가겠습니다."

"뭐… 그렇게 하게."

선생은 곧게 앉아 나를 맞았다. 조금 긴장한 것처럼 보였지만 그간의 서먹한 관계를 생각하면 긴장하지 않는 것이 되레 부자연스러울 터였다. 나는 선생과 마주 앉았다. 어색한 침묵이 방 안에 팽배했다.

선생이 당장에 나를 해코지하지는 않겠지만 살인자와 독대하는 자리에서 그의 비밀을 폭로하는 것은 상당한 각오를 요하는 일이다. 자칫 심기를 건드렸다간, 즉 내가 일제에 협력한다고 착각이라도 했다간, 어떤 후환을 입을지 모른다.

"단도직입으로 말씀드리자면."

그렇게 운을 뗀 것을 나는 곧바로 후회했다. 얼마간 분위기를 살핀 다음에 용건을 밝혀도 좋을 걸 늘 성급히 굴어서 탈이다. 물론 이렇게 상대의 허를 찌르는 것도 가끔은 수완이 좋다. 이 경우에는 나까지 허를 찔린 게 흠이지만.

"선생님의 정체를 알고 있습니다."

"정체?"

"일전에 우연히 선생님의 수첩을 보게 되었습니다. 거기엔 지금은 과거가 된 미래의 어떤 날짜가 적혀 있었지요."

아무리 태연을 가장해도 어쩔 수 없이 드러나는 표정이 있다. 바로 지금처럼. 선생의 미소가 딱딱하게 굳었다.

"통 무슨 말인지 모르겠군."

"솔직히 저는 그날 선생님께서 우리 누님을 데리고 야반도주를 할 거라고 짐작했습니다. 수첩에 표시된 게 그 계획의 결행일이라고요. 그래서 두 분이 그러는 걸 막아야 할지 방관해야 할지 끝없이 고민했어요. 네, 부끄럽게도 저는 선생님이 우리 누님에게 연심을 품고 있다고 착각했던 겁니다."

선생은 무슨 말인가 하려다가 입을 다물었다.

내가 계속 말했다.

"하지만 그런 게 아니었지요. 그날은 석정명이 죽은 날이었습니다. 그것을 선생님께서는 미리 알고 있었고요. 왜냐하면 그자를 죽인 게 바로 선생님이기 때문입니다. 즉 선생님이 바로 각시탈이지요."

"각시탈? 아냐, 모연 군. 오해일세 그건…."

"제게 해명하지 않으셔도 됩니다. 그것을 지탄하려는 게 아니니까요. 민족을 위해 분골쇄신하시는 선생님께 큰절이라도 올려야 마땅하지요. 단지 저는 선생님께서 일이 뜻대로 풀리지 않아 체포되는 사태가 벌어지면 제 가족에게까지 불똥이 튀지 않을까 우려하는 것입니다. 더욱이 이번 일에 저희 형님도 일조한 것을 알고부터는 하루하루가 불안의 연속입니다."

선생은 뒤통수를 긁적였다.

"모연 군 생각이 그러하다면 그냥 입을 다물고 있으면 될 일 아닌가? 나는 각시탈인지 뭔지 하는 게 결코 아니네만, 설령 그렇다 해도 내 정체가 까발려지는 게 그리 두렵다면 자네가 함구하면 되지 않느냔 말일세."

"그걸로는 부족합니다. 언제 어디서 무슨 일이 벌어질지 아무도 모르니까요. 당장만 해도 선생님께선 옥희가 감당이 안 되시잖습니까."

"옥희…."

꼬맹이 이야기를 하니 선생의 경직된 태도가 조금 누그러졌다.

"옥희는 정말이지 왈패스럽잖구…. 하지만 그게 또 귀여웁지. 더구나 옥희는 나를 잘 따르니 문제없네."

"그런 소소한 것들이 나중에 다 후환이 됩니다그려. 그러지 마시고, 제 딴에 궁리를 조금 해보았으니 들어보십시오. 선생님께서는 다른 동리로 피신하시는 것이 아무래도 가장 좋은 해결책일 듯싶어요. 순사들이 활개를 치는 것은 우리 동리로 한정돼 있고 선생께서 죽여 마땅한 놈들은 다른 동리에도 얼마든지 있으니까요. 그러니 이곳을 벗어나시는 게 어떠하실지 한번 숙고하시길 간청합니다."

선생은 한동안 생각에 잠겼다.

선생은 이것이 부당한 처사라고 생각할지 모른다. 성가신 일에 휘말리기 싫다고 애국지사를 내치는 셈이니 그로서는 서운한 마음이 들 법도 하다. 결국 이런 사람들을 위해 목숨을 걸었나 하고 회의에 시달릴지도 모른다. 그의 눈빛이 서글퍼 보였다.

그렇다고 내 제안을 철회할 생각은 없다. 애국도 좋지만 식구들 안전이 먼저다.

마침내 선생이 입을 열었다.

"그래, 모연 군 뜻대로 해주지. 여름방학이 시작되면 떠나
겠네."

"어어, 정말입니까?"

"사실은 그러잖아도 떠나려고 했었어. 학교에도 이미 얘기
해 두었다네."

"그… 그러셨군요. 그런 것도 모르고 제가 주제넘게….""

"부디 이 일이 새어나가지 않았으면 좋겠군."

"그건 염려 마십시오."

걱정거리는 의외로 쉽게 해결되었다. 갑자기 모든 일이 잘
풀릴 때는 그러나 한 번쯤 의심해 봐야 한다. 여전히 안갯속에
서 허우적대고 있지 않은지. 갑자기 폭풍우가 휘몰아치고 격랑
이 일어 모든 것을 깡그리 집어삼키지 않을지.

7

얼마 후 나는 끔찍한 실수를 저지르고 말았다.

그날 학교에서 돌아와 보니 집안이 온통 야단이 나 있었다.
어머니가 마당을 오락가락 거닐며 알 수 없는 말을 중얼거렸고
누님은 한쪽 구석에서 실성한 양 흐느꼈다.

"이게 다 무슨 소란이야?"

나는 누님 곁에 옥희가 없다는 사실을 알아차렸다.

"옥희는? 옥희 어디 있어요?"

"고것이 유치원 파한 지 한참이 됐는데도 돌아오지 않는다야."

"다른 동무들은 벌써들 집에 돌아간 모양인데 우리 옥희만 쏙 사라진 게 아무래도 걱정되는구나. 원 중간에 마땅히 샐 데도 없는데 어딜 갔는고….."

내가 물었다.

"선생님은?"

"선생님은 아직 안 오셨다. 야, 모연이 너는 뒷산 쪽에를 좀 돌아댕겨 볼래? 어데 잔디밭에서 까무룩 잠이라도 들었으면 다행이게."

누님의 말에 나는 얼른 가방만 던져두고 현관을 다시 나섰다.

옥희를 유치원에 데려다주고 오후에 집으로 데려오는 것은 내 담당이었다. 그랬던 것이 어느 날엔가 저 혼자서도 넉넉히 다닐 수 있다고 우기고부터는, 며칠 지켜보니 또 말처럼 능히 해내기에, 나는 나대로 성가신 일을 덜게 되었다고 넝큼 손을 놔버렸더랬다. 누님이나 어머니가 그래도 아직은 옆에서 지켜 봤으면 하는 눈치인 것을 조금도 심려할 필요 없다고 일축한 게 나였다.

하지만 적어도 선생이 옥희를 주시하는 것을 안 뒤로는 눈을 떼지 말았어야 했다. 조용히 사라져주겠다는 말을 곧이곧대로 들은 내가 순진했다. 따지고 보면 옥희나 내가 언제든 입을 경솔히 놀리면 자신의 정체가 만천하에 까발려지는 것이다. 결국 선생은 갈 때 가더라도 옥희와 나를 처리해두는 편이 이롭겠다고 판단했을 터, 그런 점을 미리 헤아렸어야 했는데.

뒷산에 오를 생각은 애초에 하지 않았다. 옥희는 선생과 같이 있다. 선한 미소로 꾀어 인적 드문 곳으로 데려갔겠지. 그게 1시간 전이니 지금쯤 벌써…. 새실새실 웃는 옥희 얼굴이 떠올랐다. 해맑은 목소리도 어른거렸다. 내 탓이다. 내가 방심한 탓이다.

나는 언덕 아래 시내 쪽으로 내달렸다. 역전에 파출소가 있다. 거기서 모조리 까발릴 작정이었다. 하지만 역전까지 갈 것도 없이 순사를 발견했다. 가대기꾼 둘이 승강이질하는 것을 순사 세 명이서 뜯어말리고 있었다. 나는 구경꾼 사이를 비집으며 순사에게 나아갔다.

"저기요, 순사 나리."

내가 부르자 순사 하나가 나를 힐끔 쳐다보았으나 이내 무시하고 내게서 시선을 거두었다. 하여 나는 조금 더 힘을 주어 순사를 불렀다.

"순사 나리!"

"무어냐?"

"말씀드릴 게 있는데요…."

"거, 녀석."

순서는 성가시다는 투로 말했지만 이어지는 말에도 그런 태도를 고수할 수는 없었다.

"제가요, 석정명을 죽인 사람을 압니다."

비단 순사뿐 아니라 주변의 모든 것들이 삽시에 멈추었다. 주변은 안중에도 없다는 듯 먹씨름하던 가대기꾼들마저 슬며시 손을 내려놓고 나를 쳐다보았다.

우락부락한 순사가 험굳게 말했다.

"자세히 말해봐라. 허튼소리나 지껄일 것 같으면 너도 감방에 처넣을 줄 알고."

나는 잠시 숨을 가눈 뒤 이야기를 시작했다. 우리 집에 하숙하는 선생이 석정명을 죽였다는 것과 내가 그 사실을 알았다는 것, 역시 정체를 눈치챈 우리 조카를 선생이 죽이려고 납치했다는 것, 다음 차례는 나라는 것을.

그렇게 내가 아는 것들을 죄 털어놓으니 불현듯 가슴 속에서 서러운 감정이 북받쳐 올랐다. 꼴사나운 모습을 보이지 않으려 눈을 부릅뜨고 입술을 깨물었건만 별무소용이었다. 결국 나는 저항하기를 멈추고 아이처럼 엉엉 소리 내어 울었다. 구경꾼들이 한 발짝 물러서며 수군댔다.

순사가 말했다.

"그러니까 남준의라는 자가 보통학교 교사인데 사실은 각시탈이라는 게지? 석정명을 죽인 뒤 지금은 너희 조카딸을 납치했고?"

"네에…."

"알겠다. 그만 울고 우선 너희 집으로 가보자. 단서가 될 만한 게 있을지 모르니."

우리 뒤로 구경꾼의 행렬이 길게 늘어졌다. 순사들은 그들을 해산시키지 않았다. 상대가 각시탈인 만큼 여차하면 그들 손을 빌려야 한다고 생각했는지도 모른다.

집에 도착해서는 아주 가관이었다. 여전히 어머니는 마당을 오락가락 거닐며 알 수 없는 말을 중얼거렸고 누님도 한쪽 구석에서 실성한 양 흐느꼈다.

그리고 옥희가 누님 품에 안기어 훌쩍이고 있었다.

"어?"

"모연이 왔니? 옥희 찾았다."

내가 현관에서 망연자실 얼어붙자 누군가가 나를 떠밀어 마당으로 들어섰다. 순사들도 나를 따라 우리 집에 들어왔다.

"뉘쇼들?"

어머니가 물었다.

"여기 남준의라는 자가 살지요?"

키가 큰 순사가 물었다.

"왜요?"

누님이 물었다.

"저 아이가 납치되었다는 조카딸이냐?"

키가 작은 순사가 물었다.

"오, 옥희가 어떻게 여기에…?"

내가 물었다.

이렇듯 저마다 질문만 해대면 아무도 답을 듣지 못하니 누군가가 솔선하여 정돈해야겠지. 나는 순사들을 대동한 연유를 간략히 설명했다. 가만히 옥희 머리를 쓰다듬던 누님이 기운 빠지는 목소리로 진력냈다.

"이건 또 무슨 뚱딴지같은 소리야? 선생님께서 옥희를 납치하다니? 옥희는 여태껏 벽장 속에 숨어 있었단다."

"벽장엔 왜?"

"요 망할 것이 우릴 골려주려고 그랬다잖니."

나는 머릿속으로 이 소동을 정리해보려 했으나 그럴수록 뒤죽박죽이 되었다. 정녕 선생은 이 사건과 무관한 것인지, 그렇다면 옥희는 왜 하필 지금 시점에 오해 사기 좋은 일을 벌였는지, 저 꼬맹이가 누구 하나 말라죽는 꼴을 볼 셈이 아니라면 대체 왜 벽장 속으로 기어들어가서 곤죽이 되도록 숨어 있었던 것인지 등등.

그러나 당장은 예까지 와서 허탕을 치게 된 순사들을 어떻게 달래서 돌려보낼지가 가장 시급한 문제였다. 나는 허위로 신고했다가 감옥에 갇힌 사람의 이름을 열 개도 넘게 댈 수 있다.

"저어, 나리…."

나는 개중에 인상을 덜 찌푸린 순사에게 다가가 나직이 토로했다.

"조카 걱정에 제가 그만 섣불리 일을 키웠나 본데요."

"아무래도 그런 것 같군."

순사가 특색 없는 어조로 말했다.

"그래도 완전히 헛소리는 아니었지?"

"네?"

"석정명이 죽을 날짜를 그 선생이 미리 알고 있었다는 것 말이다. 수첩에서 봤다며."

분명 그런 말을 했었지.

"제가 그런 말을 했습니까?"

"아무렴. 그리고 아까 너는 거짓말할 겨를 따위 없었어. 그렇지?"

순사가 고개를 돌려 흡사 먹잇감을 탐색하는 살쾡이처럼 내 얼굴을 찬찬히 뜯어 살폈다. 나는 꼼짝도 할 수 없었다. 전신의 혈관을 흐르는 피가 운행을 멈춘다면 그 느낌이 이와 같을까.

"그게 말이지요, 사실은….."

나는 무작정 내뱉어버리는 습관을 고쳐야 할 것이다. 마치 중대한 비밀을 폭로할 듯이 말을 멈추고는 이 대목에서 수습할 방도가 있을지 한참 머리를 굴려보았으나 어떤 대답도 내 안위를 보장할 수 없다는 처량한 사실을 깨달았을 따름이다.

때마침 옥희 목소리가 들렸다.

"아, 선생님이다."

그리고 호리호리한 그림자가 마당으로 미끄러져 들어왔다. 선생이 돌아온 것이다.

"아니, 됐다. 본인에게 직접 묻는 편이 빠르겠지."

나와 이야기하던 순사가 엉덩이를 털고 일어섰다.

"남준의 선생 되십니까?"

"네, 그렇습니다만… 무슨 일이십니까?"

선생이 어리둥절한 듯 사람들을 둘러보며 설명을 구했다. 그러다 나와 눈이 마주쳤는데 나는 차마 선생을 똑바로 바라볼 수 없어 얼른 고개를 수그렸다.

"지난달에 있었던 살인사건에 관해 몇 가지 확인할 게 있어서요. 서까지 저희와 동행해주시지요."

"살인사건이라면?"

"석정명 씨가 피살된 걸 모르시진 않죠?"

"아유, 우리 애가 헛소리를 좀 한 걸 갖구…. 괜한 수고들 하지 말고 그냥 돌아가시우."

보다 못한 어머니가 손사래를 치며 나섰다.

이제 선생도 상황이 어떻게 돌아가는지 파악한 모양으로 낯빛이 급격히 어두워졌다. 세간에 알려진 대로라면 이쯤에서 각시탈이 제자리에서 도약하여 화려한 공중제비로써 지붕 너머로 사라지고 그저 호탕한 웃음소리만이 울려 퍼져 잠시나마 이곳에 쾌걸이 머물렀음을 증명할 차례였다. 과연 순사들도 저들끼리 눈빛을 교환하여 장차 일어날 일에 만전을 기했다.

선생은 그러나 금세 평정을 되찾고는 침착하게 말했다.

"어르신, 금방 다녀올 테니 들어가서 쉬고 계십시오. 아무 일도 없을 겁니다."

그러고는 어머니에게 억지웃음을 지어 보인 뒤 순순히 순사들을 따라나서지 않겠는가.

순사들도 얼떨떨한 표정이 되어 주춤거리며 대문을 나갔다. 다시 긴 행렬이 파출소로 출발했다.

잠잠해진 뒤에 누님과 어머니가 나를 세워놓고 잔소리를 해 댔으나 나는 딱히 대꾸할 말이 없었다. 머릿속이 하얗게 되어 아무 생각도 떠오르지 않았다.

8

어제와 그제는 학교를 쉬었다. 곧 권총을 찬 순사들이 집에 들이닥쳐 모두를 연행해갈 것이므로 학업이란 게 퍽 부질없어졌거니와 그전까지는 식구들과 남은 시간을 보내고 싶어서였다. 그러나 이러한 사정을 아는 것은 나뿐이고 식구들은 평소와 다를 바 없는 하루를 보냈으니 결국 나는 식구들과 오붓이 보낸 시간보다 홀로 불안과 초조에 시달리며 보낸 시간이 더 많게 되었다.

나는 낮 동안에는 신문을 읽거나 대청에 드러누워 구름의 형태가 꾸물거리며 변하는 것을 관찰했다. 그러다 대문의 돌쩌귀가 찌꺽찌꺽 마찰음을 내면 얼른 문간으로 고개를 돌리곤 했다. 식구들 외에 간혹 달걀 장수 노파나 칼갈이 사내가 기웃거리는 경우도 있었으나 대개는 그저 바람 때문에 난 소리였다. 제복 차림의 순사들이 등장할 차례는 좀처럼 돌아오지 않았다.

청승 떨지 말고 학교에나 갈 걸 그랬다는 생각은 이튿날인 토요일 저녁에야 비로소 들었다. 그것은 아마 현호와 태화가 각각 나를 만나러 왔기 때문일 것이다.

고작 이틀 빠졌을 뿐인데도 현호는 모르는 소식을 잔뜩 가져왔다. 물론 익히 아는 소식도 가져왔겠지.

"예서 지내던 선생이 잡혀갔다며?"

"응. 그렇게 됐다."

"진짜 각시탈 맞대?"

"글쎄, 아직은 조사 중이니까."

"그래? 범인 잡았다는 얘기가 들리는 거 보면 조사도 이제 다 끝났나 보던데."

"그렇군."

달리 무얼 기대한 것도 아니었건만 왜인지 한숨이 나왔다.

"그런데 말이야."

현호가 말했다.

"제보한 게 너라며?"

"하려고 한 건 아니고, 어쩌다 보니 그렇게 됐다."

"하여튼 그것 때문에 애들 사이에 뒷말이 조금 나오더구나."

"뒷말이라니?"

이 와중에도 나는 내가 시내 한복판에서 울었다는 소문이 퍼졌을까 봐 전전긍긍했다. 다행히 그런 건 아니었다.

"그… 간단히 말하면 포상금이 오를 때까지 기다렸다 신고한 게 아닌가 하는…."

포상? 누구는 지금 사느냐 죽느냐의 기로에서 처분만을 기다리고 있는데 속 편한 소리들이나 주고받고 있었군. 나는 귀중한 시간을 할애하여 현호에게 내가 처한 상황을 설명했다. 현호는 눈을 깜박이고 혀를 날름거리며 내가 하는 말에 집중했다. 이야기가 끝나자 녀석은 더는 내게 용무가 없는지 (아니면 애초에 이 때문에 찾아온 것인지) 오래지 않아 돌아갔다. 보나마나 또 입이 근질거리는 게다. 아무리 그래도 바로잡아진 소식은 월요일에나 퍼질 터, 그때쯤이면 나는 이미….

그런데 귀가 얇아서인지는 몰라도 어째 낙관적인 전망이 자꾸만 고개를 드는 것이었다. 아무리 독립투사에게 숙식을 제공하고 원만히 생활했다지만 그것은 정체를 모르던 때의 사정이니 참작할 여지가 충분하고 무엇보다 결정적인 제보를 한 공로를 무시할 수 없으니 처벌은커녕 포상을 기대해도 좋지 않은가 하는 낙관 말이다.

그렇다고는 해도 선생을 데려온 게 형님이라는 사실이 알려지면 위의 희망은 없었던 일이 될 것이다. 그런데 과연 선생이 그런 것까지 자백할까? 자신에게 아무 도움도 안 되는데 굳이 그런 무도한 짓을 할까?

하지만 나에 대한 원한이 깊다면 충분히 그럴 수도 있겠다. 약조를 배반하고 적들에게 팔아넘긴 대가를 결코 가벼이 여기면 안 될 것이다.

이처럼 천국과 지옥의 극단을 몇 번씩 오가는 중에도 시간은 흘러 어느새 구름이 붉게 물들고 건넛산엔 그림자가 드리웠다.

그 무렵에 태화가 찾아왔다.

"포크댄스 시간에 나만 짝이 없었어."

그렇게 말하면서도 힐끔힐끔 내 기분을 살피는 걸 보면 태화도 나에 대한 소문을 들은 모양이었다.

나로 말하자면 포크댄스 수업에 대해서는 까맣게 잊고 있었다. 지금 나에게 포크댄스란 심히 먼 과거의 이야기가 되었다. 그래서 태화를 보면서도 전혀 그런 쪽으로는 떠올리지 못하고 다만 나를 걱정하는 마음에 만나러 왔을 줄로만 짐작한 것이다.

"미… 미안."

"뭐야."

태화가 내 얼굴을 빤히 쳐다보다가 한쪽 입꼬리를 슬쩍 올렸다.

"그래도 내주엔 나올 거지?"

"내주?"

"내주가 우리 마지막 수업이잖아."

석 달간의 연습을 마치면 마지막 시간에는 공연을 빙자한 평가가 치러진다. 평가 점수는 성적에 반영된다고 하니 마냥 즐거운 합동수업만은 아니겠다.

하지만 내 기구한 운명이 어디로 흘러갈지, 내주에 우리가 함께 춤을 출 수 있을지 어떨지 섣불리 장담할 수 없는 노릇이다. 당장만 해도 내 시선은 자꾸만 문간 쪽을 짚고 있지 않은가. 금방이라도 구둣발이 쳐들어올 것만 같다.

그래서 나는 어쩔 수 없이 약간 머뭇거리는 모습을 보이고 말았다.

"어, 그게⋯."

"왜, 못 나와?"

"저기, 손태화."

"응?"

"어쩌면 못 나갈지도 몰라. 그러니까 태화 너는⋯ 지금이라도 다른 짝을 구하는 게 좋을 것 같아."

내가 등교를 거르는 것은 동시에 태화에게도 손해를 입히는 것이렷다. 그러니 폐를 끼치지 않으려면 이러는 수밖에 없다.

머리로는 알면서도 차마 입이 떨어지지 않았으나 어쨌든 차분히 할 말을 했다.

"최모연…."

태화가 들릴락 말락 한 목소리로 말했다.

"어쩜 그래?"

"나, 나는…."

"못 나올지도 모른다는 얘기는 일이 잘 풀리면 학교에 나올 수도 있다는 얘기잖아. 그렇지?"

"그야 그렇지만…."

"그럼 기다리라고 말해야지!"

"아니, 그래도…."

"그래, 이럴 게 아니라 우리끼리 포크댄스 연습이나 하자. 마당도 넓은데 잘됐네 뭐."

태화가 내 손을 잡아끌었다. 태화는 콧노래를 흥흥거리며 가곡을 불렀고 나는 반강제로 몸을 움직였다. 부엌에서 석찬을 준비하던 누님도 방에서 인형놀이를 하던 옥희도 어느새 나와서 우리를 구경하고 있었다.

9

남준의 선생은 집을 나선 지 사흘째인 일요일 정오 무렵에 돌아왔다. 우리 식구는 빠짐없이 예배에 참석해 선생이 무사히 풀려나기를 기도했는데 그러는 사이에 텅 빈 집에 돌아온 것이었다.

선생의 귀가를 가장 기뻐한 사람은 우리 꼬맹이었다. 옥희는 깍깍거리고 빙글빙글 춤을 추다가 맨발로 달려가 끌어안고 뺨을 부비며 자기 느끼는 바를 고스란히 표출했다. 하지만 나 또한 그에 못지않게 선생을 반기지 않았을지.

나는 선생이 우리를 구원하지 못할 바에야 차라리 혀를 물고 자결해주기를 바랐다. 밀고한 것으로도 모자라 너무 큰 기대를 하는군. 내게 양심이란 것이 남았다면 그렇게 조소했겠지.

그런데 선생은 무슨 농간을 부렸는지 무사히 풀려난 것이다. 정말로 기도가 통한 것인가?

"왜 이리 늦었어요?"

옥희가 선생의 볼을 꼬집으며 물었다.

"응, 얘기가 좀 길어졌지. 옥희는 선생님 보고 싶었누?"

"아니!"

옥희는 대답하더니 다시 까르르 자지러진다.

"자세히 좀 말해보게. 그래, 뭐래?"

이번엔 어머니가 물었다.

"어데 자그마한 꼬투리라도 잡아보려고 시시콜콜 묻길래 저야 물론 떳떳한지라 꾸밈없이 대답했습니다. 그러다 한번은 무영 군과 어려서부터 막역하다고 말할 기회가 있었는데 그제야 태도가 확연히 공손해지더군요. 이렇게 또 무영 군 덕을 보았습니다그려."

형님 핑계를 댄 건 물론 거짓일 테지만 어쨌거나 어머니는 기분이 좋아 홀홀거리신다. 듣기 좋은 소리만 골라서 하는 것도 재주라면 재주다. 혹시 파출소에서도 간교한 언술로 풀려난 게 아닐까?

"그러고 보니 아직 식사 전이시지요?"

뜬금없지만 내가 물었다. 삼백육십 가지 궁금한 것을 놔두고 그런 걸 우선하여 질문한 건 누님이 귀엣말로 시켰기 때문이다.

선생이 그렇다고 하니 나는 또다시 준비된 대사를 읊어야겠지.

"잘됐군. 누님이 국수나 넉넉히 비벼주구려. 달걀도 삶고요."

그렇게 우리는 한 자리에 모여앉아 식사를 했다. 선생이 부재한 동안 있었던 일들을 쉴 없이 떠벌이느라 옥희 얼굴에는 국수 가락이 덕지덕지 붙었다. 우리 식구들은 모처럼 환하게 웃었다.

상을 물리고 선생과 내가 단둘이 남으니 어색한 침묵이 감돌았다. 나는 선생이 무사히 돌아와서 다행이라고 다시 한 번 말했다. 그런데 선생이 잠깐 머뭇거리더니 웃음기 없는 얼굴로 내게 말하는 것이었다.

"밤에 내 방으로 건너오게. 긴히 할 말이 있네."

이에 나는 정신이 번쩍 들었다. 선생의 무사한 귀가가 의미하는 밝은 측면에 취해 어두운 면에 대해서는 까맣게 잊고 있었던 것이다.

고의였건 아니건 나는 선생을 밀고했다. 선생이 돌아왔다는 것은 이제 나는 죽은 목숨이라는 뜻이기도 했다.

결론부터 말하면 나는 살아남았다.

이레 전의 밤처럼 선생은 단정히 앉아 나를 맞았다. 역시 조금 상기된 표정이었다. 나는 선생 앞에 다짜고짜 무릎을 꿇었다.

"제가 오해하는 바람에 선생님께 큰 실수를 저질렀습니다. 어떠한 처분이든 달게 받을 각오가 돼 있습니다."

"얘기가 길어질 테니 편히 앉게."

"어엇, 네…."

내가 주춤거리며 자세를 고치는 동안 선생이 말했다.

"무슨 일이 있었는지 파출소에서 자세히 들었네. 덕분에 몹시 난처하게 됐어."

"거듭 송구할 뿐입니다."

지난 사흘간 밤낮으로 나는 내가 살아남을 수 있을지에 대해 생각했다. 공교롭게도 예배당에서 내가 기도드린 내용이 (다른 식구들과는 사뭇 달리) 내 남은 수명을 쪼개어 우리 식구들에게 나눠줄 수 있다면 운운하는 것이었으므로 선생과의 약속 시각이 다가올 즈음에는 내 목숨에 대해 어느 정도 체념한 상태였다. 선생이 내게 죽기를 요구한다면 군소리 보태지 않고 따르마고 스스로 다짐했더랬다. 그렇기에 이어지는 상황을 수월하게 받아들일 수 있었는지 모른다.

"모연 군은 장차 우리 조선이 일제로부터 독립할 거라고 생각하나?"

"네?"

뜻밖의 질문에 나는 허둥댔지만 이내 내 생각을 말했다.

"독립은 필연이지요."

"그렇담 다시 묻지. 조선이 독립된다면 모연 군은 어느 정도나 독립에 기여하리라고 보나?"

맙소사. 선생은 나를 비난하는 것이었다. 독립운동을 돕기는커녕 자신을 일제에 팔아넘겼다는, 에둘렀지만 확실한 비난.

"대답해보게."

"잘 모르겠습니다."

나는 이미 자포자기의 심정이었다. 선생은 내 대답이 흡족하지 않았는지 화제를 바꾸었다.

"석정명을 죽인 범인이 잡혔다네."

선생이 계속 말했다.

"내가 제보했지. 범인은 석도일이라는 자로 석정명의 동생이야. 목격자가 있다는데도 완강히 버티더니 결국 자백했다는군. 진범임이 확인되어서 내가 풀려난 게야."

"하지만…."

"아직도 내 결백을 의심하는가?"

"그렇담 제가 본 날짜는 그럼 다 무어야요?"

"날짜? 그래, 수첩 얘기로군. 그게 오해의 시작이었지."

선생이 말했다.

"모연 군, 내 이제부터 해서는 안 되는 이야기를 하려 하네. 이대로 떠났다간 내 이름이 다시금 세간에 오르내릴 위험이 있어

차라리 모연 군에게 진실을 밝히는 편이 덜 위험할 거라고 판단
해서야. 그러니 자네만 알고 있어야 해. 만약 이 이야기가 어디
로든 새어나가면 군은 죽음을 면치 못할 걸세. 알아들었나?"

내가 얼른 고개를 끄덕였다. 말인즉 당장은 나를 살려주겠다
는 것이니 거절할 이유가 없겠다.

"비밀을 지키리라 믿네."

해서는 안 되는 이야기는 그렇게 시작되었다.

"알다시피 그날 나는 석정명이 살해될 것을 미리 알고 있었
네. 그자가 죽는 것을 지켜보는 게 내 임무였거든."

"임무요?"

"흠, 앞으로 백 년쯤 지나면 세상이 어떻게 변해 있을지 짐작
이 되는가? 백 층짜리 건물이 세워지고 사람의 일손을 덜어주는
기계가 만들어진다면 어떨까? 혹은 시간을 거슬러 과거의 특정
시점으로 이동시키는 기술이 개발되었다면 믿지 않으려나?"

나는 하하, 하고 실없이 웃다가 선생의 표정을 보고 농담하는
것이 아님을 알았다. 농담이 아니라면 정신이 이상해진 게지.
역시 끌려가서 혹독히 고문을 당했나 보다.

"자네는 내가 제정신이 아니라고 생각하겠지. 유감이네만 내
가 말하는 것은 전부 사실이야. 나는 미래에서 왔다네. 정확히
언제라고 말하지 않는 것을 이해하게."

"이해합니다."

이 와중에 이해하지 못할 일이란 무에 있겠는가.

"그런데 내가 가진 정보는 석정명이 살해된 날짜뿐이어서 그

날은 온종일 그자를 따라다니며 감시해야 했네. 몇 주일 전부터 그자를 따라다니며 행동반경을 파악해 두었지. 여기저기 잘도 기웃거리더만 기껏 그래놓고 저택에서 죽을까 봐 어찌나 마음을 졸였는지 몰라. 어쨌든 죽는 순간에는 놓치지 않고 제대로 보았으니 임무를 절반은 완수한 셈이네. 이제 남은 일이라고는 탈 없이 돌아가는 일뿐이지."

"저, 선생님. 누가 석정명을 죽였는지가 미래에서 그렇게 중요한 사안입니까?"

"옳지, 그걸 설명해야겠군. 내가 살던 시대에서는 친일했던 자들의 재산을 다시 거두느라 한창이거든. 그 과정에 친일파 후손들과 소송도 하고 있고. 이크, 이런 식으로 알려주고 싶진 않았네. 하지만 별수 없지. 일제가 패망하고 조선이 식민 지배로부터 해방되는 건 기정사실이야."

"정말입니까? 언제요?"

"그건 말해줄 수 없어. 정확한 시기는 말해줄 수 없다고 하지 않았나."

"아, 알겠습니다."

"어쨌든 재산 환수 작업 중에 석정명이라는 인물에 대해 새로운 주장이 제기되었어. 그자는 오랫동안 친일반민족행위자로 규정되어 있었는데 사실은 훈장을 받아야 마땅한 영웅이라는 게 후손들의 주장이었네. 친일파 후손들이 재산을 빼앗기지 않으려고 어기대는 게 드문 일은 아니네만 아예 전제부터 부정한 것은 이번이 처음이었어."

선생에 따르면 기록에 남아 있는 것은 다음과 같다.

석정명이 친일을 통해 각종 이권을 득하여 재산을 불렸다는 것. 동생인 석도일은 투전에 중독되어 무시로 형을 찾아가 대신 노름빚 갚아주기를 요구했다는 것. 그러다 모년 모월 모일에 형제간 다툼이 일어 석도일이 석정명을 죽였다는 것.

그런데 석정명의 후손들은 그 사건의 내막이 알려진 내용과는 정반대라고 주장했다.

석정명이 친일파 행세를 한 것은 독립군에 군자금을 조달할 재산을 모으기 위함이었고, 석도일이 구제불능의 파락호 행세를 한 것은 자금을 건네기 위한 방편이 노름빚이기 때문이라는 것이다. 또한 후손들은 석도일이 단지 누명을 썼을 뿐이라고 확신했다. 석도일이 감옥에 갇힌 지 보름 만에 시신으로 발견된 것이 그 증거라고 했다. 그들 형제가 독립군에 가담했음을 알고 조용히 처단되었다는 것이었다.

"석도일이 보름 후에 죽는다고요?"

"어…. 그건 잊어주게. 말이 헛나왔군."

선생은 난처한 듯 콧등을 긁었다.

"양측이 첨예하게 대립하며 공방을 벌였네만 근거가 부족하기는 피차일반이어서 진상을 파악하기 위해 내가 파견된 것이라네. 그런데 석도일이 자기 형을 죽였다는 게 확인되었으니 군자금 이야기도 허위일 공산이 크지. 돌아가면 내가 작성한 보고서를 토대로 석정명의 재산은 국가에 귀속될 거야. 하지만 내 스스로 경찰에 제보까지 하게 될 줄은 몰랐네. 이 일로 어떤 여파가 있을지 생각하면 두렵군."

"선생님."

내가 물었다.

"그렇게 마음대로 시대를 거슬러 옮겨 다닐 수 있다면 여기서 복잡하게 이러실 것 없이 소위 을사년의 오적이라는 자들을 미리 처단하면 될 일 아닙니까? 아예 나라를 빼앗기기 전에 손을 쓰시면 되잖아요?"

"그랬다간 미래가 바뀌잖나."

"아무렴요. 좋게 바뀌겠지요."

"그걸 장담할 수 있나? 또 다른 역적이 등장해 나라를 팔아치우지 않을 거라고 확신하느냔 말일세. 어쩌면 백 년이 지나도 해방되지 못할 가능성이 정녕 없다고 말할 수 있는가?"

"설마 여기서 더 나빠지기야 하겠습니까?"

"상황은 얼마든지 끔찍해질 수 있어. 백번 양보해 자네 말대로 조선이 부국강병을 이루어 태평해진다고 하세. 혼사가 오가기도 전에 자네 아버지가 불현듯 멀리 유학을 떠난다면 어떨까? 자네가 태어날 수나 있을까? 요는 어떻게 바뀔지 아무도 모른다는 거야."

선생이 계속 말했다.

"그래서 혹시 모를 재앙을 방지하고자 규약이 제정되었어. 세계만방에는 나처럼 과거를 탐색하는 자들이 있다네. 우리끼리는 서로 유령이라고 부르지. 유령들은 단지 관찰하는 것만 허용되네. 역사에 직접 개입하는 것은 금기 중의 금기야. 원래 나타났어야 할 무명의 제보자를 대신해 살인사건의 범인을 제보한 행동이 훗날에는 말썽을 일으킬 수도 있으니까. 그러니 돌아가면 나는 징계를 면키 어려울 게야."

"거듭 송구합니다."

내가 주문처럼 되뇌었다.

"너무 마음 쓸 것 없어. 아마 몇 개월 정직을 당할 테고 심해 봤자 감봉일 게야. 여기처럼 감옥에 갇혀 고초를 겪는 일은 없다네."

"그런가요….."

"하지만 입단속은 철저히 해주게. 내 존재가 이목을 끄는 일이 없어야 해. 벌써 몇 번째 말하는지 모르겠군."

그 밤 이후 선생은 다시 평소처럼 느릿느릿 무사태평한 인간을 연기하다가 기일에 맞추어 원래의 시대로 돌아갔다. 선생은 원체 조용한 사람이었으나 그가 방을 비우고 떠난 뒤로 집안이 어쩐지 더욱 고요해졌다.

그 뒤로 선생 소식은 들은 바 없다.

11

나는 태화를 보았고 태화도 나를 보았다. 우리는 키가 엇비슷하므로 시선을 교환하기 위해 고개를 들거나 숙일 필요가 없다. 반 보 간격으로 마주 선 채 우리는 손을 펴고 서로의 손바닥을 맞대었다. 문득 태화가 코를 찡긋거렸는데 그것이 내게는 어떠한 신호처럼 느껴졌다. 하여 무슨 뜻인지 모르면서도 일단은 나도 따라서 찡긋거려 보았다. 입을 꾹 다물고 있던 태화가 피식 미소를 지었다.

그때 음악이 시작되었다.

우리는 같은 방향으로 걸음을 내디뎠다. 그러면서 가락에 맞추어 꿍지발로 제자리에서 혼자 돌거나 짝꿍과 팔을 엮고 돌았다. 그런가 하면 두 학급의 학생들이 만들어낸 원의 부속으로서 원의 크기를 늘리거나 줄이거나 하면서 분주히 돌기도 했다. 춤이라는 것이 돌기만 하는 것은 아니고 미리 정해진 바에 따라 발을 들거나 땅에 딛거나 힘차게 구르거나 우뚝 서는 역할이 있겠고 손도 마찬가지로 손뼉을 치거나 하늘을 향해 손가락을 찌르거나 때때로 내 허리를 짚거나 남의 허리를 감싸겠지.

하여간 태화와 나는 숙지한 것들을 제때에 착착 구사했고 마침내 음악이 멎은 운동장에 흙먼지가 피어오를 즈음엔 선선한 아침인데도 제법 땀이 솟았다.

"한 번도 안 틀렸어!"

태화가 폴짝거릴 제 내 손을 꼭 쥐고 놔주지 않는 바람에 나도 덩달아 들썩거렸다.

"지금까지 한 중에 으뜸으로 잘했다, 그렇지?"

"그래."

"사실은 내 어젯밤부터 긴장이 돼서 잠도 꽤 설쳤는데 모연이 너는 담대하게 잘하더라."

"꼭 그런 건 아니고 나도 중간에 몇 군데 틀리긴 했다."

"그러니? 나는 정신이 없어서 어떻게 끝났는지도 몰라. 그래도 우리 잘했지, 응?"

"그래."

태화가 다시금 폴짝거렸고 나도 또한 들썩거렸다.

둘러보니 운동장 여기저기서 우리처럼 감격해 마지않는 학우들이 눈에 띄었다. 선생님도 다른 때 같으면 칼같이 집합시키던 분인데 합동수업 마지막 시간인 만큼 우리에게 자유 시간을 주려는 겐지 모르는 척 소도구를 정리하고 있었다.

"저, 최모연."

태화가 내 곁으로 다가붙었다. 우리는 여전히 손을 놓지 않고 있었다.

"그럼 이제 우리…."

태화의 도톰한 뺨이 발그스름해진 것을 보며 나는 태화를 힘껏 끌어안고 싶었지만 한편으로는 어쩐지 장난기가 발동하는 것이었다.

"음, 앞으로 수업 때 만날 일은 없겠군. 교정에서 마주치면 또 모를까."

나는 먼산바라기처럼 엉뚱한 데를 향해 서서 짐짓 차가운 말투로 중얼거렸다. 그런 뒤에 슬쩍 곁눈질하니 태화는 퍽 당황한 듯 눈을 깜박이고 있었다.

내가 한마디 더 보탰다.

"그런데 이제 곧 방학이기도 하구."

"에엣…."

태화가 숫제 울상이 되었으매 골리는 건 이쯤에서 멈춰야겠지. 나는 다급히 태화의 손을 잡아끌었고 우리는 다시 정면으로 마주 섰다.

"그러니까 그 전에 손태화랑 폭죽놀이라도 해야겠다."

"어… 웅?"

"싫음 말구."

"시, 싫긴 누가 싫다구."

우리는 서로를 바라보며 빙그레 웃었다.

"자, 이제 모여라! 각급 인원들은 지금 즉시 이열 종대로 서도록!"

때마침 선생님이 호령했고 태화와 나는 각자의 자리로 돌아갔다.

어색하고 간질간질했던 합동 포크댄스 수업은 이렇듯 순조로이 마무리되었다. 하지만 정녕코 끝났다고 할 수 있을까? 여전히 현악기의 음률이 머릿속에 흐르고 짝꿍의 온기는 내 손을 감싸고 있는데, 어쩌면 보이지 않는 거대한 원의 부속으로서 우리의 춤은 오래도록 계속되는 게 아닐까? 지금도 다들 춤을 추고 있는 게 아닐까?

그때 나는 어쩐지 형님의 얼굴을 떠올렸다.

12

시간 순서가 약간 뒤죽박죽인데, 선생은 마지막 포크댄스 수업에 앞서 우리를 떠났다. 선생이 떠난 주말에 나는 형님에게 도움을 청했다. 방을 다시 합쳐야 하는데 손이 모자란다는 명목이었으나 사실은 형님과 이야기를 나누고 싶어서 부른 것이었다. 장지문을 떼어내니 딱히 더 할 일이 없었으므로 우리는 선생이 머물던 자리에 마주앉아 냉차를 마셨다.

"형님께서 반대하셨다고 들었어요."

내가 짐짓 목소리를 낮추어 말했다.

"솔직히 저는 약간 관심이 동했지만요."

"그러냐?"

형님이 말했다.

"하지만 그게 내 진심이다. 너뿐 아니라 누구에게도 권하고 싶지 않아."

선생이 내게 비밀을 털어놓은 밤에 미래사에 대해서도 들었더랬다.

형님이 다니는 미래사라는 곳은 미래에서 온 자들이 현재를 사는 자들과 결탁하여 세운 회사이다. 이곳에서는 소위 중계기라는 것을 관리하는데 이게 망가지거나 분실되거나 하여간 제대로 작동하지 않으면 시간을 잇는 통로가 막힌다지. 입구는 있는데 출구가 사라지는 격이란다. 이와 관련한 말썽이 과거 몇 차례 있었는데 복구하는 것이 아주 고역이었다고.

미래사에서는 또한 유령들이 원활히 활동할 수 있도록 지원하는 일을 한다. 이번에 선생이 왔을 때 가짜 신분을 만들고 묵을 곳을 제공한 것처럼 말이다. 그러나 유령이 실제로 방문하는 것은 이삼십 년에 한 번 있을까 말까 하는 일이라 형님 말대로 평소에는 적당히 궁둥이를 비비고 있는 것만으로 다달이 월급이 나오는 편한 직장인 셈이다.

다만 직원들은 결코 회사의 실체를 들켜서는 안 된다. 결국 미래사 직원들의 일상 업무는 엄폐라고 하겠다.

"정체를 숨기려는 것치고는 회사 이름이 퍽 노골적이에요."

내가 지적하자 선생은 어깨를 으쓱거렸다.

"미래사 정도면 그래도 낫지 않은가. 미륵사였던 적도 있다네. 그때는 회사가 아니라 산사였지만서도."

"악취미가 따로 없군요."

"그래서, 어떤가?"

선생이 임무니 뭐니 하는 것들을 상세히 설명해준 것은 단순히 나를 믿어서가 아니었다. 내게 미래사에서 일하지 않겠느냐고 제안하려는 술책이 기다리고 있었다. 비밀을 털어놓은 데 따른 부담을 최소화하려는 것이겠지. 하지만 그러느라 더 큰 비밀까지 지레 털어놓았으니 미래인의 지능도 알 만하다.

선생이 말했다.

"자랑하는 것 같지만 실제로 아주 조건이 좋다네."

내가 말했다.

"어쨌든 중학교는 졸업하고 가는 게 좋지 않겠어요?"

"그래, 나도 당장 와달라는 건 아닐세. 어차피 와서 할 일도 없는데, 무얼."

"그럼 졸업할 때까지 찬찬히 생각을 해보지요."

"그래…. 미리 이르건대 자네 형님은 썩 달가워하지 않더군. 그래도 중요한 것은 자네 의견이니까."

나는 형님이 반대한 이유가 궁금했지만 선생은 자기도 잘 모르겠다고 했다. 이에 형님과 직접 상의하려는 것이다.

"모연아, 미래사에 다닌다는 것은 말이다."

형님이 말했다.

"무엇보다 회사를 먼저 생각해야 한다는 것을 의미한다. 그러니까 나 자신이나 가족보다도 회사가 우선이라는 거야. 그러기 위해서는 결국 우리 스스로가 유령이 되어야 해."

"유령?"

"음, 유령에 대해서는 못 들었니?"

"들었어요. 허면 형님께서도 직접 과거로 다니신다는 거예요?"

형님이 손사래를 쳤다.

"아니, 아니다. 그보다 더 끔찍하지. 그들은 자기들 시대에서는 평범한 사람이잖냐. 우리는 이곳에서 아무것도 할 수 없는 신세라는 얘기야. 역사의 볼모인 셈이지."

아무것도 할 수 없는 신세. 그 말은 즉각 내 오래된 기억을 소환했나니.

돌아가신 우리 매형은 인격자였다. 아내와 오붓이 보낼 시간을 쪼개어 나어린 소년의 놀이 상대가 되어준 것만 봐도 그러하다. 나 또한 무뚝뚝한 형님보다는 다정한 매형에게 매달렸음은 말할 것도 없다. 누님은 옥희가 선생을 따르는 것을 보면 나 어렸을 적이 생각났다고 한다.

매형은 노상강도에게 습격을 당해 죽었다. 옥희가 태어나기 한 달 전의 일이다.

강도가 달아나고 오래지 않아 거리를 순시하던 경찰관이 매형을 발견했다. 그러나 경찰관은 출혈하는 부상자를 방치한 채로 강도를 쫓기에 급급했다. 결국 길고 긴 추격 끝에 안개 자욱한 골목 끄트머리에서 강도를 체포했으나 매형은 살아나지 못했다. 강도가 매형을 칼로 찌르고 빼앗은 것이란 고작 과일 세알이 든 종이봉투였다지.

청천벽력의 비보를 들은 누님이 그대로 혼절하는 바람에 혹시라도 뭐가 잘못되는 건 아닐지 다들 염려했었다. 우려와 달리 튼튼한 아이가 태어났으니 다행이라면 다행일 것이다.

장사를 지내던 날 매형의 친우들은 금방이라도 경찰서를 습격할 태세였다. 찌른 것은 강도를 탓할 계제이건만 순사가 대처만 합당하게 했다면 죽음에 이르지는 않았을 거라며, 그렇게 억울하게 죽었는데도 사과는커녕 얼굴조차 들이밀지 않는다며 마구 분개했다.

"이러지들 말게. 부탁이야."

형님은 그때 그들을 말리고 나섰다.

"이, 이봐, 무영이….."

"왜들 이러나. 이런다고 경선 군이 돌아오는 것두 아닌데."

"보상까지는 알 것 없지만 최소한 사과를 받을 수는 있잖겠나? 이렇게 다 모일 기회가 또 어디 있다고 한 발 빼는가? 겁이 나서 그래? 선두에 서는 게 부담이라면 자네는 뒤로 물러나 있어도 좋아."

"일없네. 우리는 그저 조용히 애도하고 싶으니 괜히 일을 벌이지 말게."

다들 형님에게 배신이라도 당한 표정들이었다. 누이의 지아비이기 이전에 어려서부터 벗이었던 자가 쓸쓸히 방치된 채로 횡사하였는데 그토록 나약한 모습을 보일 줄 몰랐겠지. 가족인 나조차 형님의 그런 모습이 생경했으니까. 이후 형님은 비겁자 소리를 들었고 몇몇에게서는 절연을 당했다고 한다. 누님도 그 일이 서운했던 모양으로 아직까지 형님과 관계가 소원하다.

"그날 형님은 회사를 지키려는 것이었지요? 매형 돌아가신 다음에 말이에요."

내 말에 형님은 내심 놀란 눈치였으나 이내 수긍했다.

"그래. 그때 나는 차마 행동에 나서지 못했어. 미래를, 아니 고작 회사 하나를 지킨답시고 현재를 외면했지. 말하자면 나는 이곳에 속하는 인간이 아니었던 게야. 그 점을 깨닫자 점점 더 아무것도 할 수 없게 되더구나. 무슨 일에 직면하든 내 행동이 야기할 일들을 미리 근심하게 됐어. 어느새 내가 유령이 되어 있었던 게야. 한데 소위 유령이란 자들을 실제로 만났더니 그는 도리어 유람객에 가깝잖겠니? 그래 되니 내 꼴이 퍽 우습더군."

"저녁 잡수셔요!"

밖에서 옥희가 외쳤다.

"식사! 식사아!"

"그러니 모연아. 나는 네가 현재를 살았으면 한다. 그건 대단한 특권이야. 역사는 지키는 게 아니라 만들어 가는 거야. 물러서 방관하지 말고 부당한 권력에 맞서서 시위도 하고, 또래 친구와 마음껏 연애도 하고. 언젠가 결혼도 하고 아이도 낳아서 기르고. 무엇보다 모연이 너와 주변의 행복을 위해서 살아가길 바란다. 응, 그게 좋아."

영차, 형님이 무릎을 짚고 몸을 일으켰다.

나도 곧 형님을 따라 일어섰다.

우리가 방에서 나오는 동안 옥희는 석양이 진 마당에서 엉덩이를 씰룩거리며 춤을 추고 있었다. 얼마 전에 태화와 내가 추던 춤을 흉내 내는 것이었다. 그 어설픈 동작이 몹시도 귀여워 우리 형제는 누가 먼저랄 것도 없이 크게 웃음을 터뜨렸다.

포스트잇
사용법

1

다른 아이들은 어떤지 몰라도 사실 나는 텅 빈 교실을 좋아해. 그래서 아침 일찍 일어나는 날이면 서둘러서 1등으로 등교하기도 해. 비어 있는 교실을 돌아다니면 약간 숲을 거니는 기분이 들거든. 이상하지? 정작 진짜 숲은 별로 좋아하지도 않으면서 말이야.

뭐? 그래, 맞아. 내가 이른 아침에 일어나는 날이 아주 드물긴 하지. 대신 수업이 끝나고 남아 있던 적은 많거든. 내가 교실 청소를 하는 날은 텅 빈 교실에 남아 있고 싶어서라고 생각하면 된단 얘기야. 진짜야. 혼자 있고 싶어서 수업 시간에 일부러 떠드는 거라고.

하지만 오늘은 아니었어. 오늘은 아빠가 한 달 만에 집에 돌아오시는 날이었으니까. 내가 이번 주 내내 오늘만 기다렸던 거

알지? 아니, 딱히 아빠를 기다린 건 아니야. 아빠하고는 밤마다 강제로 영상 통화를 했잖아.

내 머릿속은 온통 선물 생각뿐이었어. 우리 생일이 출장 기간 이랑 겹쳐서 선물은 나중에 받기로 했었거든. 그 나중이 바로 오늘이었다는 말씀!

이렇게 중요한 날인데도 고자질쟁이 서반디는 칠판에 내 이름을 적더라. '떠든 학생: 서미로', 라고. 별로 떠들지도 않았는데. 쳇, 타고난 목소리가 큰 걸 어떡하라고?

그러더니 자기는 수업 끝나고 학급임원 회의인지 뭔지에 참석한다는 거 있지. 너무 속 보이지 않니? 자기가 일찍 못 오니까 나도 늦게 오도록 꾀를 부린 거야. 걔가 그렇게 여우짓을 하는데도 사람들은 나더러 서반디 반만큼만 닮으라고 하니 내가 얼마나 억울하겠어? 심지어 걔는 나보다 3분이나 늦게 태어났거든! 내가 언니라고!

참 희한하지? 우리는 쌍둥이인데도 완전 딴판이잖아. 아니, 겉모습 얘기가 아니야. 책벌레 반디가 안경을 썼으니 우리를 구분하는 게 어렵진 않지만 그래도 얼굴이 닮은 건 사실이니까.

내가 말하는 건 성격이야. 성격적으로 우리가 닮은 구석은 하나도 없다고 보면 돼. 서반디는 조용하고 능글맞은 반면에 나는 시원시원하고 덤벙거리거든. 그래서 우리는 사소한 일로도 사사건건 부딪칠 때가 많아. 한날한시에 한배에서 나왔는데 어쩌면 이렇게 다를까? 뭐, 내가 엄마를 닮고 반디가 아빠를 닮았다고 생각하면 이해가 안 가는 것도 아니지만.

무슨 얘기 하고 있었지? 그래, 생일선물. 아빠는 우리더러 받고 싶은 선물을 알려달라고 하셨어. 그래서 부랴부랴 인터넷을 검색했지.

"무슨 선물 골랐어?"

솔직히 말하면 반디가 뭘 사달라고 할지 하나도 안 궁금했어. 괜히 나만 비싼 선물 사달라고 할까 봐 미리 확인할 겸 관심 있는 척한 거야.

"나는 이거."

반디가 보여준 사진은 다이어리였어. 연한 갈색의 도톰한 가죽 다이어리. 흐흥, 나는 콧방귀를 뀌었지. 딱 서반디가 고를 법한 선물이다 싶어서.

"미로 너는?"

"나? 난 이거."

내가 휴대폰 화면을 보여줬어.

"배낭이잖아. 등산하려고?"

"어허, 등산이라니. 이건 바로 생존 키트라는 물건이시다."

반디가 고개를 갸웃거리길래 조금 더 자세히 설명했지.

"얼마 전에 크게 지진 났던 거 알지? 그렇게 위급할 때 살아남으려면 이런 거 하나쯤 준비해놓고 있어야 하거든. 한가하게 다이어리나 꾸밀 게 아니라."

"헤엥, 그럼 항상 갖고 다녀야겠네?"

"그렇지. 위험은 언제 어디서 찾아올지 모르니까."

"학교 갈 때도?"

"뭐, 그래야겠지."

"그럼 책가방이랑 저 배낭을 둘 다 메고 다니는 거야? 혹시 하나는 앞으로 메나?"

"그건….."

"화장실에도 메고 가고? 밤에도 메고 자고?"

"그, 그렇대도."

물론 그렇게까지 할 필요는 없지. 나도 알아. 하지만 서반디 랑 말하다 보면 꼭 이렇게 말려든단 말이야. 모처럼 서반디 앞에서 으스대려다가 도리어 어깨를 움츠리게 됐지 뭐니. 어쩌자고 나는 생일선물로 생존 키트를 사달라는 아이디어를 떠올렸을까? 사실은 거기 포함된 다용도 칼을 갖고 싶었을 뿐인데.

그런데 웬걸, 아빠의 반응은 아주 호의적이었어. 안전의식이며 자립심이며… 하여간 오랜만에 내 칭찬을 해주셨어. 아빠한테까지 비웃음을 당하지 않을까 눈치를 살피던 나는 다시금 의기양양해졌지.

우리가 인터넷에서 선물을 골랐듯이 원래는 아빠도 인터넷으로 주문해주려고 하셨대. 그런데 무슨 변덕인지 터키에서 직접 사오겠다고 하시더라. 아마 내가 너무 대견해서 그런 게 아닐까? 덕분에 일주일 먼저 받아볼 수도 있던 선물을 아빠 돌아오시는 날까지 기다려야 했는데, 그 점에 대해서는 서반디한테 면목이 없어.

저녁에 우리는 생일 파티를 한 번 더 했어.

"생일 축하합니다, 생일 축하합니다. 사랑하는 우리 딸들, 생일 축하합니다."

노래, 폭죽, 케이크 커팅…. 다 얼마 전에 경험했지만 다시 하니까 또 느낌이 새롭더라. 그중에 제일 좋은 건 역시 선물이겠지.

아빠가 나눠준 쇼핑백에는 포장지에 싸인 선물이 들어 있었어. 내 건 한눈에 보기에도 납작한 게 영 이상하긴 했는데 그때는 마음이 급해 의심할 생각도 못 했지.

"와!"

"어!"

첫 번째 외침은 반디가 지른 소리였어. 사진에서 본 거랑 똑같이 생긴 다이어리였어. 실물로 보니까 제법 근사해서 다이어리 안 쓰는 나조차도 괜히 갖고 싶더라.

두 번째 외침? 그래, 그건 내 목소리였겠지. 내가 풀어헤친 포장지 속에는 안전용품으로 속이 꽉 찬 배낭 대신 온갖 자질구레한 학용품들이 들어 있었거든. 사인펜, 색연필, 15센티미터짜리 자, 지우개, 노트 그리고 포스트잇이…. 심지어 새것도 아니고 누가 쓰던 것 같더라니깐!

"이, 이게 뭐야…?"

내가 아빠한테 따졌더니 아빠도 나만큼이나 당황하셨어.

"아마 다른 사람 선물이랑 바뀌었나 보다. 살다 보니 별일 다 있네."

"그럼 내 건 다른 사람이 가져간 거야? 나는 어떡하고?"

"이거 이참에 미로도 공부 좀 하라는 하늘의 뜻이 아닐까? 허허허…."

"우 씨… 몰라!"

매번 이런 식이야. 나쁜 일은 다 나한테만 일어나거든. 너무 불공평하지 않니? 방에 돌아와서도 책상 밑에 엎드려 엉엉 울었어. 서러운 마음이 북받쳐 올랐어. 잠시 후에 아빠가 똑똑 노크하는 소리가 들리더라. 대꾸를 안 했는데도 어느새 들어오셨는지 내 등을 살살 어루만지는 손길이 느껴졌어.

"미로 선물은 아빠가 인터넷으로 새로 주문해줄게. 이번 주, 늦어도 다음 주 화요일에는 받을 거야. 그러니까 기분 풀어. 원래 선물에다 덤으로 학용품 세트까지 받았으니 더 좋지! 안 그러니?"

학용품을 덤으로 받은 게 뭐가 더 좋은지는 몰라도 기분이 조금 풀렸어. 그래서 눈물 콧물로 범벅된 얼굴을 들어 씩 웃어 보였지.

"그럼 이제 내려가서 케이크 먹자."

"먼저 드세요. 저는 조금만 있다 갈게요."

눈 빨개진 것 가라앉을 때까지만 기다렸다가 내려갈 생각이었어. 그 난리를 피우고서 금세 해죽거리는 것도 너무 속없어 보이지 않겠니?

"음, 그럴래? 괜찮은 거 맞지?"

내가 두 손가락을 펼쳐서 브이 사인을 했더니 아빠는 그제야 안심하고 아래층 거실로 내려가셨어.

기분이 누그러지니 선물들이 눈에 들어오더라. 내게 잘못 온 학용품들 말이야. 책상 위에 가지런히 늘어놓고서 하나씩 살펴

보는데 다시 봐도 정말 볼품없었어. 검은색 사인펜은 끝이 뭉툭하게 닳아 있었고, 색연필은 일곱 가지 무지개색을 포함해 열 자루가 있었어. 그건 그나마 쓸 만해 보였어. 새것 같았거든. 15센티미터짜리 자는 군데군데 긁힌 자국이 있는 흔한 투명 플라스틱 자였고, 지우개는 절반도 안 남은 데다 손때까지 타 있어서 도저히 쓸 마음이 안 들었어. 노트랑 포스트잇은… 그냥 노트랑 포스트잇이었지 뭐.

가장 마음에 안 드는 건 지우개였어. 그것만 없었어도 그나마 선물을 받았다는 생각이 들었을지 몰라. 음… 아니, 절대로 안 그랬을걸. 아무튼 지우개를 휴지통에 던질지 말지 고민하고 있었어.

그러다 문득 더 재미난 일이 생각난 거야. 나는 지우개를 내려놓고 대신 사인펜을 쥐었어. 그걸로 포스트잇에다 쓱싹 그림을 그렸지. 우선 큼직하게 배낭을 그린 뒤에, 그 안에 다용도 칼, 손전등, 라디오, 담요, 생수와 비상식량을 조그맣게 그렸어. 다 그렸더니 '생존 키트'라고 쓸 자리도 없더라.

그걸 아빠 출근하실 때 등에다 몰래 붙이는 게 내 계획이었어. 아빠가 회사에서 당황하실 모습을 떠올리니 기분이 좋아졌어. 그렇게 하면 선물 주문하는 걸 잊지도 않으실 테고 말이야. 이런 걸 일사천리라고 하지! 일석이조였나?

총총 거실에 내려갔더니 아빠가 내 눈치를 살피면서 기분을 맞춰주셨어. 뉴스 볼륨을 조금 낮추거나 내 몫의 케이크라며 접시를 건네는 그런 거 있잖아. 그런 아빠를 보니 벌써부터 웃음이

나왔어. 내 음흉한 속도 모르고 아빠가 따라 웃었고 그럴수록 나는 더욱 크게 웃었어.

어리둥절한 엄마와 반디를 사이에 두고 그렇게 한참을 깔깔거리다가 먼저 방에 돌아왔지. 아침에 아빠 등에 포스트잇을 붙이려면 일찍 자야 하니까 내일 준비물이나 미리 챙겨두려고.

그런데 가방이 묵직하더구나. 맨날 메고 다니는 가방이라 들자마자 알았어.

'뭐지?'

나는 지퍼를 열어 가방 속을 살펴보았어. 그랬더니 거기 뭐가 있었는지 알아? 글쎄, 사진과 동영상으로만 보던, 실물로는 한번도 본 적이 없는, 그런데도 대번에 뭐가 무엇인지 알아차린, 바로 생존 키트가 들어 있었던 거야!

"어, 이게… 어?"

다용도 칼과 손전등과 라디오와 담요와 생수 그리고 비상식량이 있었어. 그걸 보며 나는 잠시 말문이 막혔지. 심장이 마구 쿵쾅거렸어. 그 상황에선 누구라도 그랬을걸!

이게 어떻게 된 일이었을까? 맞아, 아빠가 나한테 장난을 친거야. 선물이 바뀐 것도, 그래서 우는 나를 달랜 것도, 거실에서 내게 장단을 맞춰준 것도, 전부 다 장난이었어. 하지만 불쾌하기는커녕 아주 신이 나던걸? 이건 말하자면 깜짝 생일파티잖아. 어쩜 이렇게 짓궂은 장난을 생각하셨을까! 나는 얼른 달려가 아빠를 끌어안고 뺨에 뽀뽀를 하고 싶었어. 작년부터는 아빠한테 뽀뽀하기가 왠지 좀 껄끄럽게 느껴졌지만 오늘은 아무 신경도 안 쓰였어. 그러니까 내가 아래층으로 내려가려는 마지막 순간에 결정적으로 나를 머뭇거리게 한 건 아빠가 징그러워서가 아니었다는 얘기야.

'도대체 어떻게 하신 거지?'

그야 물론 내가 자리를 비운 틈에 살금살금 들어와서 집어넣으셨겠지. 하지만 가방 앞주머니에는 포스트잇이 붙어 있었거든. 생존 키트 그림을 그렸던 거 있잖아. 내가 붙인 거야. 처음에는 가방에 포스트잇을 붙여서 현관에 걸어두려 했었거든. 출근 시간에 아빠 눈에 띄도록 말이지. 나중에는 그냥 아빠 등에 붙이기로 마음을 바꿨지만.

아무튼 내가 포스트잇을 붙일 때만 해도 가방은 홀쭉했었어. 속이 비어 있었다고. 그러니까 아빠가 무슨 마술을 부렸든 내가 케이크를 먹으러 내려간 사이에 한 게 틀림없어. 그렇지만 식구들은 내내 나와 함께 있었는데….

이상하지? 하지만 다음에 일어난 일에 비하면 그건 아무것도 아니었어. 이제부터는 정말 중요한 얘기를 할 거니까 잘 들어야 해.

가방을 들고 방을 나서면서 나는 포스트잇을 떼었어. 내 입장에선 지극히 자연스러운 행동이었어. 뭔가를 해야겠다고 생각하기도 전에 이미 해버리는 종류의 일들이 있잖아. 무심결에 먼지를 떨어내는 것처럼 말이야.

그랬더니 무슨 일이 일어났는지 아니? 갑자기 가방이 가벼워졌어. 불길한 예감이 드는 가벼움이었어. 허둥대며 가방을 살펴보았는데 구멍이 나거나 찢어진 데는 없었어. 바닥에 떨어진 것도 없었고. 그렇다면 도대체 왜 가벼워졌지? 마지막으로 나는 지퍼를 열어 가방 속 내용물을 확인했어. 웬일인지 가방이 텅비어 있더구나. 다용도 칼이며 비상식량 등등이 온데간데없이 사라진 거야.

"어…?"

오늘 나는 두 번째로 할 말을 잃었어.

이것마저 아빠의 장난이라고 믿을 정도로 내가 바보는 아니야. 나는 거의 본능적으로 이것이 포스트잇과 관련이 있다는 것을 알아차렸어. 포스트잇에 생존 키트를 그렸더니 갑자기 생존 키트가 나타났잖아. 그리고 종이를 떼자마자 사라졌고. 과연 이게 우연이겠어?

'혹시… 여기다 쓰면 그대로 이뤄지는 건가?'

나는 그렇게 결론을 내릴 수밖에 없었어. 물론 아직 확실하지는 않았어. 내가 미처 떠올리지 못한 다른 가능성이 있을 수도 있잖아? 예를 들면… 그러니까 그게… 아무튼. 그래, 포스트잇은 넉넉히 남아 있으니 확인해보면 되겠지. 사인펜을 쥔 손이 떨리고 머리가 핑핑 돌았어.

그래서 내가 무슨 소원을 빌었을까? 물론 생존 키트를 다시 그려봤지. 이번엔 더욱 정성껏 그렸어.

짠!

음… 그런데 아무리 기다려도 변화가 없었어. 혹시나 싶어서 거실에 내려갔다 왔는데도 그대로 있더라고. 이때 내가 얼마나 실망했는지 짐작도 못 할 거야. 하지만 곧 내 실수를 깨달았단다. 그냥 단순히 소원을 적기만 하면 안 되는 거였어. 붙이기까지 해야 소원이 이루어지는 거야. 어떻게 아느냐고? 포스트잇을 아까처럼 앞주머니에 붙여봤거든. 그랬더니 가방이 금세 불룩해지더라! 포스트잇은 진짜였어. 마법 포스트잇이었다고!

다시 물어볼게. 이번에는 또 무슨 소원을 빌었을까? 내게 신비한 힘을 가진 포스트잇이 있다는 걸 확인하자마자 가장 먼저 빈 소원이 뭐였을 것 같아?

바로 멜리 너를 깨운 거야.

여전히 어리둥절한 표정이구나. 원래 너는 평범한 문어 인형이었어. 내가 세 살 때부터 너를 알았는데, 지금까지 네가 눈알을 굴리거나 다리를 움직이는 걸 한 번도 본 적이 없다는 얘기야. 당연하지. 너는 그냥 안에 솜이 채워진 인형이니까. 하지만 이제는 아니야. 봐봐, 네 몸이 무엇으로 채워졌는지는 몰라도 지금 너는 눈도 깜빡거리고 다리도 꼼지락거리고 있잖아.

그런데 뻐끔거리기만 하고 목소리는 하나도 안 들리네. '멜리에게 생명을 주세요. 영혼을 불어넣어 주세요.'라고만 적는 거로는 부족했나 봐. 더 구체적으로 적었어야 했나 봐.

에이, 아무래도 포스트잇을 새로 적어야겠다. 나만 떠드는 게 무슨 소용이야. 조금만 기다려. 말할 수 있게 해줄게!

2

안녕. 나는 서미로라고 해. 그리고 너는 멜리. 그게 네 이름이야.

지금 많이 당황스러울 거야. 처음엔 나도 그랬으니까. 포스트잇을 새로 붙였다고 이전에 있었던 일들이 기억에서 지워질 줄 누가 알았겠어.

내가 너한테 이런 얘기를 하는 것도 벌써 네 번째야. 포스트잇을 네 장이나 썼다는 뜻이지. 매번 처음부터 설명하는 게 지겨워서 지난번부터는 아예 녹음을 했어. 그렇지만 그건 이따가 나 잠든 다음에 듣고, 지금은 내 얘기부터 들어.

첫째로, 나는 네 베스트프렌드야. 무슨 일이 있더라도 말이야.

다음으로, 너는 한 달 전에 처음으로 영혼을 갖게 되었어. 같은 날에 목소리도 갖게 되었지. 우리는 한동안 잘 지냈어. 그러다 문득 네가 읽고 쓸 줄도 알면 편하겠다는 생각이 들더구나. 너는 싫다고 했지만 말이야. 그때 그 일로 너랑 처음으로 말다툼했는데, 기억에 없으니 차라리 잘 됐지, 뭐.

오늘 네 번째로 너를 깨운 이유는 조금 사연이 길어. 지금 너무 화가 나고 또 겁도 나는데 최대한 침착하게 얘기해줄게. 먼저 물 한 잔 마시고.

후우… 어디서부터 얘기해야 할까? 아, 그래. 우리 반에 위기영이라는 애가 있어. 3월에 전학 온 이후로 줄곧 반팔 셔츠랑 반바지만 입고 다니는 애야. 자기는 몸에 열이 많아서 어쩔 수 없대. 어렸을 적에 보약을 잘못 먹어서 그렇다나. 교무실에까지 불려갔다 왔는데도 계속 저렇게 다니는 걸 보면 거짓말은 아닌 모양이야.

아무튼 그 애가 내 라이벌이야. 어이가 없는 노릇이지만 다들 그렇다고 하니 이제는 나도 그러려니 하고 있어.

서반디는 내가 이해가 안 된대.

"그렇게 귀찮으면 아예 상대를 안 하면 되잖아?"

그건 그래. 하지만 내기를 거절하는 건 도리가 아닐뿐더러 왠지 지는 기분이 들거든. 차라리 귀찮은 게 낫지. 처음에 위기영은 나 말고 다른 애들이랑도 마구잡이로 내기를 하곤 했는데 꾸준히 받아주는 사람이 나밖에 없다 보니 아예 나를 라이벌로 지목한 것 같아. 다른 애들도 이때다 싶어 위기영을 나한테 떠넘겼고. 그래, 이렇게 된 건 다 내 탓이다, 어휴.

내기에는 아무것도 안 걸려 있어. 이겼다고 얻는 것도, 졌다고 잃는 것도 없다는 얘기야.

"야, 그냥 하면 시시하니깐 이기는 사람이 딱밤이라도 때리는 거로 해."

한번은 내가 제안하기도 했어. 그랬더니 뭐라는지 아니?

"그럴 바엔 그냥 하지 말자."

하! 뭐야?

"왜? 질까 봐 겁 나?"

"그런 게 아니야. 너는 시시해서 뭘 걸자고 하는데, 반대로 나는 내기에 뭘 걸면 오히려 더 시시해지더라고."

"무슨 소리야?"

"잘은 몰라도 내기에 집중이 안 된다는 얘기야."

"네가 새가슴이라 그런 건 아니고?"

"좋을 대로 생각해. 아무튼 뭘 걸겠다면 나는 서미로 너를 더이상 라이벌로 인정하지 않을 거야."

"아유, 언젠 라이벌이었던 것처럼 말하네. 애초에 너는 내 상대가 안 된다는 건 수첩만 봐도 알 텐데!"

웬 수첩 얘기냐고? 위기영한테는 승부를 기록하는 전용 수첩이 있거든. 거기에는 몇 월 며칠에 누구랑 무엇으로 겨루었고 결과가 어떻게 됐는지 빼곡히 쓰여 있어. 지금까지 우리는 서른두 번의 내기를 펼쳤는데, 그중에 열아홉 번을 내가 이겼고 세 번은 무승부였어. 내가 진 적은 겨우 열 번뿐이라는 얘기야. 그런데도 나를 라이벌이라고 부르다니 참 뻔뻔하지 않니?

뭐, 그렇다고는 해도 결국 위기영이 하자는 대로 하는 걸 보면 나도 참 만만한 성격이구나 싶어.

여러 가지 내기를 동시에 하다 보면 가끔은 우리가 무슨 내기를 했는지 잊어버리기도 해. 한 달 동안 화장실에 덜 가기라든지 여름방학 전까지 일찍 등교하기 같은 건 내기가 끝나고서야 그런 내기가 있었더라는 기억이 나더라니깐. 더 웃긴 건 그 내기들을 내가 다 이겼다는 거야. 나는 그냥 평소대로 살았을 뿐인데 말이야. 위기영은 꼬박꼬박 승패를 체크했으니 자기가 지고 있다는 걸 알았을 텐데도 분발해서 이기겠다는 생각은 안 했나 봐. 이쯤 되면 정말 이상한 애 아니니?

저번 주에는 중간고사를 봤어. 이번에도 우리는 누구의 시험 성적이 높을지 내기를 걸었어. 1학기에는 내가 간발의 차이로 졌지만 이번엔 내가 훨씬 잘 볼 자신이 있었어. 위기영뿐만 아니라 누구와 내기를 해도 이겼을 거야. 공부를 열심히 했냐고? 아니! 대신 나한테는 포스트잇이 있잖아.

"다른 건 몰라도 시험은 실력대로 봤으면 좋겠어. 열심히 공부한 다른 친구들한테 피해를 주잖아. 그건 공정하지 못해."

멜리 너는 그렇게 말했어. 기억 안 나지? 그런데 여기에 대해서는 나도 할 말이 있었어.

"머리 좋은 애들이 더 좋은 성적을 받는 건 공정하고? 내 머리로는 아무리 노력해도 서반디나 다른 애들을 이길 수 없단 말이야. 그 애들이 좋은 머리를 쓰는 것처럼 나는 포스트잇을 쓰려는 거야. 각자 무기가 다를 뿐이라고. 안 그래?"

원래 삐쭉 나온 입을 더 삐쭉 내밀 뿐 너는 아무 말도 못 하더구나.

지금까지 알아낸 바로는, 포스트잇이 무작정 소원을 들어주는 건 아니야. 제대로 된 소원을 적어서 제대로 된 곳에 붙여야 하지. 붙어 있는 동안에만 효과가 있고 말이야. 참, 내 몸에 붙였다 떼어도 너처럼 이전 기억이 몽땅 날아가지는 않더라.

나는 포스트잇에 '시험에서 네 과목 모두 백 점 맞게 해주세요'라고 썼어. 붙이기 전에는 혹시 몰라서 '시험'을 '이번 2학기 중간고사'라고 고쳤고 '직접 푼 문제도 다 맞게 해주시고요, 몰라서 찍은 문제도 다 맞게 해주세요'라고 덧붙였지. 또 추가할 말이 있을지 시험 전날까지 머리를 싸매고 고민했어. 어디 그뿐이니? 시험 날 아침에 배꼽 옆에다 포스트잇을 붙이면서는 행여나 잘 안 붙을까 봐 스카치테이프를 테두리에 덕지덕지 바르기도 했지. 나는 나대로 열심히 시험 준비를 한 셈이야.

만반의 대비를 하고 학교에 가서 자리에 앉을 때까지만 해도 자신만만했는데, 막상 문제지를 받아보니 눈앞이 캄캄해지더라.

사실 나는 시험 전날에 교과서를 들여다보는 것이 과연 도움이 될지 예전부터 의심했거든. 그런데 이번에 그마저도 안 보고 갔더니 차이가 확 느껴졌어. 답을 찾기는 고사하고 문제를 이해하는 데만도 시간이 한참 걸리는 거 있지! 어찌나 떨리던지 꼬불꼬불한 글씨들이 시험지 위를 마구 기어 다니는 것 같았어. '만약에 포스트잇이 효과가 없으면 어떡하지?' 그런 걱정으로 더 불안해서 그랬는지도 몰라.

결과는 며칠 전에 나왔어. 종례 시간에 선생님이 한 명씩 이름을 부르며 시험지를 나눠주셨어. 어떤 아이는 싱글벙글 웃었고 어떤 아이는 울상이 되었어. 그런데 아무리 기다려도 내 차례가 오지 않더라.

"서미로."

마침내 내 이름을 부르셨어. 맨 마지막 차례였지.

"미로는 끝나면 나 좀 잠깐 보고 갈래? 시험지는 그때 줄게."

시험지를 받으려고 주춤거리며 일어서던 나는 어정쩡한 자세로 멈췄어.

"네? 왜, 왜요?"

"확인할 게 있어서 그래."

"그런데 저는 오늘도 청소 당번인데요."

"기다릴 테니 다 끝내고 천천히 오렴."

느릿느릿 청소를 마친 뒤 교무실에 갔더니 선생님이 반갑게 맞아주셨어. 우리 반 담임인 유가령 선생님은 아주 상냥한 분이셔. 우리가 아무리 떠들고 잘못해도 절대로 야단을 치거나 목소리를 높이는 법이 없으시지. 임신 중이셔서 태교하느라 그런 것일 수도 있지만.

"미로야."

역시나 선생님은 나긋나긋한 목소리로 말씀하셨어.

"혹시 이번에 시험 볼 때 잘못한 거 없니?"

"잘못이요? 무슨 잘못을 해요?"

"글쎄, 다른 친구 시험지를 슬쩍 봤다든지 몰래 커닝페이퍼를 만들었다든지…. 그런 거 있잖니."

"아뇨, 안 했는데요."

선생님이 나를 바라보셨어. 멜리 너한테도 말했듯이 나는 당당했지만 그래도 왠지 선생님을 똑바로 쳐다볼 수 없더라.

"정말이지? 지금 사실대로 말해야 좋게 지나갈 수 있어."

"네, 정말이에요."

"사실은… 미로 네가 전 과목에서 만점을 받았단다. 알다시피 지금까지는 성적이 그렇게 좋지는 않았잖니? 물론 이번에 열심히 공부해서 점수가 잘 나온 것일 수도 있지만, 다른 선생님들한테도 여쭤봤는데 평소에 네가 그다지 수업에 집중하는 것 같지는 않았다고 하시더구나. 더구나 이번 시험은 다른 때보다 조금 어려웠거든. 전교에 만점을 받은 사람이 너밖에 없어."

"우와, 진짜요? 그럼 제가 전교 1등이네요?"

"그래. 그러니까 마지막으로 한 번만 더 확인할게. 정말로 부정행위는 안 한 거 맞지?"

"아는 문제는 풀었고 모르는 문제는 찍었어요. 그게 다예요."

내 딴엔 솔직히 대답했어. 그래도 푼 문제보다 찍은 문제가 훨씬 많다는 얘기는 안 하는 게 낫겠지?

"알았다. 오늘은 이만 들어가렴."

그제야 나는 시험지를 돌려받았어. 늘 장대비가 내리던 내 시험지에는 빨간색 함박눈이 그려져 있더라.

집에서는 난리가 났지. 나한테도 이런 날이 올 줄 누가 알았겠어? 어쩌다 운이 좋았을 뿐이라고 겸손한 척 말씀드렸는데도 아빠랑 엄마는 백 점짜리 시험지를 팔랑거리면서 덩실덩실 춤을 추셨어. 말 그대로 춤을 추셨다니깐!

반면에 반디는 풀이 죽어 있더라. 전 과목 통틀어 한 문제 틀리고도 시무룩한 애는 서반디밖에 없을 거야. 나중에 알았는데 반디가 전교 2등이래. 내가 없었으면 1등이었겠지.

저녁에 방에서 만화책을 보고 있는데 서반디가 벌컥 문을 열었어. 내 옆에서 흐느적거리며 놀던 너는 갑자기 경직됐어. 덩달아 나까지 굳어버렸지.

"너 커닝했지?"

다짜고짜 그렇게 딴죽을 걸더라. 그게 반디가 내린 결론이었던 거야.

"지금 질투하는 거야?"

"아까 교무실에서 무슨 얘기했어?"

"얘기는 무슨. 잘했다고 어깨 두드려주시더라."

반디는 입술을 질끈 깨물고 눈을 흘기면서도 별다른 대꾸 없이 돌아갔어. 헤헤, 얼마나 통쾌했는지 몰라.

다음 날 학교에서도 장난 아니었어. 아침부터 아이들이 내 자리로 몰려와 소문이 사실인지 물었고, 나는 조금 성가셔하면서도 만점을 받은 게 맞다고 확인해줬어. 나는 그 어수선하고 들뜬 분위기를 즐겼던 거야. 화장실에 다녀올 때도 복도에서 나를 향한 시선이 느껴졌어. 평소와는 다른 시선이었지. 성적이 조금 올랐다고 기고만장하던 위기영도 수첩을 펼쳐 나의 승리를 기록했어. 정말 최고의 하루였어.

그런데 유가령 선생님이 점심시간에 나를 따로 부르시더라.

"미로야, 선생님들끼리 회의를 했는데 아무래도 네가 재시험을 봐야 할 것 같다."

"재시험이요…? 그게 뭔데요?"

"시험을 한 번 더 보는 거야."

"왜요?"

"부정행위를 하지 않고는 절대로 만점을 받을 수 없었다는 의견들이 많으셔서 새로 시험을 보고 그 점수를 반영하기로 한 거야. 그 대신 난이도를 조금 낮추고, 미로 네가 평균 90점만 넘으면 원래 점수대로 만점으로 해주기로 했어."

"저만요? 저만 시험 보는 거예요?"

"그래. 그래서 말인데 이번 토요일에 학교에 나와야겠다. 그래주겠니?"

'몰라서 찍은 게 잘못이라면 모를까, 제가 부정행위를 했다는 증거도 없는데 평소보다 성적이 좋았다고 이러시면 안 되죠! 재시험에서 또다시 운이 좋을 거라는 보장이 없잖아요!'라고 우겼으면 재시험을 보지 않았을지도 몰라. 하지만 나는 몇 번을 다시 보든 이제 시험이라면 자신이 있었거든. 그래서 대수롭지 않게 알겠다고 대답해버린 거야.

그게 실수였다는 걸 나는 집에 와서 알았어. 멜리 네가 알려줬지.

"미로, 너 재시험도 잘 볼 거야?"

"당연하지."

"이번에도 찍은 게 다 맞았다고 하려고? 그럼 분명 더 의심하실 텐데?"

네가 말해준 걸 다시 너한테 설명하려니까 조금 웃기다. 아무튼 그게 무슨 말이냐면, 시험을 잘 보면 오히려 내가 부정행위를 저질렀다는 걸 드러내는 셈이라는 거야. 두 번이나 운이 좋을 리는 없으니까. 즉 평소처럼 시험을 엉망진창으로 봐야만 내가 결백하다는 얘기가 되지.

"그러면 이번에는 90점 정도로 낮춰볼까? 그래도 만점으로 인정해주신다잖아."

"평소에 네가 받던 점수가 어느 정돈데?"

"60점…."

"그냥 원래 받던 점수만큼만 받는 게 좋을 것 같아. 포스트잇은 아껴두고."

그게 정답일지도 모르지. 하지만 나는 친구들에게 둘러싸였던 그 순간의 우월감을 놓치고 싶지 않았어. 그래서 발끈했던 거야.

"앞으로 계속 잘 보면 되잖아? 중학교에서도 고등학교에서도 계속 만점을 받으면 되는 거잖아! 수능 때에도 말이야!"

"하지만 포스트잇은 한정돼 있잖아. 시험만 잘 볼 게 아니라 평소에도 똑똑하게 굴어야 의심을 사지 않을 테고."

"지금 나더러 멍청하다는 거야?"

"에이, 그런 말이 아니잖아."

너는 진저리를 치더니 이불 속으로 꼬물꼬물 들어가버렸어. 그다음부터는 그냥 나 혼자 고민했어. 사실은 이미 마음을 굳혀서 더 고민할 것도 없었지만.

시험을 보기에 앞서 선생님이 소지품을 검사하셨지만 의심을 살 만한 물건은 하나도 없었어. 당연하지. 그건 내 배꼽 위에 단단히 붙어 있었는걸.

나는 재시험에서도 만점을 받았어. 90점이나 100점이나 어차피 내게는 불가능한 점수였기 때문에 기왕이면 만점이 좋겠다 싶었거든. 유가령 선생님은 내가 한 과목을 끝낼 때마다 뒤에서 채점을 하셨는데 첫 과목인 국어를 채점하실 때부터 놀라

움의 한숨을 내뱉으시더라.

"오늘은 몇 문제나 찍었니?"

시험이 끝나자 선생님이 내게 물어보셨어.

"어… 삼 분의 일 정도요. 점수가 별로 안 좋게 나왔나요?"

"아니, 그 반대야. 이번에도 만점이구나."

전부 예상하던 일이니 만점이 아니라면 오히려 놀랄 일이겠지만, 어쨌든 나는 놀라는 시늉을 했어. 어쩌면 나는 연기 쪽으로 재능이 있는 게 아닐까? 헤헤.

선생님이 내 머리를 쓰다듬으며 말씀하셨지.

"아침부터 수고했다. 주말인데 쉬지도 못하고 고생시켰네. 얼른 집에 가서 푹 쉬어라."

"선생님은 안 가세요?"

"선생님은 방금 그거 정리하려면 조금 늦어질 것 같으니 미로 먼저 가렴."

내가 나올 때도 선생님은 교실에 남아계셨어. 진짜로 고생한 사람은 내가 아니라 오히려 선생님이었다는 생각이 들더라. 홀몸도 아니시잖아.

그래서 딴에는 기특한 생각을 했던 거야.

'10월 24일 월요일부터 수요일까지 임시 휴교하게 해주세요'

이렇게 쓴 포스트잇을 붙이고 왔거든. 1층 중앙계단 구석에 몰래 붙였는데 목요일 아침에 일찍 등교해서 몰래 떼버리면 아무도 모를 거라고 생각했어.

그런데 마음이 급했던 나머지 실수를 두 가지나 저지르고 말았지 뭐야. 하나는 휴교의 원인을 적지 않은 것이고, 또 하나는 위기영한테 들킨 거야. 갑자기 웬 위기영이냐고? 내 말이! 하지만 지금은 첫 번째 실수부터 얘기할게.

포스트잇을 꼼꼼히 적어야 한다는 건 익히 알고 있던 사실이야. 설명이 부족하면 어떤 일이 벌어질지 장담 못 하거든. 하지만 아무리 그래도 설마 학교 담장 옆 땅이 푹 꺼질 줄이야…. 그런 걸 '싱크홀'이라고 한대. 뉴스에서 보여준 구멍은 칠흑처럼 어두워서 그 속에 뭐가 있는지 하나도 안 보였어.

간밤에 지진이 약하게 있었는데 싱크홀도 그때 생겼다나 봐. 정작 나는 지진을 느끼기는커녕 한번 뒤척이지도 않고 쿨쿨 잘 잤지 뭐니. 이럴 거라면 기껏 선물 받은 생존 키트가 다 무슨 소용인가 싶어. 아무튼 지진이나 싱크홀로 다친 사람은 없다고 하니 다행이지.

그래도 학교 근처의 땅이 꺼졌으니 학교 건물도 안전을 보장할 수 없게 됐어. 결국 안전 점검을 실시하는 동안 임시 휴교를 하게 된 거야. 수요일까지 말이야.

목요일, 그러니까 어제 아침에 나는 중앙계단 구석 자리에서 운동화 끈을 묶는 체하며 포스트잇을 회수했어.

교실은 유난히 시끌벅적했는데, 자기들이 보고 들은 이야기를 하느라 그런 거였어. 금방이라도 불꽃이 튈 것처럼 구멍에서 회색빛 아지랑이가 피어오르고 있다는 얘기라든지 구멍이 엄청나게 깊어서 아직 바닥을 찾지도 못했더라는 얘기 같은 거 말이야.

문득 뒤에서 누가 나를 쿡 찔렀어.

"서미로, 잠깐 복도로 나와봐."

누구였을까? 바로 위기영이었지.

"이번엔 또 무슨 내기야? 아 참, 그렇지. 재시험도 만점 받았으니까 수첩에 똑똑히 적어 놔. '서미로 중간고사로 2승'이라고."

하지만 위기영은 그런 건 아무래도 좋다는 표정으로 내 손목을 잡아끌었어. 우리는 복도 끝으로 갔어.

"너 그거 뭐야? 내가 다 봤어."

"엥? 무슨 소리야?"

"토요일에 계단 옆에다가 포스트잇 붙였잖아. 휴교하게 해달라고 써서."

"뭐?"

그때는 정말이지 순간적으로 정신이 멍해지더라. 아무리 방심했다고는 해도 주위를 둘러보긴 했었거든. 아무도 못 봤단 말이야. 아니, 아무도 없어야 정상이잖아. 애초에 수업도 없는 토요일에 학교를 어슬렁거리는 이유가 대체 뭐냐고.

"무, 무, 무슨 말이야? 난 모르겠는데…."

나는 일단 잡아떼기로 했어. 하지만 이번 연기는 썩 잘해내지 못했던 것 같아.

"내가 두 눈으로 직접 봤으니까 거짓말할 생각은 마."

"글쎄 나는 모른다니깐."

"그렇게 나온다 이거지? 좋아, 교장실에 가서 네 포스트잇을 조사해보라고 말씀드려야겠다."

"자, 자, 잠깐!"

"그러지 말고 그냥 나한테 털어놔. 비밀은 지켜줄게. 아니, 내 비밀도 하나 말해줄 테니깐. 그러니까 비밀을 교환하는 거야. 어때?"

사실 나는 위기영이 성가시게 굴지언정 꽤 믿음이 가는 녀석이라고 생각했었어. 적어도 남을 속이거나 거짓말을 하는 건 못 봤거든. 그래서 차라리 위기영한테 비밀을 털어놓는 편이 선생님들한테 시달리는 것보다는 낫겠다고 판단했던 거야.

"네 비밀이 뭔데?"

그랬더니 위기영이 히죽거리며 다가와 내 귀에다 비밀을 속삭여주더구나.

"내가 몸에 열이 많다는 건 거짓말이야. 예전에 다니던 학교 친구랑 내기한 게 있어서 이 날씨에도 이 고생을 하는 거라고."

"헐."

반팔 셔츠에 반바지를 누가 더 오래 입고 다니는지 내기를 한 거래! 이전 학교 친구랑 했던 내기인데 아직도 승부가 안 났다나. 아무짝에도 쓸데없는 비밀이었지만, 그래서 조금쯤 맥이 풀리기도 했지만, 이게 위기영에게 얼마나 중요한 비밀이었는지 나는 이해했어. 비밀의 가치는 스스로 정하는 거지, 남이 정하는 게 아니잖아?

그래서 나도 내 비밀을 위기영에게 말했어. 믿기 어려운 이야기였을 테지만 실제로 내가 두 번이나 만점을 받고 또 휴교도 되었으니 믿을 수밖에 없겠지. 안심해. 멜리 네 이야기는 안 했으니까. 그건 비밀 중의 비밀이잖아.

"이 얘기가 새어나갔다간 포스트잇에 '위기영을 이 세상에서 영영 사라지게 해주세요'라고 써서 네 등짝에 붙여버릴 거야. 그러니까 입단속 잘해."

얼굴이 하얗게 질린 채로 위기영이 말했어.

"아, 알았어. 대신 나도 조건이 있어. 앞으로 포스트잇을 쓰려거든 나랑 미리 상의해줘."

"웃기셔. 내가 왜 그래야 하는데?"

"우리는 파트너니까."

"뭐? 언제는 라이벌이라며?"

"방금 등업됐어."

"참 나, 무슨 등급이길래 라이벌 다음이 파트너냐고!"

나는 위기영이 자기도 한 장만 쓰게 해달라고 조를 줄 알았는데 평소와 똑같이 행동하더라. 평소보다는 조금 더 의젓하고 신중하게 행동하는 것 같긴 했지만…. 아마 나름대로 신경을 쓰는 거였겠지.

그러니 파트너라고 해서 우리가 갑자기 붙어 다니거나 머리를 맞대고 회의를 하는 일은 없었어. 파트너라는 사실조차 비밀이 돼버렸지. 남들은 우리를 아직도 라이벌로 생각할걸. 하지만 불과 이틀 만에 머리를 맞대고 회의를 해야 할 일이 생길 줄 누가 알았겠니? 그것도 내가 요청해서 말이야!

오늘 내가 학교에 다녀온 사이에, 정확히 말하면 수업이 끝나 교실 청소를 하고 친구들이랑 문구점이랑 편의점을 기웃거리며 놀다 온 사이에 내 방에 강도가 들었어. 방문을 열었더니 묘하게 싸늘한 느낌이 들더구나.

"멜리, 아직도 삐쳤어?"

내가 이불을 툭 건드렸어.

우리는 아침에 가볍게 말다툼을 했었어. 보시다시피 너는 다리가 여섯 개밖에 없어. 하지만 그건 내가 잘못해서가 아니고 어렸을 적에 친구네 강아지가 물어뜯었기 때문이거든. 물론 오늘은 나도 잘못하긴 했지. 문어 다리를 구워서 먹었다는 둥 노래를 지어 부르며 놀렸으니까…. 그것 때문에 기분이 나빴다면 미안해. 너는 하나도 기억 안 나겠지만.

아무튼 나는 내가 대꾸하지 않는 것이 아침의 그 일 때문이라고 생각했어.

"에이, 기분 풀어. 앞으로는 안 놀릴게."

그러면서 이불을 확 들췄더니 침대 밑으로 툭 하는 소리가 들리더구나. 네가 떨어진 소리였어. 불길한 예감에 너를 안아 들었더니 초점 잃은 멍한 눈이 허공을 향하고 있더라. 흐물거리던 여섯 개의 짤따란 다리는 예전처럼 빳빳했고. 무엇보다 포스트잇이 없었어. 네 뒤통수에 붙어 네게 생명을 준 그 포스트잇 말이야.

행여나 방금 이불을 들추면서 떼어진 게 아닐까 싶어 샅샅이 살펴보았는데도 포스트잇을 발견하지 못했어. 더 기가 막힌 건, 서랍 안에 꽁꽁 숨겨서 보관하던 포스트잇들도 모조리 사라져 있었다는 거야.

그래, 누군가 내 방에 들어와 너의 목숨을 빼앗고 포스트잇을 훔쳐간 거야. 그렇지?

다행히 오늘 나는 혹시 위기영이 포스트잇을 구경시켜달라고 할까 봐 샘플로 몇 장을 챙겨갔었거든. 세어보니 나한테 여섯 장이 남아 있더라. 그중에 하나를 써서 너를 살렸어. 설령 한 장만 남아 있었어도 나는 그 한 장을 너를 위해 썼을 거야. 누구 짓인지 네가 기억한다면 참 좋을 텐데. 그러잖아도 포스트잇을 새로 붙이면서 '멜리가 기억을 잃지 않게 해주세요'라고도 썼는데 효과가 없더라.

그래도 걱정하지 마. 범인을 꼭 잡아서 네 원수를 갚아줄 테니까. 알았지?

3

평소보다 말이 빨라도 이해해줘. 마음이 급해서 그래. 횡설수설하지 않으려고 애를 써보겠지만 장담은 못 하겠다.

포스트잇이 사라진 다음 날 나는 더 이상 그 일로 불안해하거나 화를 내지 않게 되었어. 전혀 아무렇지 않았지. 왜냐하면 포스트잇에 관한 기억이 아예 머릿속에서 사라졌거든.

맞아, 포스트잇을 훔쳐간 범인이 꾀를 낸 거였어. 아마 '마법 포스트잇의 존재를 세상에서 나만 알게 해주세요'라는 식으로 써서 붙였겠지. 그래야 들킬 염려 없이 마음 놓고 사용할 테니까.

그런 것도 모르고 나는 평소처럼 태평하게 주말을 보냈지 뭐야.

너? 멜리 너는 주말 내내 침대에 얌전히 누워 있었어. 나한테 말을 걸거나 돌아다니기는커녕 꼼짝도 할 수 없었지. 너는 인형이 되어 있었거든. 기껏 되살렸더니 하룻밤 새에 다시 죽어버린 거야. 그것에 관해 알 리 없는 나는 신경도 안 썼고. 음, 이 얘기는 조금 이따 다시 할게.

월요일 아침에 위기영이 나를 쿡 찔렀어.

"서미로."

"또 왜?"

"이거 네가 그랬어?"

그러면서 수첩을 내밀더라. 전에 얘기한 적 있지? 위기영은 수첩에 승부를 일일이 기록하거든. 무슨 내기를 언제 누구랑 했고 누가 어떻게 이겼는지 등등을 쓴단 얘기야. 걔는 왜 그런 데 집착하나 몰라. 하여간 위기영이 펼친 마지막 페이지에는 이렇게 쓰여 있었어.

'앞으로는 라이벌이 아니고 파트너!'

꽤 중요한 듯이 별표도 두 개나 그려져 있었어.

"네가 쓴 거야?"

"내가? 내가 왜?"

"나도 모르니까 물어보는 거잖아. 라이벌이라면 네 얘기 같은데 이게 무슨 뜻이야?"

"나한테 물어봤자…."

그러면서도 나는 수첩을 다시 한 번 자세히 들여다봤어. 물론 그런다고 기억이 돌아오지는 않았지. 포스트잇의 효과는 확실하거든. 그래도 한 가지는 알았어.

"내 글씨체랑 다르네."

나는 수첩을 빼앗아 그 밑에 새로 글씨를 썼어.

'앞으로는 라이벌이 아니고 서미로 사부님!!!'

당연히 귀퉁이에 별표도 두 개 그렸지.

"자, 이게 내가 쓴 글씨야. 다르지?"

"어, 응….."

"게다가 이건 오히려 네 글씨체 같은데?"

"사실은 내가 보기에도 그래. 참 희한하단 말이야…."

바로 그날 오후에 집에서 이상한 걸 찾았어. 침대에서 빈둥대다가 우연히 네 뒤통수에 붙어 있는 포스트잇을 발견한 거야. 거기엔 '멜리에게 생명을 주세요. 영혼을 불어넣어 주세요'라고 쓰여 있었어. 그 아래로는 자잘하고 구체적인 요구사항들이 몇 줄 더 적혀 있었고.

'이건 내가 쓴 거잖아?'

위기영의 수첩에서 본 것과는 달리 그건 확실히 내 필체였어. 하지만 내가 왜 인형 뒤통수에 허무맹랑한 소원을 빌었는지 그 이유가 도통 생각이 안 나는 거야. 뿐만 아니라 나는 망설임 없이 그걸 떼고 말았지.

그런데 지금 생각하면 이상하지 않아? 왜 포스트잇이 그대로 붙어 있었을까? 그게 무사히 붙어 있는데도 어째서 너는 죽어 있었을까? 그건 아마 우리의 기억이 지워진 것과 어떤 연관이 있지 않을까 싶어. 단순히 '마법 포스트잇의 존재를 세상에서 나만 알게 해주세요'라는 걸로 포스트잇 한 장을 써버리는 것보다는 더 영리하게 소원을 적었다는 얘기겠지. 범인은 엄청나게 똑똑하니까.

그 뒤로 다시 한 달이 지났어.

무려 한 달이라고! 정말 아찔하지 않니? 그동안에 내가 가지고 있던 다섯 장의 포스트잇을 그냥 써버릴 수도 있었잖아. 영어 단어 같은 걸 끼적이느라 낭비했으면 얼마나 아까웠을까? 아니, 아마 그럴 일은 없었겠지. 내가 공부라니…. 포도송이를 그린 낙서를 위기영한테 붙이는 경우라면 차라리 가능성이 있겠다. 그런 일도 다행히 없었지만.

아무튼 한 달 뒤에 나는 나한테 무슨 일이 있었는지 알게 되었어. 어떻게 알았느냐고? 간단해. 조금 전까지 네가 들었던 음성 파일을 나도 들었거든. 휴대폰을 만지작거리다가 우연히 찾아낸 거야. 예전에 설명하기 귀찮아서 녹음했던 게 이런 식으로 도움이 됐네.

음성 파일만 들었다면 그냥 장난이라고 여겼을지도 몰라. 하지만 이미 네 뒤통수와 위기영의 수첩을 본 후였으니 믿을 수밖에 없었지. 그것들은 우리의 기억이 사라졌다는 증거일 테니까. 그래서 다시 한 번 포스트잇에 멜리 너를 깨우는 주문을 써본거야. 포스트잇을 붙이자마자 너는 금세 살아났지. 이번이 여섯 번째랬나? 으아, 점점 헷갈려.

다음 날 나는 위기영에게 내 비밀을 다시 알려줬어. 그냥 모르도록 놔둬도 아무 문제도 없었겠지. 하지만 나는 위기영의 비밀을 기억하고 있었거든. 그러니 위기영한테도 내 비밀을 알려주는 게 공평하다고 생각했어.

위기영은 못 믿겠다는 표정이었어.

"네가 내 비밀을 아는 걸 보면 내가 기억 못 하는 무슨 일이 있었던 것 같긴 한데…. 아무리 그래도 세상에 정말 그런 포스트잇이 있다고?"

내가 대답했지.

"전부 사실이야. 그렇지 않으면 내가 어떻게 만점을 받고 전교 1등을 하겠냐?"

"그건 그렇지. 아! 그럼 지난번 시험 내기는 무효다! 맞지?"

"뭐야, 잊었어? 앞으로는 라이벌이 아니고 파트너라며?"

"그랬지, 참…. 그래서 범인은 누군지 알아냈어?"

"짚이는 사람은 있어."

"누군데?"

"서반디."

내 생각은 이래. 반디가 내 방에 들어왔던 거야. 평소에 우리는 관심사가 제각각이라 서로의 방을 방문하는 경우가 거의 없거든. 그래도 샤프심을 다 썼다든지 하는 이유로 불쑥 들어올 때가 있긴 해. 이번에도 아마 그런 한심한 이유였을 거야.

그런데 하필 반디가 안경을 벗은 채로 들어온 거지. 우리가 사실 맨 얼굴은 꽤 비슷하거든. 일란성 쌍둥이니까 안 닮기도 어렵겠지만. 즉 그런 상황이었다면 멜리가 반디를 나로 착각했어도 무리가 아니라는 얘기야.

자, 느닷없이 웬 문어 인형이 이불 속에서 스멀스멀 기어 나왔다고 생각해봐. 어쩌면 친근하게 내 이름을 불렀을지도 몰라. 만일 내가 반디였으면 온 동네가 떠나가도록 비명을 질렀겠지. 하지만 반디는 되레 다가가 인형이 왜 움직이는지 자세히 관찰했을걸! 걔는 그런 애니까.

그러다 문어 뒤통수에서 포스트잇을 발견하고, 그걸 떼어보기도 하고, 다시 붙여보기도 하면서, 반디는 이게 어떻게 된 일인지 순식간에 간파했을 거야. 그러니 서랍을 뒤져 포스트잇을 가져갔겠지. 물론 원래 목적인 샤프심도 빠뜨리지 않았을 테고.

애석하게도 증거는 없어. 순전히 추측일 뿐이지. 말이 되는 설명을 찾다 보니 서반디를 의심하게 된 거야.

그렇지만 남들이 보기에도 반디는 지난 한 달 동안 충분히 수상했어. 친구들이 우리 집에 무슨 일 있느냐고 물어볼 정도였으니까. 언제나 무뚝뚝하게 책만 들여다보던 반디는 어쩌다 친구들 대화에 끼더라도 말투에 가시가 돋쳐 있었는데 요사이 부쩍 주변에 살갑게 굴고 웃음도 많아졌어. 성적이 좋아진 것도 아니고 용돈이 오른 것도 아니라면 도대체 어떻게 저렇게 밝아졌을까 다들 궁금해 했거든. 그 비결은 아마 포스트잇이겠지. 밝은 성격으로 바꾸고 싶다고 소원을 빈 게 틀림없어. 소박하긴.

위기영이 맞장구를 쳤어.

"응, 내가 보기에도 요새 반장 좀 이상하긴 했어. 꼭 우리 반에 네가 두 명 있는 것 같더라니까. 말이 나와서 말인데, 혹시 반장은 네 성격이 부러웠던 게 아닐까?"

"나를 부러워했다고? 설마."

내가 콧방귀를 뀌었어.

"걔는 나를 세상에서 제일 싫어할걸!"

"그래?"

"그렇다니까! 맨날 칠판에 내 이름을 그렇게 쓰는 걸 보면 모르겠어?"

"그건 네가 너무 크게 떠들어서 그런 거잖아."

"이거 왜 이래? 억울하게 걸린 적도 많아!"

위기영이 떨떠름한 표정으로 뭐라고 중얼거렸지만 나는 그걸 무시한 채로 계속 말했어.

"아무튼 성격만 고친 게 아니야. 저번 주에는 교장 선생님이 앞으로 학급임원 회의는 생략하겠다고 발표하셨잖아. 자기 편할 대로 흥청망청 쓰고 있는 거야."

"그럼 이제 어떡하려고? 돌려달라고 말해봤자 거절당할 게 뻔한데."

"거절만 당하면 다행이게? 또 기억을 지워버릴지도 몰라."

"히익, 비밀로 해야겠다."

"아무도 모르게 포스트잇을 되찾아야 해. 다행히 반디는 우리가 기억을 되찾았다는 걸 모르잖아. 우리한테 상황이 불리하진 않아."

"그런데 사실 내 입장에서는 포스트잇을 누가 갖고 있든 별로 상관없는데…. 어차피 내가 쓸 것도 아니고."

"뭐? 기가 막히네. 네 수첩에 뭐라고 쓰여 있더라?"

"라이벌이 아니고 파트너…."

"내가 쓴 것도 아니고 네가 직접 쓴 거야. 그래 놓고서 파트너가 힘들어지니까 나 몰라라 하겠다는 거야? 그렇게 치사한 녀석이었어?"

"알았어. 도와주면 되잖아."

"이번에 포스트잇 되찾으면 너한테도 포스트잇 세 장 줄게. 그럼 불만 없지?"

"어, 그, 그래. 약속한 거다!"

위기영은 생각보다 너무 좋아하더라. 음성 파일에서 듣기로는 '위기영이 포스트잇에 별로 관심 없어 했다'고 하길래 딱히 이루고 싶은 소원이 없는 줄 알았거든. 나는 위기영이 포스트잇에 무슨 소원을 쓸지 궁금했지만 그런 건 나중에 물어보기로 했어. 일이 잘 풀린 다음에 말이야.

학교에서든 집에서든 반디와 마주칠 때마다 나는 반디를 제대로 쳐다볼 수 없었어. 끓어오르는 복수심을 억누르느라 진이 빠져서 졸음이 쏟아질 정도였지. 덕분에 떠들지도 않고 나머지 청소를 하게 됐어. 저녁 식사 때에도 반디는 조잘조잘 수다를 떨었고 나는 묵묵히 먹는 데만 집중했어.

"요새 너희 조금 이상한데? 미로는 반디 같고, 반디는 미로 같아."

아빠가 말했고 엄마도 옆에서 고개를 끄덕이셨어.

"그래요? 저는 잘 모르겠는데."

반디가 까르르 웃으면서 곁눈으로 나를 보길래 나도 억지로 웃어 보이긴 했는데 사실 내가 보기에도 우리 성격이 바뀐 것 같았어. 그러자 불현듯 소름 끼치는 생각이 들더라!

'혹시 서반디가 우리 둘을 바꿔버린 것 아니야?'

나는 밥을 먹다 말고 화장실로 뛰어갔어. 옷을 들추고 거울로 내 몸을 살펴봤지. 내 몸에 몰래 포스트잇을 붙였을까 싶어서 말이야. 하지만 포스트잇은 없었어. 하기야 서반디가 그런 모험을 할 이유가 없지. 아무리 내가 씻기를 싫어하기로서니 종이쪼가리가 몸에 붙어 있는 걸 한 달 내내 몰랐을 리도 없고 말이야. 나는 괜히 머쓱해져서 식탁으로 돌아왔어.

왠지 반디의 시선이 느껴졌지만 나는 태연한 척하며 식사를 끝까지 마쳤어. 그리고 내 방에 돌아와서 벌벌 떨었지. 혹시 방금 내가 경솔하게 행동한 탓에 서반디가 나를 의심하게 됐을까? 내일 아침에 일어나면 또 아무 기억도 못 하는 건 아닐까? 이대로 영영 멜리와 헤어지게 되는 걸까? 나는 멜리 너를 꼭 끌어안고 새벽까지 잠을 설쳤어.

다행히 또다시 기억이 지워지는 일은 없었어. 적어도 내가 알기엔 그랬어.

학교에 가서 나는 위기영과 다시 비밀회의를 했어.

"아침에 반디 먼저 나갈 때까지 기다렸다가 반디 방을 대강 뒤져봤는데 포스트잇은 없는 것 같았어."

"그래서 지각한 거야?"

"맞아."

글쎄, 살짝 늦잠을 자긴 했지만 그것도 다 서반디 때문이니까 거짓말은 아니지.

"방에 없다면 포스트잇은 지금 서반디 가방이나 주머니 속에 있겠네."

"그렇겠지."

"그럼 내가 체육 시간에 몰래 찾아볼게. 설마 체육 시간에까지 갖고 다니지는 않겠지."

"괜찮겠어? 주번이 있을 텐데."

"잠깐이면 되는데 뭘."

하지만 위기영은 실패했어. 실패의 대가는 가혹했지. 위기영은 체육 시간에 갑자기 사라진 뒤로 학교가 끝날 때까지 나타나지 않았어.

"너희 혹시 기영이 못 봤니? 얘가 월요일부터 어디로 사라진 거야."

처음엔 유가령 선생님도 별로 심각하게 받아들이지 않으셨어. 전에도 종종 이런 일이 있었거든. 그런데 종례 때까지도 돌아오지 않자 선생님이 굳은 표정으로 우리에게 당부했어.

"선생님들끼리 찾아볼 테니까 너희는 오늘 다른 데로 새지 말고 곧장 집에 가렴. 밤늦게라도 기영이 소식 들으면 선생님한테 꼭 연락하고. 알겠지?"

"네에!"

위기영이 사라진 이유에 대해 친구들은 저마다 추측하기 시작했어. 양호실 구석에서 낮잠을 자고 있다, 아무한테도 들키지 않는 내기를 하는 중이다, 인신매매단이 잡아갔다 등등. 그러나 정작 행방을 아는 유일한 사람은 오후 내내 입을 다물고 있었지. 서반디 말이야.

다음 날에도 위기영은 나타나지 않았어.

그 다음 날에도.

경찰이 와서 우리한테 이것저것 물어보았을 때 나는 반디에 대해 말하고 싶었어. 포스트잇에 대해서도 다 털어놓고 싶었어. 하지만 차마 그러지 못했지.

그 대신 나는 서반디에게 직접 물어보기로 했어. 꼬박 사흘을 망설인 끝에 결단을 내렸던 거야. 저녁에 반디의 방문을 똑똑 두드렸어.

"시간 있어?"

"네가 웬일이야?"

반디가 의자를 빙글 돌려 나를 보았어.

"위기영 어디 있어?"

"그걸 왜 나한테 물어?"

"기영이가 포스트잇을 몰래 가져가려다 실종된 건 알고 있어. 그래, 마법 포스트잇에 대해서도 다 알아. 그러니까 속일 생각은 하지 마."

"어떻게 기억이 남아 있지…?"

들릴락 말락 할 목소리로 반디가 중얼거렸어.

아하! 역시 반디는 내 기억이 멀쩡하다고 생각하는 듯했어. 기억을 지우는 포스트잇이 효과가 없었던 줄 아는 모양이야. 소원을 적을 때 뭔가를 빠뜨렸거나 포스트잇이 떼어졌다고 생각했겠지.

내가 말했어.

"원한다면 포스트잇은 네가 가져도 돼. 나는 포기할게. 못 믿겠으면 나한테 포스트잇을 붙여도 좋아. 기억을 지우든 꿈도 못 꾸게 하든 마음대로 하라고. 위기영만 무사히 돌려보내줘."

우리는 잠시 말없이 서로를 노려보았어.

반디는 나한테 무슨 꿍꿍이가 있는지 의심했겠지. 아니면 포스트잇이 왜 효과가 없었는지 생각했거나. 갑자기 왜 기억을 지우라고 했는지를 수상히 여겼을지도 몰라. 나야 물론 반디가 이대로 나를 없애버리는 게 아닐까 두려워했고. 째깍째깍, 평소엔 들리지도 않던 시곗바늘 소리가 유난히 거슬리더라.

"좋아."

시간이 얼마나 흘렀을까? 마침내 반디가 대답했어.

"포스트잇은 붙이지 않을게. 어차피 평생 붙이고 살 수도 없을 테니까."

"아, 그렇겠네…. 너 똑똑하다. 그럼 그냥 믿어주는 거지?"

"믿고 안 믿고는 상관없어. 어차피 빼앗고 싶어도 못할 테니까."

"그게 무슨 말이야?"

"쓸데없이 포스트잇을 낭비할 필요가 없다는 얘기야. 이미 나 말고 다른 사람이 포스트잇에 손을 대면 달팽이로 변하도록 주문을 걸어두었거든. 포스트잇 맨 아래에 붙였지."

"달팽이라니?"

"말 그대로 달팽이지. 너는 나한테 위기영을 돌려보내라고 했지만 그 애는 줄곧 교실에 있었어. 관찰 상자 안에 갇힌 채로 말이야."

"뭐? 그럼 엊그제 우리 반 달팽이 알이 부화한 게 아니라 사실은…."

"그래, 그건 위기영이었어. 다들 귀여워하더라."

"왜? 왜 하필 달팽이야? 강아지도 있고 고양이도 있잖아!"

"왜 이렇게 열을 내? 가만히 보면 달팽이도 귀여워."

"으으!"

"아무튼 위기영은 돌려보내줄게. 포스트잇을 떼면 원래 모습으로 돌아올 거야. 그런 뒤에 곧바로 새로 써서 붙일 테니 너도 달팽이가 되고 싶지 않으면 단념하는 게 좋을 거야."

"변할 때 변하더라도 기왕이면 달팽이보다 근사한 거로 변했으면 좋겠는데."

"내 마음이야."

약속대로 위기영은 사람으로 되돌아왔어. 학교에 왔더니 누가 전날 밤에 터덜터덜 걸어가는 위기영을 봤다는데, 땅에 파묻혀 있다 왔는지 온몸이 흙투성이고 입가에는 왠지 배춧잎이 덕지덕지 묻어 있었대. 그 때문에 정신이 나갔다는 소문이 잠깐 돌기도 했어. 막상 등교한 위기영이 너무 멀쩡해 보여서 소문은 다시 쑥 들어갔지만.

방과 후에 위기영과 나는 다시 만났어. 반디 눈에 띄기 싫어서 기영이네 아파트 놀이터에서 만난 거였는데 바람이 엄청나게 불어서 너무 춥더라. 아무리 비밀회의라지만 이럴 거면 그냥 학교에서 보는 게 낫겠다고 생각했어.

"다른 사람들한테는 뭐라고 말했어?"

"내기하느라 뒷산에 숨어 있었다고 둘러댔지 뭐. 엄청나게 혼났어. 잘못하면 얼어 죽는다고."

"고생했네. 그동안 나는 복수할 방법을 알아냈어."

"정말이지? 이제는 내 몫까지 확실히 복수해야 돼."

"문제없어. 똑같이 갚아줄 테니까."

내 계획은 이랬어.

"내가 가진 포스트잇에 '서미로를 서반디로, 서반디를 서미로로 바꿔주세요'라고 쓰는 거야. 내 몸에 먼저 붙여보고, 안 바뀌면 반디 몸에도 몰래 붙여야겠지."

"그래서?"

"반디는 자기 포스트잇에 이렇게 써 붙였거든. '나 말고 다른 사람이 이 포스트잇을 만지면 달팽이로 변하게 해주세요.' 그래서 네가 생뚱맞게 달팽이로 변신했던 거야."

"이해가 안 돼. 웬 달팽이?"

"내 말이!"

세상에, 얼마나 반가웠으면 나도 모르게 위기영 손을 덥석 잡지 않았겠니! 곧바로 놓긴 했지만.

"아무튼 내 계획은 반디가 자기 손으로 포스트잇을 만지게 하는 거야. 우리 몸이 바뀌었으니 반디가 별생각 없이 포스트잇에 손을 댔다간…."

"달팽이가 되겠지!"

"그런 다음에 내가 유유히 포스트잇을 가져오면 끝. 어때, 기가 막힌 계획이지?"

"대박이야! 완벽해!"

"흠!"

코에 힘을 주자 하얀 콧김이 피식 나왔고 우리는 모처럼 마주 보고 웃음을 터뜨렸어. 아니, 모처럼이 아니고 처음이던가?

나는 저녁에 반디의 방문을 노크했어.

"서반디."

"또 무슨 일이야?"

지난번처럼 반디가 의자를 빙글 돌려 나를 보았어.

"아무 일도 아니야. 그냥 놀러 와봤어."

"흠…."

반쯤은 사실이었어. 포스트잇을 붙이려면 가까이 다가서야 할 텐데, 안 그러던 사이에 다짜고짜 친한 척하면 의심을 사겠다 싶었거든. 그래서 이런 식으로 며칠 살갑게 굴어서 방심하게 하려는 속셈이었지. 그렇다고 오래 어울릴 생각은 없었어. 곧 기말고사 기간이기도 하고.

내가 적극적으로 대화를 주도했더니 처음엔 경계하던 반디도 점점 마음을 열더구나. 우리는 시시콜콜한 이야기를 나누었어. 요즘 인기 많은 아이돌 이야기, 위기영은 내기 때문에 하루도 빠지지 않고 등교하고 있다는 이야기 등등. 포스트잇에 관해서는 한마디도 안 했어.

다음 날도 나는 반디의 방문을 두드렸어. 그 다음 날도.

"참, 이번 시험 때 포스트잇 쓸 거야?"

사흘째에 나는 과감하게 포스트잇 이야기를 꺼냈어. 실은 실수로 말이 튀어나온 것이었지만 한편으로는 굳이 꺼릴 필요가 있나 싶더라. 그래서 아예 대놓고 이야기를 하기로 한 거야. 정면 돌파랄까.

"반디 너야 워낙 성적이 좋긴 하지만 그래도 믿는 구석이 있는 편이 든든하긴 하잖아. 쓸 거지?"

"아니. 시험은 공부하고 실력대로 제대로 봐야지."

"그, 그러셔…. 말이 나와서 말인데, 지금까지 몇 장 썼어? 열 장? 스무 장?"

"몇 장 안 썼어. 기껏해야 다섯 장… 아니, 여섯 장이다."

나는 속으로 계산을 해보았어. 기억을 지우는 거랑, 만지면 달팽이로 변신시키는 거랑… 또 뭐가 있더라?

"요새 성격이 조금 달라졌던데 그것도 포스트잇 덕분이지?"

"응."

"그렇지만 이상한데? 벌써 한 달도 넘었는데 어떻게 포스트 잇을 맨날 붙이고 다녀? 아니면 그것도 혹시 포스트잇 맨 아래에 붙인 거야?"

"나도 처음에는 씻을 생각을 못하고 배에 붙였어. 그건 며칠 만에 떼고 새로 붙였지."

"어디에?"

"실내화 깔창 밑에. '이걸 신는 사람의 성격을 서미로처럼 바꿔주세요'라고 썼거든. 시험 삼아 붙여봤는데 되더라. 실내화를 신을 때만 바뀌고 벗으면 다시 원래 성격으로 돌아오지만. 집에서 신는 슬리퍼에도 붙였어."

과연 감탄할 만한 방법 아니니? 그런데 그때는 다른 게 내 관심을 더 끌었어.

"나처럼이라고…?"

반디도 자기 실수를 깨달았는지 얼굴이 새빨개지더라. 그렇게 얼마간 주저하던 반디가 크게 숨을 내쉬고는 나를 보았어.

"맞아, 나는 네가 부러웠어."

이럴 수가! 위기영의 추리가 맞았잖아!

"야, 반디야…. 네가 나를 부러워한다는 게 말이 돼? 너는 공부도 잘하고 반장이고 말도 조곤조곤 잘하고 선생님들한테 찍히지도 않았잖아. 나는 문제아에 머리도 나쁘고…."

"하지만 친구들한테 둘러싸여 지내는 건 항상 너지."

"그건 내가 막 까불고 장난을 치니까 그렇지."

"나는 혼자야. 심지어 쌍둥이인 너조차도 나를 싫어할 정도지. 기억나? 우리 어렸을 적에는 어디든 붙어 다녔잖아. 하지만 이제 너는 내가 재미없다고 생각하지?"

"네가 맨날 공부만 하니까 내가 알아서 피해준 거잖아."

"알아. 너를 탓하는 게 아니야. 오히려 내 잘못이지. 언제부턴가 사람을 상대하는 게 어려워졌거든. 시험 문제와는 다르게 내가 친구들한테 하는 말과 행동은 정답을 요리조리 비껴가더라.

그런데 너는 아무리 제멋대로 굴어도 사람들이 다가가잖아? 나는 그게 부러웠어."

"나는… 나는 오히려 네가 나를 싫어한다고 생각했어."

내가 말했어.

"그럴 리가."

반디가 말했어.

"우리가 지금 이렇게 대화하는 것도 다 내가 꾸민 일이야. '저녁마다 미로가 나랑 대화하러 찾아오게 해주세요'라고 붙였거든."

"뭐?"

내가 손을 뒤로 뻗어 포스트잇이 붙었는지 확인하려 하니 반디가 다시 말했어.

"너한테 붙인 게 아니야."

반디의 손가락이 가리키는 곳을 보니 방문 구석진 곳에 붙어 있는 포스트잇이 보였어.

"그래, 네가 요새 매일 나를 찾아온 건 저것 때문이었어."

"엥? 저것 때문이 아니고 사실 나는…."

내가 얼른 입을 다물었어. 내 스스로 계획을 망칠 뻔했지 뭐야.

그런데 멜리야, 이상하지 않니? 내가 반디를 찾아간 건 반디한테서 포스트잇을 되찾기 위해 내가 떠올린 계획 때문이었잖아. 그런데 사실은 반디가 나랑 대화하기를 원해서 그런 거였다니? 그럼 포스트잇이 내 계획까지 세워준 걸까? 아니면 포스트잇을 되찾겠다는 건 그저 구실일 뿐이고 실은 반디와 대화하는 게 목적이었을까? 내가 하는 행동이 내 뜻대로 하는 게 아닌가? 머릿속이 뒤죽박죽이 되었어.

"서반디, 저걸 당장 떼어버려."

반디가 잠시 주저하더니 결국 포스트잇을 떼어버렸어.

내가 말했어.

"저런 거 없어도 내일 다시 올 테니까. 아니, 내일은 일요일이니까 아예 아침부터 계속 같이 놀자. 할아버지 제사 때문에 엄마랑 아빠도 새벽에 나가시니까 방해할 사람도 없어."

"그, 그래."

내가 활짝 웃어 보이니 반디도 살짝 미소를 머금었어. 근래계속 잠을 설쳤던 나는 그날 오랜만에 깊이 잠들었어.

일요일에, 그러니까 어제 우리는 어릴 때 그랬던 것처럼 세상에 우리밖에 없는 것처럼 시간을 보냈어. 서로 얼굴에 화장을 해주고, 거울을 보며 까르르 웃고, 옷을 바꿔 입기도 하고, 함께 낮잠을 자고, 간식도 만들어 먹고.

"봐봐, 친하게 지내는 데 포스트잇은 필요 없잖아. 그렇지?"

"그래."

실은 그러는 동안에도 나는 줄곧 포스트잇을 생각했어. 어떻게 하면 반디를 속이지 않고 기분 상하게 하지 않고 포스트잇을 돌려받을지 고민했어. 아무리 생각해도 그런 방법은 떠오르지 않았지.

저녁에 나는 살짝 내 방으로 돌아와 내 포스트잇을 꺼냈어.

'서미로를 서반디로, 서반디를 서미로로 바꿔주세요'라고 썼지. 그걸 내 몸에 붙이고 반디로 바뀌기를 기다렸는데… 변화가 없 더라. 예상했듯이 똑같은 내용으로 반디한테도 붙여야 하는 것 같았어.

나는 반디 방에 가서 등에 묻은 먼지를 털어주는 체하며 포스 트잇을 붙였어. 그래도 딱히 변화는 없었어.

'뭐야, 제대로 바뀐 거 맞아?'

우리가 바뀌었는지 어떻게 확인해야 할까? 우리는 얼굴도 똑 같고 머리 모양도 똑같고 잠옷도 똑같은 걸 입고 있는데. 하지 만 머뭇거릴 새가 없었어. 등에 붙은 포스트잇이 발각되면 모든 게 수포로 돌아갈 테니까.

"저기, 반디야. 그… 포스트잇 있잖아."

왠지 목멘 소리가 튀어나왔어.

"그거 오늘 아침에 내가 바꿔치기했어."

"바꿔치기…?"

"응. 그러니까 지금 네 가방에 있는 건 그냥 평범한 포스트잇 이야. 아무 효과도 없다고."

반디가 당황한 채로 자기 가방을 뒤적거렸어.

"미로 너 대체 무슨 뚱딴지같은 소릴 하는 거야? 여기 이렇게 멀쩡히 있…."

반디는 말을 끝까지 하지도 못했어. 갑자기 번쩍, 하고 빛이 나더니 반디는 어디론가 사라지고 그 자리에 반디가 아닌 무언 가가 서 있었거든. 그건 달팽이가 아니었어. 강아지나 고양이는 더더욱 아니었지. 생전 보지도 듣지도 못한 괴물이었어.

"아얏!"

나는 엉덩방아를 찧은 채로 반디를, 아니 정체불명의 시커먼 괴물을 올려다보았어. 그건 한편으로는 공룡을 닮았고 다른 한편으로는 아르마딜로를 닮았어. 커다란 입에는 뾰족한 이빨이 빼곡히 돋아 있었고 온몸에는 매끈한 등딱지가 비늘처럼 덮여 있었지. 길고 축축한 꼬리는 뱀처럼 주변을 탐색하며 내 종아리를 훑고 지나갔어.

변화는 계속되고 있었어. 단단한 몸이 풍선처럼 부풀고 있었거든. 숨을 들이마실 때마다 눈에 띄게 몸이 커졌어. 처음에 내 몸집과 비슷했던 괴물은 삽시간에 천장에 닿을 정도로 키가 자랐어.

"반디야…."

내가 중얼거리자 괴물이 고개를 돌려 나를 보았어. 우리의 시선이 짧게 교차했지. 나는 괴물에게서 반디의 흔적을 찾으려 애썼어. 하지만 멜리야, 반디의 모습은 티끌만큼도 남아 있지 않았어. 그 괴물이 본래 내 쌍둥이 동생 서반디였다는 유일한 증거는 세차게 흔들리는 눈동자뿐이었어. 당혹감에 어쩔 줄 모르는 눈동자 말이야.

우지끈! 하며 마침내 괴물의 머리가 천장을 뚫고 하늘로 치솟았어. 나는 얼른 반디의 방에서 빠져나왔어. 그보다는 방 안을 가득 채운 몸집에 떠밀려 나왔다고 해야겠지만. 나는 계단 아래로 내동댕이쳐졌어.

콰직, 콰지직! 사방의 벽에 금이 가면서 불길한 소리가 폭포처럼 쏟아졌어. 정신이 아득해지는 나를 구출한 건 멜리, 너였어. 네 개의 다리가 나를 단단히 죄고 바깥으로 이끌었어.

우리가 마당으로 나오자마자 2층짜리 우리 집이 폭삭 주저앉았어. 먼지가 풀썩거리는 잔해 사이로 거대한 그림자가 우뚝 솟구쳤어. 시시각각으로 커져가는 괴물이었지. 희미한 달빛 아래서 두리번거리는 모습은 괴기스럽다 못해 헛웃음이 나올 지경이었어.

불현듯 무너진 집 어딘가에서 펑 하고 폭발음이 들리더니 불꽃이 일더라. 이내 불길이 번지기 시작했지. 괴물은 육중한 몸을 움직여 우리 집 마당을 빠져나갔어. 쿵쾅거리는 발걸음 소리가 사람들의 비명 소리와 함께 점점 멀어졌어.

나는 망연자실하게 마당에 주저앉아 있었어.

이웃에서 신고했는지 소방차가 출동해 순식간에 불이 진화됐어. 불길이 우리 담장을 넘어가기 전에 말이야. 나는 소방대원 아저씨 손에 이끌려 골목으로 나왔고, 엄마하고도 통화를 했어.

"어디 다친 덴 없니? 괜찮아?"

"괜찮아요."

"반디도?"

"네에…."

어떻게 반디가 괴물로 변했다고 말할 수 있겠니? 그래서 적당히 얼버무렸지 뭐.

한바탕 소동이 진정되고 주변에 아무도 없는 것을 확인한 네가 소곤거렸어.

"미로야, 아까 그거 뭐였어?"

"반디야."

마치 혼잣말을 하듯이 내가 중얼거렸어.

"서반디가… 변신한 거야."

도저히 이해가 안 가더라. 왜 달팽이가 아니고 저런 괴물로 변했을까? 설마 내가 핀잔했다고 달팽이 대신 다른 걸 썼을까? 그렇다면 왜 강아지나 고양이가 아니고 왜 저런…?

그때까지만 해도 나는 이 사태에 대해 그다지 심각하게 받아들이지 않고 있었던 것 같아. 달팽이로 변했던 위기영이 무사히 돌아왔듯이 서반디도 포스트잇을 떼면 금세 돌아올 것이고, 집이며 담장이며 아스팔트며… 하여간 파손된 것들도 어떻게든 복구될 거라고 생각했거든.

그런데 뜻밖의 문제에 부딪혔어. 멜리 네가 일깨워줬지.

"어떡하지, 미로야? 포스트잇이 전부 불에 타버렸잖아."

그 말대로였어. 잿더미 속에 멀쩡한 물건은 하나도 남아 있지 않았거든. 포스트잇부터 챙겼어야 했다고 스스로 원망도 했지만 아까는 정말이지 내 몸 돌볼 겨를조차 없었으니까 어쩔 수 없지 뭐. 불씨가 완전히 잡히고 날이 밝으면 다시 살펴보긴 하겠지만 아무래도 상황이 비관적이었어. 떼어낼 포스트잇이 사라졌는데 무슨 수로 이 난장판을 수습하겠냐고!

동이 트기 전에 엄마랑 아빠가 오셨어. 반디는 어디 있느냐고 물으셨지만 나는 대답할 수 없었지. 엄마는 나를 이곳 호텔로 데려오셨고 아빠는 집 앞을 지키고 계셨어. 서반디를 찾기 위해 소방관들이 무너진 주택을 수색하고 있었거든. 결국 헛수고일 테지만…. 나는, 나는 입을 꾹 다물어버렸어. 뒤늦게 현실 감각이 돌아와 온몸이 덜덜 떨렸어.

내게는 멜리와 휴대폰뿐이었어. 아니, 아니다! 아침에 나는 잠옷 주머니에서 포스트잇을 발견했어. 처음부터 내가 가지고 있던 네 장 말이야. 마침 엄마도 안 계셔서 나는 허둥지둥 소원을 썼어. 그 어느 때보다도 간절함을 담아 꾹꾹 눌러 썼지.

'서반디를 괴물 말고 원래 모습으로 되돌려주세요'

멜리야, 경솔하게 굴다가 너를 몇 번이나 죽였으면서도 나는 왜 침착해질 수 없을까? 다 쓰고서야 나는 그걸 붙일 서반디가 없다는 사실을 깨달았어. 또, 본모습으로 돌아오더라도 그 포스트잇을 떼면 다시 괴물로 돌아가는 거 아닐까? 나는 소중한 포스트잇을 허무하게 낭비해버린 셈이야.

"괜찮아. 아직 세 장이나 남았잖아. 천천히 생각하면 다 수습할 수 있을 거야."

네가 그렇게 다독였지.

나는 엄마가 놔두고 간 식어빠진 코코아를 홀짝거렸어. 그러면서 포스트잇을 쏘아보았지. 반디라면 뭐라고 썼을까? 간단하면서도 기발한 방법이 분명히 있을 거야. 종이컵을 다 비울 무렵에 나는 반디가 했던 방식을 시도할 만하다고 결론을 내렸어. 몇 번을 생각해도 흠이 없어 보였어.

그래서 두 번째로 시도했어.

'문을 열면 괴물 말고 원래 모습으로 돌아온 서반디가 서 있도록 해주세요'

그걸 문에 붙였어. 멀쩡한 땅에도 구멍을 만들어내던 포스트 잇이었으니까 이번에도 기적을 보여줄 거라고, 문을 열면 밖에서 반디가 멋쩍게 웃고 있을 거라고 기대하면서.

복도는 그러나 휑뎅그렁했고 서늘한 실바람만이 내가 꿈을 꾸고 있는 게 아님을 증명했어.

"미, 미로야."

먼저 침묵을 깬 건 멜리 너였어.

"너 아직 포스트잇 붙이고 있지 않아…?"

"어어…?"

맞아. 지난밤 이래로 포스트잇은 내 배에 계속 단단히 붙어 있었지. 나는 아직 서반디였던 거야. 그러니까, 문을 열었을 때 서반디가 서 있게 해달라는 소원은 이루어진 셈이지.

나는 너무 속상해서 침대에 엎드려 흑흑 흐느꼈어. 이렇게 멍청해서야 어떻게 반디를 구할 수 있겠어? 뒤척이다가 리모컨이 눌렸는지 TV가 켜지더라. 화면에는 뉴스 속보가 나오고 있었어. 지난밤에 우리 집을 무너뜨린 그 괴물이 공격을 받고 있었지. 전투기와 탱크가 불을 뿜었어. 20층 아파트보다도 커져버린 괴물은 공격을 받아도 끄떡없었어. 아니, 끄떡없는 건 아니었어. 마구 포효하면서, 괴로운 듯 몸부림치면서 주변의 건물들을 박살내고 있었으니까.

"반디야…."

눈물이 그치지 않았어. 뉴스 앵커의 말이 한마디도 귀에 들어오지 않았어.

"아까 그 포스트잇을 이름만 바꾸고 똑같이 써서 다시 한 번 시도해보자. 이번엔 될 거야."

네가 말했어.

남은 건 두 장이었지. 나는 자신이 없었어.

"반디는 저기 도로 한복판에 있는데 포스트잇을 붙인다고 갑자기 여기로 나타날까?"

"당연하지. 이건 뭐든지 들어주잖아."

"뭐든지 다 들어주는 건 아니잖아. 네 기억을 되돌려주지도 않았고…."

내가 주저하는 동안에도 TV 속의 반디는 총탄의 세례를 받고 있었어.

그러다 문득 좋은 방법이 떠오른 거야.

"멜리야, 잘 들어."

"응."

"괴물로 변한 건 서미로야. 나는 지금 서반디이고. 그렇지?"

"그래."

"만약에 이 포스트잇을 떼고 내가 다시 미로로 돌아가면 어떻게 될까? 내가 저 자리에서 괴물이 돼 있겠지?"

"글쎄… 그보다 이곳에서 괴물로 변하지 않을까? 반디는 저쪽에서 원래 모습으로 변하고."

"그럼 나도 저쪽으로 가야겠다. 몸을 원래대로 되돌려야겠어."

나는 차근차근 내 계획을 설명했어. 네가 아는 부분도 내가 지금 다시 말하는 건 녹음 파일을 듣는 게 네가 아니라 반디이기 때문이야. 멜리 네가 할 일은 내 휴대폰을 반디한테 전달하는 거야. 알겠지?

"너 스스로 괴물로 변하겠다고? 그건 너무 위험해."

너는 근심 어린 표정으로 나를 염려했지. 걱정하지 마. 지금 나는 그 어떤 때보다 더 확신에 차 있어. 반디라면 반드시 방법을 알아낼 테니까. 괴물로 변한 나를 구할 테니까.

그러니까 멜리야, 잠시만 안녕이야.

4

깜빡 졸았는지 정신을 차렸을 때는 이미 날이 어둑어둑했어. 나는 입가에 흘린 침을 닦아내고 침대에서 일어났지.

"엄마가 내려와서 밥 먹으래."

서반디가 불쑥 들어오더니 자기 할 말만 쏙 하고 나가더라.

저녁 식사를 마친 뒤에는 아빠랑 영상 통화를 했어. 한 달짜리 출장이라지만 오히려 평소보다 더 자주 보는 것 같은 기분이야. 그래도 오늘 대화는 아주 유익했어. 왜냐하면 오늘은 내 생일이었고, 아빠가 우리한테 받고 싶은 생일 선물을 고르라고 하셨거든.

"무슨 선물 골랐어?"

솔직히 말하면 반디가 뭘 사달라고 할지 하나도 안 궁금했어.

"나는 이거."

반디가 보여준 사진은 다이어리였어. 연한 갈색의 도톰한 가죽 다이어리. 흐흥, 나는 콧방귀를 뀌었지. 딱 서반디가 고를 법한 선물이다 싶어서.

…어? 어라?

"왜 그래?"

내가 이상해 보였는지 반디가 물었어.

"아, 아니. 그냥 좀…."

"어디 아파?"

"그런 건 아니고, 방금 대화를 왠지 예전에도 했던 것 같아서."

"데자뷔 느낀 거야?"

"되잡이가 뭐야?"

"방금 그걸 데자뷔라고 해. 처음 하는 건데도 이전에 경험한 것 같은 느낌."

"맞아! 딱 그래!"

"별거 아냐. 나도 가끔 느끼거든."

서반디는 대수롭지 않은 듯이 대꾸했지만 나는 마음 한구석이 찜찜했어. 마치 내가 모르는 숙제가 남아 있는 것처럼 말이야.

어제 점심시간에는 위기영과 무슨 내기를 두고 옥신각신하다가 갑자기 이런 말이 튀어나왔어.

"그러는 너도 몸에 열이 많아서 반바지를 입고 다니는 건 아니잖아."

위기영이 멈칫했지만 나는 아랑곳하지 않고 말했지.

"예전에 다니던 학교 친구랑 내기하느라 이러고 다니는 거라며."

"어, 어, 어떻게 알았어…?"

"이건 또 무슨 소리야? 네가 말해줬잖아."

그러다 깨달았어. 그건 내 흐릿한 꿈속 기억이고, 현실에서 위기영은 내게 자기 비밀을 말해준 적이 없다는 걸. 정확하게는 아직 말해주지 않았다는 걸.

실제로 겪은 일들과 겪지 않은 일들이 뒤섞여 머릿속에 쏟아졌어. 나는 어지럼증을 느끼며 비틀거렸지.

"서미로, 갑자기 왜 이래?"

"별거 아냐. 되잡이거든."

"뭘 되잡아?"

"그런 게 있어."

나는 복도 계단에 앉아서 심호흡했어. 위기영은 방석이며 담요며 미지근한 물 따위를 가져다주면서 점심시간 내내 내 비위를 맞춰주었지. 고맙다고 했더니 위기영은 준비한 티가 나는 대사를 읊더라.

"됐어. 라이벌 좋다는 게 뭐냐."

어쭈! 나는 말할까 말까 망설이다가 결국 비밀을 털어놓았어.

"너만 알고 있어. 언젠가 우리는 라이벌이 아니고 파트너가 될 거야."

"웬 파트너? 너무 닭살인데!"

"야, 그건 내가 할 말이거든!"

이후로도 온종일 속이 메스꺼웠어. 온몸의 피가 혈관을 거슬러 흐르는 기분이었지. 저녁 무렵에야 간신히 괜찮아졌어. 머릿속 안개가 전부 걷히니 컨디션도 돌아오더라. 이제 나는 꿈의 조각들이 시간순으로 정돈되어 과거와 미래를 분별할 수 있게 되었어.

꿈에서 반디는 나와 친하게 지내고 싶어 했어. 그래서인지 나도 반디가 전처럼 거슬리지 않았어. 오히려 친근하게 느껴지더라고. 그래서 노크했지. 똑똑! 아무리 떨떠름한 표정으로 나를 맞이했을지라도 반디는 나의 방문에 내심 기뻤을 거야.

"웬일이야?"

"헤헤, 그냥 놀러 와봤어."

"흠⋯."

솔직히 아무 생각 없이 놀러 간 건 아니었어. 나는 되잡이에 관해 다시 얘기하고 싶었어. 미래를 보는 일이 정말로 흔한지 확인하고 싶어서 말이지. 따질 것도 있고.

"지난번 그 되잡이 말인데⋯."

"데자뷔."

"응, 되잡이. 암튼 내가 요새 미래에 일어날 일을 알게 됐거든."

"이번엔 또 무슨 장난을 치려고?"

"아니야, 나 정말 진지해. 그러니까 끝까지 들어봐."

반디는 가늘게 뜬 실눈으로 한동안 나를 관찰했어. 딱히 속이

는 것도 없는데 괜히 쭈뼛거리게 되더라니깐. 마침내 반디가 턱
짓으로 침대를 가리켰어. 앉아도 좋다는 신호였지.

침대에 걸터앉자마자 나는 내가 꾼 꿈 이야기를 시작했어.

"며칠 있으면 아빠가 오시잖아? 그때 아빠는 나한테 엉뚱한
선물을 주실 거야. 실수로 선물이 바뀌었거든. 그래서 뭘 받느
냐면, 누가 쓰다 만 것처럼 보이는 자질구레한 학용품들이야.
그중에 포스트잇도 있는데 사실 그게 보통 포스트잇이 아니라
는 말씀."

"아니면?"

"놀라지 마. 적어서 붙이기만 하면 뭐든지 이루어지는 마법
의 포스트잇이야."

"헤엥."

"진짜라니까!"

이어서 나는 내가 꿈에서 겪은 일들을 모조리 이야기했어. 멜
리 너를 몇 번씩이나 거듭해서 되살린 이야기, 시험에서 백 점을
받고 전교 일등이 된 이야기, 의도치 않게 싱크홀을 만든 이야
기, 포스트잇을 도둑맞은 이야기, 위기영이 달팽이로 변한 이야
기, 반디와 내가 몸이 바뀌고 반디가 괴물이 되고 우리 집이 불
에 타버린 이야기…. 나는 어쩐지 이것들이 까마득한 옛날 기억
처럼 느껴졌어.

처음에는 헛소리를 듣는 양 심드렁하던 반디도 이야기가 계
속될수록 흥미가 생겼는지 내 쪽으로 몸이 기울더구나.

"그래서? 우리 몸이 원래대로 바뀌었어?"

"너는 무사히 원래 몸을 되찾았어. 나는 아니었지. 정신이 들었을 때 나는 높다란 전망대에서 바깥 풍경을 구경하고 있었어. 회색의 높다란 건물들이 끝없이 줄지어 서 있는 삭막한 풍경이었어."

✳

"아얏!"

갑자기 누가 세게 꼬집은 것처럼 등이 따끔거렸어. 동시에 전망대가 휘청거렸지. 그제야 나는 내가 전망대에 있는 게 아니고 키가 엄청나게 커졌다는 것을 깨달았어. 그래, 나는 괴물이 되었던 거야. 작전은 성공했어.

이제 내가 할 일은 반디가 나를 구할 때까지 기다리는 것뿐이었어. 빌딩 그늘에 앉아 얌전히 시간을 보내면 좋았겠지만 탱크와 전투기가 나를 도무지 가만 놔두지 않더구나. 여름 캠프의 날벌레들처럼 웽웽거리며 내게 달려들었지. 온몸이 따가웠어.

불길한 사이렌 소리가, 사람들의 비명 소리가, 매캐한 연기가 거리에 가득했어. 그 소동의 중심에서, 개미처럼 작은 사람들의 공격을 받으며 내가 느낀 건 외로움이었어. 세상에 오직 나 혼자만 있는 것처럼 지독히 쓸쓸했어. 당장 그곳에서 벗어나고 싶었어. 바다를 보고 싶었어. 잔잔하고 평화로운 바다 말이야.

나는 걸음을 내디뎠어. 어디로 가야 할지는 본능적으로 알고 있었어. 그 길 끝에 바다가 있을 거라는 확신이 들었지. 나는 방해가 되는 것들을 모조리 부수며 전진했어. 자동차가 찌그러지거나 가로수가 부러지거나 건물 벽면이 무너지거나⋯ 내가 지나온 자취가 너무나도 선명하게 남았어. 생각하기 싫지만 나 때문에 죽은 사람도 꽤 많을 거야.

노을이 질 무렵에도 여전히 나는 바다를 향해 걷고 있었어. 바다가 가까워지면서 건물들 높이가 낮아지니 시야가 트이고 내가 부수는 것들도 줄었어. 그러다 보니 나에 대한 공격도 뜸해졌지. 이제 군부대는 나를 막아서기보다는 포위한 채로 내 행동을 지켜보기로 한 듯했어.

마침내 멀리 수평선이 보였을 때, 나는 뒤쪽에서 심상치 않은 기척을 느꼈어. 나만큼이나 거대한 무언가가 꽤 빠른 걸음으로 내게 접근하고 있었지.

그건⋯ 문어였어. 다리가 여섯 개뿐이고 동글동글 얼굴이 귀여운 문어.

그래, 멜리 너 말이야! 네가 나타났던 거야!

대체 무슨 영문인지 몰라 엉거주춤 서 있는 사이에 네가 바짝 다가오더니 다리를 뻗어 내 손목을 휘감더구나. 나는 반사적으로 너를 뿌리치고 뒤로 주춤 물러섰어. 그랬더니 너는 더욱 집요하게 내게 달려들었지. 네 눈빛이 심상치 않았어.

아무리 둔감한 나라도 너와 반디의 의도를 짐작할 수 있었어.

'뭐야! 기껏 떠올린 방법이 멜리를 크게 만드는 거란 말이야? 그래서 뭘 어쩌려고? 나를 때려눕힐 셈이야? 죽일 거야?'

나는 배신감에 치를 떨었어. 반디가 어떻게 나한테 이럴 수 있어? 물론 나도 반디를 배신하긴 했지. 하지만 따지고 보면 애초에 반디가 내 포스트잇을 훔쳐가지 않았으면 되는 거였잖아.

"미로야! 나야, 멜리! 못 알아보겠어?"

네가 소리쳤어.

맞다. 너는 말을 할 수 있었지!

그래서 내가 되물었어.

"왜 자꾸 나를 붙잡으려는 거야?"

내 목소리는 그러나 들짐승이 울부짖는 것처럼 들렸어. 세상에, 내 얼굴이 다 찌푸려지더라. 깜빡했어. 나는 말을 할 수 없었지!

내 반응이 위협적으로 느껴졌는지 너는 긴장한 표정이 역력했어.

"진정해, 미로야. 우리가 구하러 왔으니까 잠깐만 얌전히 있어줘."

나는 다시금 으르렁거렸어. 나를 죽이려는 거야? 나를 죽이려는 거냐고?

너의 다리가 내 몸을 타고 스멀스멀 미끄러져 왔어. 나를 꼼짝도 못 하게 하려는 거였어. 그래서 나는… 너를 밀쳤어. 멜리 너의 육중한 몸이 쿵, 하고 뒤로 넘어갔어. 그 바람에 자동차 몇 대가 박살나기도 했지.

학교에서는 가끔 남자애들끼리 싸움이 벌어질 때가 있어. 나는 그 아이들이 별로 싸울 마음이 없었다가 구경꾼들이 둘러싸면 분위기에 휩쓸려 마지못해 싸우게 된 거라는 느낌을 받곤 했어.

우리도 비슷한 경우였어. 군인들이 포위망을 신속히 넓혀 우리가 싸울 공간을 마련하는 듯 보였거든. 네가 몸을 일으키더니 내게로 곧장 달려들었고 나도 분위기상 어쩔 수 없이 주먹을 뻗었어. 그렇게 격렬한 주먹다짐이 시작됐지. 붉은 하늘에 어둠이 내려앉을 때까지 우리는 서로를 아프게 했어. 어쩌면 몸보다 마음을 더 다쳤을 거야.

나는 멜리 네가 과연 지치기나 하는지 궁금해. 사실 너는 그저 인형일 뿐이잖아. 먹지도 않고 자지도 않는, 밤새도록 내 이야기에 귀를 기울여주는…. 이번에 먼저 지친 것도 나였어. 기진맥진해서 도로에 나동그라졌거든. 검고 탁한 하늘을 올려다보며 가쁜 숨을 내쉬었어. 축축한 바닷바람을 느끼면서 말이야.

그런 내 위로 네가 올라타더구나. 여섯 개의 다리로 내 몸을 칭칭 감았어. 나는 반항할 기력도 없어서 너에게 몸을 맡겼지. 옴짝달싹 못 하는 나를 멜리 너는 슬픈 눈으로 내려다보았어. 그 순간 직감했어. 이제 정말 끝이구나, 영원히 작별이구나.

그때 문득 귀에 익은 소리가 들렸어. 내 이름이 들린 것 같아서 곁눈으로 살피니 서반디가 와 있더라.

뭐라고 소리치긴 하는데 반디와의 거리가 워낙 멀기도 하고 말이 빠르기도 해서 무슨 내용인지 도통 알아듣지 못했어. 하지만 중요한 얘기를 하고 있다는 것만은 분명했지. 최후의 결판을 내러 온 거야.

한참을 떠들던 반디가 품에서 무언가를 꺼냈어. 포스트잇이었지. 내가 남긴 두 장 중에서 한 장은 멜리의 몸집을 키우는 데 써버렸으니 저게 마지막 포스트잇이겠지. 저게 실패하면 끝이야. 평생 괴물로서 외롭게 살다 죽을 거야.

그렇게 생각하니 나는 차라리 반디가 나를 죽이기를 빌게 됐어. 어서 나를 죽여, 실패하지 말고 반드시 죽여줘!

반디의 손이 내 몸에 닿았어. 포스트잇을 붙였어.

＊

"그렇게 나는 죽었어."

내가 말했어.

"정말로 죽었어?"

반디가 물었어.

"그래. 네가 나를 죽였어. 성공적으로."

내가 대답하자 반디가 다시 물었어.

"하지만 내가 붙인 포스트잇에 뭐라고 쓰여 있는지는 모르는 거잖아?"

"그래."

반디가 생각에 잠겼고 나는 조금 기다리다가 일어났어.

"아무튼 너를 원망하는 건 아니야. 그냥 너한테 얘기를 들려주고 싶었어. 너무 신경 쓰지 마. 이건 그냥 되잡이니까."

반디는 대답이 없었지. 아니, 내 말을 들은 것 같지도 않았어.

오늘 아침에 서반디가 내 방문을 벌컥 열었어. 그러더니 마구 떠들어댔지. 나는 비몽사몽인 상태에서 설명을 들어야 했어. 그 자리에 멜리 너도 있었지만 다시 말해줄게.

"안 죽였어. 절대로 안 죽였다고. 나는 너를 살렸어. 세상을 구했어!"

퀭한 눈의 반디가 소리쳤어.

"밤새 생각해봤어. 고작 그렇게밖에 못 했을까 하고 말이야. 그런데 완벽한 방법이 있었어."

"뭔데?"

"'지금까지 마법 포스트잇에 관해 일어난 모든 일은 서미로의 꿈입니다. 잠에서 깨면 포스트잇을 받기 전 생일 저녁으로 되돌아가게 해주세요.'"

"엥?"

"그렇게 써서 붙였다고. 그게 성공해서 네가 시간을 거슬러 돌아온 거야."

자다 깨서 그런지 머리가 잘 안 돌았어. 진짜야, 자다 깨서 이해를 못 한 거라고.

"생각해봐. 네가 미래를 어떻게 알겠어? 만약에 그때 내가 너를 죽였다면 말이야."

"되잡이가 원래 그런 거라며…."

"데자뷔는 그런 게 아니야. 무슨 일을 한 다음에 이상한 기분을 느끼는 거지 앞으로 어떤 일이 일어날지 미리 알 수 있는 게 아니라고."

"음…. 일단 알았어. 생각을 좀 해볼게."

수업시간 동안에 나는 서반디의 주장에 트집을 잡아보려고 머리를 굴렸어. 하지만 하교 시간이 가까워질수록 반디의 말이 맞는 것 같다는 쪽으로 마음이 기울더라. 꿈이 아니고 실제로 있었던 일이라고, 정말로 반디가 나를 살리고 미래도 구했다고 생각하게 되었어.

조금 전에는 반디가 또 이런 얘기를 해주더구나.

"지금까지 멜리가 기억을 잃지 않게 해달라는 포스트잇만 효력이 없었다고 했지? 그 소원도 아마 들어줬을 거야. 사소한 문제가 있었을 뿐이지."

"문제라니?"

"멜리를 살릴 때마다 너는 멜리한테 영혼을 불어넣어 달라고 했었잖아. 하지만 어떤 영혼인지에 대해서는 자세히 쓰지 않았어."

"참 나. 어떤 영혼인지도 설명해야 돼?"

"내 생각엔 멜리가 새로 생명을 얻을 때마다 번번이 다른 영혼들이 깃들었던 것 같아. 포스트잇은 고지식해서 곧이곧대로만 들어주거든. 그러니 사실은 되살릴 기억이 없었던 것뿐인데 너는 포스트잇이 소원을 들어주지 않았다고 생각한 거지."

"아⋯."

"그러니까 다음번에도 인형한테 생명을 줄 생각이라면 딱 한 번으로 끝내는 게 좋을 거야. 실수하지 말고."

"으으."

그 말이 맞아.

멜리야, 며칠 있으면 아빠는 엉뚱한 선물을 주실 거야. 그러면 나는 다짜고짜 너를 살리려고 하겠지. 그런데 지금의 나는 분명히 실수를 저지를 테고 그럴 때마다 새 포스트잇을 붙이려고 할 거야. 그런 식으로 너에게서 나에 대한 기억을 지워버리려 하겠지. 어쩌면 가장 먼저 너를 살리겠다고 하는 것부터가 실수인지도 몰라.

그래서 말인데, 우리 만남은 나중으로 미루는 게 좋지 않을까?

언젠가 내가 생각이 깊어지고 실수가 줄어들면, 지금보다 더 나은 사람이 되어 내 행동을 책임질 수 있게 되면, 그때 네게 생명을 줄게. 적어도 우리가 몸집이 거대해져서 서로 치고 박고 싸우는 일은 피하고 싶거든.

대신 약속할게. 그때까지 나는 포스트잇을 한 장도 쓰지 않고 아껴둘 거야. 아! 위기영한테 주는 건 빼고. 세 장 주기로 약속했었잖아. 걔는 그걸 어디에 쓰려고 할까? 궁금하지?

그래서 이렇게 녹음을 시작한 거야. 위기영이 무슨 소원을 이룰지, 유가령 선생님이 아이를 무사히 낳을지, 반디랑 내가 다시 친해질지 다 얘기해줄게. 나중에 너는 들을 게 너무 많다고 투덜댈지도 몰라.

애고, 첫날부터 너무 수다를 떨었나? 아빠랑 영상 통화할 시간이 됐으니 이만 내려가야겠다. 그럼 우리 다시 만날 때까지, 안녕! 안녕!

메리
크리스마스

도로가 질척한 탓에 택시는 좀처럼 속력을 내지 못했다. 미터기의 준마는 이를 비웃듯 기운차게 달리고 있었다. 조수석에 앉은 남자는 근심어린 눈길로 말이 달리는 모습을 보고 있었는데, 승객의 초조함이야 어쨌건 간에 기사는 운전대를 톡톡 두드리며 라디오에서 흘러나오는 캐럴을 허밍으로 따라 불렀다. 그러다 문득 혀를 찼다.

"쳇. 화이트 크리스마스라고 유난 떨 때부터 알아봤지, 내가."

산타 복장의 기상 캐스터가 일주일 전부터 기압골 운운하며 은총을 내리듯 호언장담했던 화이트 크리스마스는 보기 좋게 불발되었다. 성급하게도 눈은 어제 내렸고, 정작 오늘은 저녁이 되도록 흐리기만 할 뿐이었다. 눈은 벌써 녹기 시작해 하늘도 땅도 온통 잿빛이었다.

"손님도 아쉽겠어요. 예술의 전당에 혼자 갈 리는 없고 애인이
랑 만나기로 한 모양인데, 날이 이래서야 영 무드가 안 살겠어."

"애인까지는 아니고요…."

오케이, 기사는 코를 벌름거렸다. 온종일 운전석에만 앉아
있으려면 몸도 몸이지만 입이 근질거릴 때가 많다. 그러나 모든
승객이 말벗이 되어주지는 않는 법. 목적지까지 조용히 가기를
원하는 이도 있는 것이다. 그래서 개발한 수법이 이것으로, 기
사는 혼잣말처럼 중얼대다가 슬쩍 빌미를 제공하곤 했다. 이번
처럼 대화가 성사될 것 같으면 다행이고, 반응이 신통치 않더라
도 다시 혼잣말로 돌아가면 된다. 만일 청년의 반응이 피식 웃
는 정도로 그쳤더라면 기사는 기압골 운운하며 슬그머니 라디
오 채널을 돌렸으리라.

어쨌거나 꽉 막힌 동부간선도로는 이제 덜 지루해질 참이
었다.

"아직 애인은 아닌데 크리스마스이브에 약속을 잡았다? 그러
면 오늘 고백하시려고?"

"네, 뭐…."

기사는 옆에 앉은 청년을 힐끔 곁눈질했다. 청년의 시선은 여
전히 미터기에 고정되어 있었다.

"보나마나네."

"네?"

"결과는 이미 나온 것 아닌가? 크리스마스이브에 만나자고
서로 약속을 했을 때부터 말이지."

기사는 슬쩍 말을 놓았다. 아무리 손님이라지만 자식뻘인지라, 함부로 대하지만 않는다면 괜찮을 듯싶었다. 역시나 청년도 별로 개의치 않는 눈치였다.

"그게 그러니까, 실은 만나기로 약속을 한 게 아니라 제가 무작정 찾아가는 겁니다. 퇴근 전에는 도착해야 할 텐데 길이 이래 막혀서⋯."

"흠흠."

단란했던 분위기가 도로 어색해질세라 기사는 황급히 화제를 돌렸다. 본능적으로 존댓말이 다시 튀어나왔다.

"그럼 여자분이 예술의 전당 직원인가 보네요?"

"그건 아니고요, 그 앞에서 일합니다."

"에헤이, 그래도 명색이 고백하러 간다면서 꽃이라도 준비하지 그랬어요? 아닌 척 내숭을 떨어도 무릇 여자들이란 꽃이라면 그저⋯."

"실은 그 여자가 예술의 전당 앞 꽃집에서 일해서요."

이번에야말로 속수무책의 정적이 흘렀다. 찔끔찔끔이나마 구르던 차가 때마침 멈춰서는 바람에 정면을 보고 앉은 두 사내는 더욱 불편해졌다. 히터의 열기도 싸늘해진 분위기를 데우지 못했다.

기사는 슬그머니 손을 뻗어 라디오 채널을 돌렸다. 조증이 의심되는 디제이가 청취자와 전화 연결을 시도하고 있었다. 택시 안의 둘은 하릴없이 귀를 기울였다. 차분한 목소리의 여성이 어디 사는 누구라고 간단히 소개하고는 이야기를 시작했다.

"미리 말씀드리지만, 들어서 기분 좋으실 이야기는 절대로 아닙니다."

✳

제게는 오빠가 있습니다. 아니, 있었어요. 오빠는 지금으로부터 꼭 1년 전인 크리스마스이브에 죽었습니다.

그날 저는 남편과 함께 외식을 하고 있었어요. 열두 달을 검소하게 살았으니 하루쯤은 사치를 누려도 되지 않을까 하는 생각에 평소에는 엄두도 못 내던 레스토랑을 예약했지요.

작년에는 이브에 눈이 내렸는데, 그래도 화이트 크리스마스는 아니었어요. 싸락눈이었거든요. 눈이라지만 비에 가까운 그것이 얼면서 길이 몹시 미끄러워졌지요. 우리는 거리에서 몇 번이나 휘청거렸는데, 특히 남편은 그날 허리를 삐끗해 봄이 될 때까지 고생했답니다.

어쨌거나 우리는 레스토랑에 도착했어요. 암만 메뉴를 들여다봐도 거기 나열된 스테이크들이 가격 말고는 무슨 차이가 있는지 모르겠더군요. 그래도 우리는 들떠 있었어요. 그럴듯해 보이는 메뉴를 각각 하나씩 주문하고는 이런저런 이야기를 나누었어요.

아차, 쓸데없는 말이 너무 길었네요. 음식을 기다리는 중에 갑자기 전화벨이 울리더군요. 레스토랑의 분위기를 경박한 벨소리가 망치는 것 같아 저는 황급히 핸드백을 뒤졌어요. 친정엄마한테서 걸려온 전화였지요.

"메리 크리스마스."

저는 기분 좋게 인사를 건넸습니다. 딱히 교회를 다니지는 않지만 남의 생일을 덩달아 축하한다고 해로울 건 없잖아요. 그런데 엄마 주변이 산만해 목소리가 잘 들리지 않았어요. 이 시간에 누굴 만나고 있나? 엄마는 엄마대로 쉴 새 없이 뭐라고 중얼거리는데 도무지 내용을 알아들을 수가 있어야죠. 그러다 간신히 한마디 알아듣긴 했어요. 그것조차도 되물어야 했지요.

"잘 안 들려, 엄마. 오빠가 어쨌다고?"

엄마가 말하기를 오빠가 교통사고를 냈다는 것이었습니다. 트럭이 무슨 다리인지 기둥인지를 심하게 들이박았는데 오빠의 상태가 좋지 않다고, 엄마도 지금 병원으로 가고 있다고 했어요. 엄마를 닦달해 거듭 확인하는 사이에 주문한 스테이크가 나왔습니다. 살짝 구워진 살점에서 시뻘건 육즙이 줄줄 흐르고 있었어요. 서둘러 나오느라 우리는 결국 고기를 한 점도 먹지 못했습니다.

병원에 도착하니(남편의 허리가 삐끗한 게 이 무렵이었어요) 엄마가 벌써 와 있었습니다.

"그래도 다른 사람을 안 친 게 어디야."

저를 속물이라 하셔도 좋습니다. 사고 소식을 듣고 제가 가장 안도했던 건 바로 그 점이었어요. 지금 갚을 돈도 버거운데 빚을 더 안을 수는 없는 노릇이었지요. 퇴근 시간에 시내 한복판에서 사고가 났는데 혼자만 다친 것은 거의 기적 같은 일이었습니다. 얼굴이 허옇게 뜬 엄마에게는 그게 아무런 위로도 되지 않은 모양이었지만요. 전신에 화상을 입은 오빠는 그날 자정을 넘기지 못했습니다. 끝내 의식이 돌아오지 않았어요.

그저 크리스마스에 사고를 당한 이야기를 하려는 게 아닙니다. 오빠는 죽기 일주일 전 새벽에 저한테 전화를 걸었어요. 그날 남편은 회식 때문에 늦고 저는 일찌감치 침대에 들었어요. 그러다 벨이 울려서 잠결에 전화를 받은 거예요.

직업상 오빠는 지방에 오갈 일이 많았어요. 밤이고 낮이고 휴일이고 평일이고 가리지 않고 물건을 배달했죠. 그러니 다른 건 몰라도 운전만큼은 베테랑이라고 해도 될 거예요. 그런데 그날은 무척 당황한 것 같았습니다.

"내가 방금 순록을 치었는데…."

치었다는 소리에 잠이 확 달아났습니다. 그런데 뭘 치었다고요?

"고라니라도 친 거야?"

"순록이야, 순록. 내가 순록을 치었다고."

순록이라는 동물이 우리나라에 사나요? 저는 모르겠네요. 아마 아닐 거라고 생각해요. 확실하진 않지만 동물원에서도 본 기억이 없어요. 그건 더 추운 지방에서 살지 않나요? 하지만 오빠는 이미 공황 상태였습니다. 사슴이나 고라니를 순록으로 착각했다고 굳이 정정해줄 필요가 없었지요.

"그래서? 죽었어?"

"그게, 분명히 치었는데, 치었는데…. 없어졌어!"

순간 저는 화가 치밀었습니다. 고작 그런 얘기나 하려고 이 새벽에 전화를 걸어? 내가 걸 땐 잘 받지도 않으면서.

"운전하다가 존 거 아니야? 지금 시간이⋯."

짜증 섞인 목소리에도 오빠는 완강했습니다.

"아니야. 분명히 땅바닥에 핏자국은 있단 말이야. 범퍼도 찌그러져 있고."

확실히 그건 이상했어요. 하지만 그걸 제게 말한다고 제가 뭘 어쩌겠어요? 무슨 말을 해줄까요?

"어디서 어슬렁거리는 루돌프라도 치었나 보지. 우리 오빠 올해는 선물 못 받겠네."

제가 대수롭지 않은 반응을 보이자 오빠는 도움이 안 된다고 생각했는지 전화를 끊었습니다. 저는 다시 잠을 청했어요. 한밤의 해프닝이었지요.

그런데 그 일이 있은 지 일주일 만에 사고를 내고 죽은 것입니다. 두 사고에는 아무런 연관이 없어요. 어쩌면 경찰이 말하는 대로 단순히 전방 부주의였는지도 모르지요. 스팸 문자를 확인하느라 휴대폰을 만지작거리고 있었을지도 모르고요. 하지만 오빠의 죽음이 순록을 친 것과 관계가 있다고 생각되는 것은 어째서일까요?

*

"별 시시한 이야기를 다 듣겠군."

기사가 콧방귀를 뀌었다.

"크리스마스랑 저주는 도대체가 어울릴 수 없는 조합이지. 안 그래요?"

기사는 코웃음을 쳤지만 청년은 심란했다. 크리스마스 저주라는 게 정말로 있다면, 이렇게 길이 막히는 것이 자신이 겪을 저주의 전조일지도 모른다는 생각이 들었다. 그러니 기사가 묻는 말이 귀에 들어올 리 없었다. 옆 좌석에서는 별다른 반응이 없었으므로 머쓱해진 기사는 버튼을 눌러 앞유리에 워셔액을 분사했다. 와이퍼가 좌우로 움직이며 뽀드득 소리를 냈다.

서너 건의 광고가 지나간 뒤 디제이는 다음 사람과 전화 연결을 시도했다. 메리 크리스마스! 안녕하세요, 어디 사는 누구세요? 그러나 대답을 채 듣기도 전에 전화가 끊겼다. 다시 시도하였으나 통화는 성사되지 못했다. 디제이는 다른 사람과 전화 연결을 해보았는데, 모두 통화 중이거나 받지 않았다. 일이 이렇게 되니 디제이의 목소리에는 당혹감이 깃들기 시작했다. 이게 저주든 무엇이든 간에 생방송 중에 차질이 있어서는 안 될 노릇이었다.

순간적으로 디제이는 기지를 발휘했다. 이것은 올해 크리스마스에 디제이가 가장 잘한 일이었다.

"그러고 보니 저도 크리스마스에 얽힌 사연이 있네요. 전화 연결이 될 때까지 그 불가사의한 이야기를 잠시 해보겠습니다."

＊

 중학교 때 저는 불량한 그룹에 몸담은 적이 있어요. 불량한 그룹이라고 하면 으레 폭력서클 같은 걸 떠올리시겠지만 그런 건 아니고 그저 멋 부리기를 좋아했을 뿐이에요. 소위 날라리였다고 하면 금세 이해하시겠죠? 모든 관심사가 옷이나 신발 같은 것들이었지요.

 저와 어울리는 친구들은 달마다 새 옷을 입고 새 신발을 신었어요. 저는 그런 친구들이 늘 부러웠지요. 저희 집은 자식에게 좋은 옷 사 입힐 형편은 못 되었거든요. 아니, 형편이 됐다 해도 부모님은 제가 멋 내는 것에 보탬이 되지 않으셨을 겁니다. 자꾸 겉도는 저를 이해 못 하셨어요. 오히려 별종 취급하셨지요.

 가을이 끝날 무렵이었을 거예요. 친구들 사이에서 큰 이슈가 된 신발이 있었어요. 신제품 농구화였는데, 사정상 상표는 말씀드리지 못하지만 조던 시리즈였습니다. 바라보기만 해도 현기증이 나는 자태였지요. 특히 그 에어쿠션, 이걸 신기만 하면 조던처럼 겅중 뛰어오를 수 있을 것만 같은…. 아아, 학교 앞 사거리 매장에서 그걸 처음 본 이후로 밤마다 눈앞에 어른거렸어요.

 하지만 농구 황제가 신는 농구화를 살 돈도 사줄 사람도 제게는 없었습니다. 친구들이 하나둘씩 그 신발을 사는 것을 보는 일은 너무도 괴로웠지요. 까딱 마음을 잘못 먹었더라면 진짜로 폭력서클에 가입해서 코 묻은 돈이나 뜯어대며 엇나간 인생을 살았을지도 모릅니다. 하지만 시기적절하게도 저를 기다리고 있는 게 있었습니다. 크리스마스였어요.

조금만 참자, 조금만 참자…. 저는 허벅지에 바늘을 찔러가며 인내했습니다. 물론 과장된 표현이오니 청취자 여러분은 따라 하지 마세요.

"선물은 농구화로 사주세요."

크리스마스가 되기 전부터 그렇게 못을 박아두었습니다. 일방적인 통보에 어머니는 기가 막혀 하셨습니다.

"선물이라니?"

"크리스마스 선물."

"너도 이제 중학생이잖니."

중학생이 되어 제가 가장 먼저 잃은 것은 어린이날이었습니다. 여름 잠바를 사달라는 저를 아버지가 따로 불러 타이르셨죠. '너는 더 이상 어린이가 아니다.' 또한 이렇게 덧붙이셨어요. '하지만 엄마랑 아빠는 앞으로 죽을 때까지 어버이란다.' 어른의 논리정연함에 저는 어린이날을 그저 박탈당하는 수밖에 도리가 없었지요. 그런데 설상가상으로 이번에는 크리스마스까지 압수당할 처지였습니다.

"크리스마스에는 어린이만 선물 받는 거 아니잖아요?"

24일 밤, 저는 아버지가 퇴근하시자마자 달려가 매달렸습니다. 참으로 애처로운 항변이었지요. 아버지는 옷걸이에 외투를 걸며 말씀하셨어요.

"너, 산타가 있다고 생각하니?"

"아뇨."

아버지가 말씀하셨습니다.

"그럼 양말에 선물을 넣어주는 건 누구라고 생각하니?"

"엄마랑 아빠가요…."

"그냥 줘도 될 걸 왜 몰래 그랬을까?"

"글쎄요. 산타가 한 것처럼 보이려고 그랬겠죠."

5월에 그랬던 것처럼, 저는 다시금 농락당하는 기분이 들었습니다. 아버지는 저를 서서히 궁지로 몰아넣었어요.

"그런데 조금 전에 너는 산타가 있다고 생각하지 않는다고 하지 않았냐?"

"그, 그런데요…?"

"그렇다는 건 엄마랑 아빠가 굳이 선물을 챙겨줄 이유가 없다는 얘기 아니냐?"

대화는 그것으로 끝났습니다. 저는 대답을 하는 대신 울음을 터뜨렸어요. 제 방으로 돌아가 문을 잠갔지요. 엄밀히 따지면 동생과 함께 쓰는 방이긴 했지만 아무튼 저는 혼자 있고 싶었습니다. 밖에 나가기도 싫었어요. 생각해보세요. 과연 친구들이 무슨 신발을 신고 나오겠어요?

고립된 크리스마스이브는 잔인했습니다. 아무것도 할 게 없었어요. 컴퓨터가 다 뭐랍니까? 휴대전화요? 말도 마세요. 그 시절엔 아무것도 없었어요. 거실에서는 식구들이 텔레비전을 보며 낄낄거리고 있더군요. 저는 스탠드를 켜고 일기를 썼어요. 평소에는 펼치지도 않는 일기장이지만, 저는 이날을 두고두고 기억했다가 나중에 기필코 복수하리라 다짐했습니다.

그러다 까무룩 잠이 들었어요.

분명히 책상에서 잠들었는데 눈을 떠보니 침대에 누워 이불을 덮고 있더군요. 이상한 것은 그뿐 아니었어요. 머리맡에 상자가 하나 있었는데, 초록색 트리와 빨간색 별이 점점이 찍힌 포장지가 그것을 감싸고 있었죠. 상자의 크기가 너무 크지도 않고 너무 작지도 않은 것이 꼭 운동화 상자만 한….

자세히 살펴보고 자시고 할 겨를이 어디 있나요. 저는 포장지를 북북 뜯었습니다. 이상한 기대감이 차올라 손이 덜덜 떨리는 바람에 포장을 벗기는 데만도 애를 먹었지요. 마침내 모습을 드러낸 것은, 사정상 상표는 말씀드리지 못하지만 조던 시리즈의 농구화였어요. 그래요, 꿈에 그리던 선물이었습니다. 야호!

그럼 이제 이 이야기에서 이상한 점을 한 가지 말씀해 드리지요.

분명히 저는 문을 잠갔습니다. 제 방에는 당연하게도 굴뚝이 없고, 창문은 굳게 닫혀 있었습니다. 완벽한 밀실이었다는 얘기죠. 하지만 제가 잠든 사이 누군가가 들어와서 농구화를 선물하고는 이불까지 덮어주었어요. 식구들을 추궁해보았지만 다들 깜짝 놀랄 뿐이더군요. 부모님도 동생도 열쇠로 문을 따고 들어올 정도의 무뢰한은 아니었습니다. 그래서 식구 중에는 아무도 선물한 사람이 없다는 걸 알았지요.

과연 누구의 소행일까? 키다리 아저씨가 내 재능을 알아보고 농구화를 사준 게 아닐까? 저는 이 문제를 두고 오랫동안 고민했습니다. 여러분은 혹시 오컴의 면도날 이론에 대해 들어보신

적이 있으신가요? 같은 현상을 설명하는 여러 개의 주장이 있다면 간단한 쪽을 선택하라는 것입니다. 그래서 저는 간편한 방법으로 진상을 간파했습니다. 제가 어린이 시절부터 고수해 오던 전제를 수정하니 시야가 확 트이더군요.

여러분, 산타는 있습니다. 루돌프는 모르겠네요. 만약에 있었어도 작년에 트럭에 치여 죽었을지 몰라요. 하지만 산타는, 산타 할아버지는 단연코 존재하십니다.

어쨌든 운동화는 제 발에 꼭 맞았습니다.

＊

어처구니가 없는 듯 택시 안의 두 남자는 헛웃음을 흘렸다.

어느샌가 차는 조금씩 굴러가고 있었다. 앞에서 사고가 나서 정체된 모양이었다. 택시는 사고 현장을 유유히 지나쳤다. 찌그러진 자동차 두 대가 차선 하나를 차지하고 있었다. 거길 통과하자 점차 속력을 내기 시작했다. 스피커에서는 북 치는 소년이 라팜팜팜 북을 두드려댔다.

헛웃음의 연대감 때문이었을까, 기사가 다소 편한 어조로 말했다.

"산타가 있다느니 루돌프가 죽었다느니 하면 나잇값 못한다는 소릴 듣겠지만, 다른 건 몰라도 나는 크리스마스의 기적만큼은 믿어요."

정체가 풀림과 동시에 긴장도 풀린 청년이 관심을 보였다. 기사가 계속 이야기했다.

"작년 크리스마스였지. 아까 누가 말했던 것처럼 그날 싸락눈이 내렸거든요. 그때도 나는 택시를 몰고 있었어요. 불황이 뭔지, 손님이 하도 없길래 몇 블록만 어슬렁 맴돌다가 퇴근해야겠다고 마음먹었거든."

기사는 짐짓 심각한 척 분위기를 잡았다.

"교차로에서 멈춰서 있는데 전화기가 드르륵 울리는 거야. 딸내미가 저녁 먹자더니 집에 벌써 왔나 싶어서 얼른 전화기 폴더를 열었지요. 문자 메시지가 한 통 와 있더라고. 그걸 확인하느라 어느새 신호가 바뀐 줄도 몰랐지 뭐야. 뒤에선 성미 급한 운전자들이 빵빵거리고 난리도 아니었지. 그 소리에 놀라 나는 얼른 운전대를 잡았어요. 그런데 심상치 않은 일이 벌어지고 있었던 거야. 액셀을 밟기 직전에, 내 왼편에서 트럭 한 대가 좌악 미끄러지면서 돌진하는 게 아니겠어? 신호가 바뀌는 걸 미처 못 봤겠지. 도로가 이리 미끄러운데 브레이크가 금방 먹을 리가 있나. 트럭이 이 차 바로 앞을 거의 스쳤어. 그 찰나가 어쩌나 길게 느껴지던지…. 그러더니 저기 앞쪽에 있는 고가를 들이받더라고. 차는 운전자가 미처 빠져나올 틈도 없이 폭발했어요. 뒤에 뭘 실었는지는 몰라도 시커먼 연기가 확 솟아오르는 게, 어휴, 아찔하더라고. 나는 출발도 못 하고 이 자리에 멍하니 앉아 그걸 보고 있었지. 뒤에서 재촉하던 차들도 일시에 경적 소리가 멎었어요. 심장이 두근거려서 혼났어. 내가 제때 출발했더라면 모르긴 몰라도 지금 택시를 몰고 있진 않을 거야. 아, 그땐 정말

죽다 살았지 뭐요."

"과연 크리스마스의 기적이네요."

"그렇다니깐!"

청년의 맞장구에 기사가 자기 무릎을 탁 쳤다.

"그때 온 게 우리 딸내미 문자였더라면 그냥 운이 좋았거니 하고 말았겠지. 절체절명의 그 순간에 나한테 메시지를 보낸 사람이 누구였을지 짐작해 봐요."

"설마 산타라고 하실 건가요?"

그 말에 기사가 껄껄 웃었다.

"천만에. 모르는 사람이 보낸 거였어요. 생전 처음 보는 번호가 메시지를 보낸 거지. '메리 크리스마스'라고. 그게 내 목숨을 구했고!"

기사를 빤히 쳐다보던 청년이 불현듯 폭소했다.

"크리스마스이브에 익명의 메시지를 받으셨다고요? 하하! 정말로 그걸 기적이라고 생각하세요?"

"그게 그렇게 웃긴 일인가…?"

"아아, 그날 저는 그런 걸 여든다섯 통이나 받았거든요."

청년이 계속 낄낄거리자 기사는 약간 기분이 상했다.

"쳇, 설령 스팸 메시지였다 해도 그게 내 목숨을 구했다는 사실이 변하지는 않지."

청년이 애써 웃음을 거두었다. 하지만 여전히 즐거워 죽겠다는 표정이었다.

"아뇨, 그 때문에 웃은 게 아닌데… 죄송합니다. 오히려 그

반대예요. 저도 기사님이 말씀하신 게 소위 크리스마스의 기적이라는 데 전적으로 동의하거든요."

청년의 말투에 기쁨이 묻어났다.

"작년 크리스마스는 제게 좀 힘든 시기였어요. 임용고시에 떨어진 지 얼마 되지 않은 때라 아무런 의욕이 없었지요. 그래도 집에서 눈치 살피느니 독서실에서 빈둥거리는 게 나을 것 같아 무작정 집을 나섰어요. 스탠드 조명 아래서 책을 펼쳤는데, 글자들이 머리에 들어오기는커녕 온갖 잡생각들이 스멀스멀 떠오르더군요. 아무리 노력해도 결실을 맺지 못하니 몇 년 동안 그저 허송세월을 보낸 것만 같았어요. 동시에 제 불투명한 미래에 대해서도 불안해졌어요. 끝없는 사막에 저만 홀로 내던져진 기분이었지요. 공부를 시작했을 때부터 각오한 일이었지만 이렇게까지 외로울 줄 몰랐어요. 저는 말동무가 필요했어요. 누구라도 좋으니 제 얘기를 하고 싶었어요. 그러나 제 주위에는 아무도 없었지요. 심지어 독서실 총무도 어딜 갔는지 자리에 없더군요. 그래서 제가 무얼 했을까요?"

기사는 라디오를 껐다. 캐럴이 중간에 뚝 끊겼다.

"뭘 했는데?"

"문자메시지를 보냈어요. 마땅히 보낼 사람이 없었으니 수신자란에는 적당히 아무 번호나 찍었지요. 내용은 간단했어요. '메리 크리스마스.' 이걸 저는 백 명에게 보냈어요."

택시가 간선도로에서 빠져나왔다.

"그러니까… 정리를 해보자면… 내게 메시지를 보낸 사람이 바로…?"

"네, 아무래도 저였던 것 같네요. 그날 저는 여든다섯 건의 답장을 받았어요. 제가 다시 기운을 차리는 데에는 그 정도로도 충분했고요."

기사가 어깨를 으쓱거렸다.

"오늘 우리가 만난 것도 일종의 기적이라 할 수 있겠군."

누가 먼저랄 것도 없이, 목을 가다듬고 그들은 새삼 인사를 나누었다.

"메리 크리스마스."

"메리 크리스마스."

멀리 예술의 전당이 보이기 시작했다.

냄새

1

올해 들어 두 번째로 입원했을 때 동생은 내게 요양을 권유했다. 한 1년쯤 공기 좋은 데서 건강을 추스르라는 제안이었다. 작년에도 동생에게서 똑같은 말을 들었는데 그때는 대강 얼버무리다가 흐지부지되었다. 그런 만큼 이번에는 그냥 넘어갈 분위기가 아니었다.

"생각해봤는데 오빠 건강이 근래 부쩍 나빠진 건 미세먼지 때문이야. 하늘 뿌연 것 좀 봐. 저게 다 중금속 가루거든. 저것들이 고스란히 코로 입으로 들어가는 거라니까. 건강하던 사람도 탈이 나는데 오빠라면 말 다했지."

병실에 들이닥쳐 특유의 박력으로 쏘아 대니 나로서는 듣는 것만으로도 현기증이 일 지경이었다.

"그렇게 찌푸리지 마. 나만 유난 떠는 거 아니야. 엄마도 걱정하고 계셔. 학교는 쉬고 당분간 울진에서 지냈으면 좋겠대."

"울진?"

"외할아버지 별장이 거기 있대."

"할아버지 돌아가신 지가 언젠데…."

"할아버지가 돌아가셨지 별장이 허물어졌나, 뭐. 아무튼 군소리 말고 가는 거다?"

나도 숙고하는 시늉은 했으나 어차피 어머니가 개입한 순간부터 이미 내 의사는 중요치 않게 되었다. 우리 집 여자들은 나를 과보호하는 경향이 있다. 내가 28년째 목숨을 부지하는 것도 그 덕분이겠지만.

울진행이 결정되니 일주일 뒤 나를 찾아온 사람이 두 명 있었다.

"박여송이라고 합니다. 어머님 회사에서 근무하고 있고요."

험상궂은 외양에 어울리지 않는 살가운 말투로 남자가 인사했다. 남자는 비록 이마가 벗어질 조짐은 있으나 아직 30대 중반으로 보였다.

"심은하예요. 나는 회사 직원은 아니고 이번에 고용됐어요."

여자가 또박또박 발음했는데 희미하게 사투리 억양이 드러났다. 그녀는 40대, 어쩌면 50대일 것이었다.

그들은 어머니가 붙여준 사람들로, 소개에 의하면 남성은 간병과 운전과 기타 허드렛일을 담당할 것이고 여성은 간단한 검진과 상담을 하고 식단도 짠다고 했다. 그들은 그러나 꼭 그렇게 칼로 가르듯 업무가 나뉘지는 않을 거라고도 덧붙였다.

"표명진이에요. 제가 병약해서 주위에 폐를 많이 끼치네요. 모쪼록 잘 부탁드립니다."

내가 인사했다.

이처럼 처음에는 데면데면했지만 목적지에 도착할 즈음 우리는 서로 간에 제법 많이 알게 되었다. 박여송 씨는 고등학교 때까지 유도를 했는데 쇄골이 부러지는 바람에 그만두게 되었다는 얘기, 쇄골을 부러뜨린 사람과 가장 친한 친구가 되었다는 얘기, 심은하 씨는 놀랍게도 예순두 살이며 결혼은 하지 않았다는 얘기, 오목 게임으로는 한 번도 져본 역사가 없다는 얘기. 알아도 그만 몰라도 그만이지만 그런 것들이 쌓여 친밀감을 만들어 내곤 한다.

한편, 별장에 대해서는 전혀 들은 바가 없었다. 노인 두 분이 만년을 보내셨다길래 소박한 양옥이겠거니 하고 막연히 짐작했을 따름이었다. 그러나 내 외가는 결코 소박한 집안이 아니며 그것은 외조부 대부터 정립된 가풍이었다. 과연 들어서자마자 탄성이 나왔다. 침엽수가 빽빽한 구릉의 막다른 길목에 위치한 별장은 2층짜리 벽돌 건물로 방마다 길쭉한 아치형 창이 나 있는 게 구식 호텔을 연상케 했다. 또한 정원은 학교 운동장만큼 넓었다. 이런 데서 둘이 살았다고?

"아이고, 먼 길 오셨습니다."

관리인이 다가와 악수를 청했다. 내가 그의 손을 맞잡으니 두툼하고 축축한 손이 내 손을 마구 흔들었다. 관리인은 비대한 체구의 중년 남자였다. 나는 그의 첫인상이 썩 마음에 들지 않았는데 시종 미소를 띤 입과 달리 눈은 전혀 웃고 있지 않기 때문이었다.

"아직 조금 이르지만 시장하시면 식사부터 하실까?"

우리는 관리인의 안내를 받아 별채로 이동했다. 별채는 관리인 부부가 지내는 곳이었다. 관리인의 아내는 다소 긴장한 눈치로 우리를 맞았다. 그녀가 준비한 요리는 좋지도 나쁘지도 않았다.

"어르신들 돌아가신 뒤로 여기는 여름휴가 때나 잠깐씩 놀다 가는 곳이 됐거든요. 1년에 기껏해야 보름이나 개방할까? 최근엔 그조차도 아예 안 오는 때가 다반사예요. 하기야 어르신들 계실 때라고 별달리 북적거렸던 것도 아니지. 식구들이 모두 모인 적이 한 번도 없으니깐. 이래선 일부러 크게 지은 의미가 없지 않겠어요? 그래서 지금은 방을 다 잠가놓고 계절 바뀔 때만 한 번씩 환기하고 청소해요. 우리 처지에 이런 말 하긴 좀 그렇지만 계속 이렇게 놀릴 바에야 처분하는 게 낫지 싶은데, 부자들 생각은 도통 알 수가 없어서."

관리인이 말했다.

"그래, 예서 1년쯤 지낼 거라고 했죠? 다른 건 몰라도 물 좋고 공기 좋은 건 보장해요. 금방 쾌차할 겁니다. 그동안 썰렁했는데 이 집도 이제 좀 활기가 나겠군."

그의 눈은 여전히 웃지 않았다.

"참, 그런데 우리 딸애가 요번에 고등학교에 올라갔는데 바다가 보이는 방을 쓰고 싶다고 어찌나 조르던지요. 그래서 2층

방 하나는 우리 창은이가 쓰고 있어요. 그 점은 양해해주십쇼."

2

관리인에 따르면 이곳은 원래 성당 부지였다고 한다. 60년대에 예배당이 불에 타 무너진 후 버려진 땅을 할아버지가 샀다. 지금의 본관은 성당 사택을 증축한 것이었다. 그렇다고는 해도 원래의 모습은 거의 남아 있지 않았다.

건물 중앙의 현관 로비에는 2층으로 이어지는 나선 계단이 있었다. 방은 모두 스물네 개나 되었다. 할아버지 슬하의 2남 2녀와 그 자식들까지 헤아려도 넉넉한 수였다. 어느 방이든 구조는 똑같다고 하여 나는 별다른 고민 없이 1층의 맨 끝 방을 골랐다.

정원은 굴곡 없는 평지에 잔디가 깔렸다. 햇빛 좋은 날에는 돗자리를 깔고 일광욕을 하는 것도 괜찮겠다 싶었다. 별장 입구 쪽에는 작은 연못이 있는데 할아버지는 여기서 잉어를 보느라 종종 점심을 놓치셨다고 했다. 지금은 그러나 연못이 말라 있었다. 그 대신 다른 게 있었다. 구릉 아래로는 바다가 있다더니 과연 가만히 귀를 기울이면 파도 소리가 들리는 것이었다. 그러나 실제로 바다를 보려면 저 무성한 침엽수림을 피해 구릉 아래로 내려가야 한다고 했다.

나는 이 조용한 별장이 꽤 마음에 들었다. 그러나 그것은 섣부른 판단이었다. 며칠 지내본 결과 이곳의 생활은 상상 이상으로 지루했다.

박여송 씨는 거의 연락책으로 온 것이라 가끔 내 상태를 체크할 때 말고는 자기 방에서 다른 업무를 보곤 했다. 때로는 외근을 나가 밤늦게 돌아오기도 했다. 심은하 씨도 식사 시간과 오전의 상담 때에나 얼굴을 보는 정도였다. 나머지 시간에 나는 철저히 혼자였다. 그것은 그러나 문제가 아니었다. 나는 혼자인 것에 익숙한 성인이니까. 다만 내 일을 못 하게 된 것은 큰 문제였다.

요양이라고는 해도 실상은 미세먼지의 압제를 피해 유배된 것이나 마찬가지여서 딱히 건강 회복을 위한 과제가 주어진 것은 아니었다. 따라서 나는 늘 하던 대로 논문을 준비할 계획이었다. 그 핑계로 책도 잔뜩 주문했다. 그런데 심은하 씨는 내 책꾸러미를 보더니 몽땅 서울 집으로 보내버렸다.

"스트레스가 건강을 해치는 거야. 그 전에 싹을 잘라 내야지."

그 처방이야말로 스트레스를 유발했지만 그녀는 완강했다. 쉴 땐 확실히 쉬어야 한다고 목소리를 높였다. 요양을 우습게 보지 말라는 것이었다.

그랬던 그녀가 다음 날에는 내게 관리인의 딸인 창은의 공부를 도울 것을 지시했으니 나로서는 반발심이 드는 것도 당연했다.

"확실히 쉬라면서요?"

"그래도 말랑말랑할 만큼은 머리를 쓰는 게 좋아. 머리 굳으면 나중에 고생해."

"갑자기 그러셔도 저한테는 그게 더 스트레스인데…."

"명진 씨는 대학원생씩이나 돼서 말귀가 어둡네. 적당한 스트레스는 오히려 이롭다니깐."

"네?"

놀리는 게 아니었다. 그녀의 표정은 더없이 진지했다.

"좀! 요양을 우습게 보지 말라고!"

그러고 보니 심은하 씨가 젊었을 때 연극을 했다고 들었던 것 같은데 과연 저 쩌렁쩌렁한 목소리는 그때 단련된 것인가. 나는 그만 입을 다물고 말았다.

아무튼, 그렇게 된 사연으로 나는 주 3회 국영수 과목의 과외 교습을 하는 신세가 된 것이다. 이제 과도한 스트레스로 건강이 악화되어 두통을 호소하고 각혈을 일삼다가 2층 창문에서 불현듯 현기증이 일어 추락할 일만 남았다.

✳

그런 일은 일어나지 않았다.

그러니까, 아직은 말이다.

한편, 창은도 날벼락을 맞은 것은 피차일반이었는데, 그래도 나보다 상황에 빨리 적응했다. 과외 첫날에 창은은 내게 공부를 가르치는 시늉만 해달라고 요구했다. 말인즉 자기는 서울에서 사는 게 꿈인데 그걸 공부로 이루기는 글렀다는 것이었다.

"글쎄, 아직 2년도 넘게 남았는데 지금부터라도 열심히 하면 그래도 어디든 붙지 않을까?"

내가 제법 어른스럽게 말했더니, 창은이 한숨을 쉬며 대답했다.

"여기서 하는 것으로도 모자라 서울에서 또 공부하라고요? 어휴, 됐네요. 나는 졸업하면 돈 벌 거예요."

우리는 잠시 침묵하며 서로를 응시했다. 먼저 입을 연 것은 창은이었다.

"그냥 아무 얘기나 해주세요. 아니면 여기서 각자 자기 할 일 하면서 시간을 때워도 좋고요."

이 짧은 대화를 통해 내가 창은이 어떤 아이인지 대강 파악했 듯 창은도 나에 대한 파악이 끝난 모양이었다.

"하지만 그러면 시간이 아깝지 않니? 아무리 이게 공짜 과외라지만…."

"공짜요?"

창은이 폭소했고 나는 그 모습을 멍청히 바라보았다.

"모르셨구나?"

"응?"

"쌤이 아니라 제가 돈을 받는 입장이에요. 상담 쌤이 하도 부탁하셔서 어쩔 수 없이 싼 값에 수락했다고요."

그제야 나는 이 과외 수업이 나를 위한 것이었음을 상기했다. 그뿐 아니라 오전의 심은하 씨처럼 조금 길게 나를 붙들고 있을 사람이 필요했던 게 아닐까? 그 역할을 박여송 씨가 거절하자 꾀를 낸 것이었다. 그렇게 생각하니 처음에는 억지라고만 여겼던 것들이 이해가 되었다.

"애고, 그만 입방정을 떨어버렸네…. 설마 없던 일로 하시려는 건 아니죠? 그러면 제가 돈을 못 받는데…."

"알았어. 아무튼 너는 공부할 마음은 없는 거지?"

"네에…."

"그래. 그럼 공부는 됐고 얘기나 하자."

그렇게 우리는 공범이 되었다. 심은하 씨는 우리가 공부를 한다고 생각하겠지만 설사 공부하지 않는다는 것을 알게 되더라도 딱히 바로잡지는 않을 터였다. 중요한 것은 주 3회 2시간씩 나를 전담할 사람이 생긴 것이니까.

조금 친해진 뒤에 창은은 내게 배우가 되고 싶다고 털어놓았다. 아직은 비밀이라 아무한테도 말하지 않았다면서. 주인공을 할 만한 얼굴은 아니지만 주인공의 동창이나 악당의 조수 정도는 할 수 있을 거라고 기대하고 있었다. 그래서 틈틈이 인터넷 동영상을 보며 연기 연습을 한다고 했다. 졸업하면 서울에 있는 극단에 들어가고 싶다고도 했다. 외모보다는 연기력으로 승부를 하겠다나. 그럼 연기하는 걸 보여달라고 하니 창은의 볼이 발그레해졌다.

"나중에요."

처음에 나는 그것이 무슨 대사인 줄로만 알고 눈을 동그랗게 떴다가 정말로 부끄러워하는 것임을 알았다.

또 나는 창은의 원래 아버지가 뱃사람이었다는 사실도 알게 되었다. 창은이 어렸을 적에 먼바다에서 실종되어 별로 기억나는 건 없다고 했다. 관리인은 새아버지인데 이것저것 잘 챙겨주지만 그래도 서먹한 사이라고 했다. 어머니 재혼할 때 극렬하게 반대했던 것이 마음에 걸려 선뜻 다가가기 어렵게 되었다는 것이었다.

창은은 별장의 모든 방을 다 써봤는데 오직 이 방에서만 바다가 내려다보인다고 했다. 바다라면 온종일이라도 볼 수 있어서 중학교 때까지만 해도 등대지기가 되는 게 꿈이라고 했다. 하지만 등대지기에 관한 괴담을 듣고서 꿈을 접었단다. 내 건강을 생각해 그 괴담은 알려줄 수 없다고 하니 애석한 일이었다.

가끔은 내 얘기도 했다.

나는 선천적으로 심장이 약해 중학교 때에는 2년이나 쉬어야 했으며 이후로는 조금 괜찮다가 대학원에 와서 이래저래 무리한 탓에(어쩌면 미세먼지 탓에) 두어 번 쓰러져 여기까지 오게 되었다. 내가 이 모양이니 집에서도 동생에게 회사를 물려주려 했다.

아버지는 엄마 회사 법무팀의 변호사였는데 이혼한 뒤로도 여전히 엄마 회사에서 일하고 있었다. 엄마와 딱히 사이가 틀어진 적이 없고 우리 남매와도 종종 함께 시간을 보내는데 왜 이혼했는지는 알 수가 없었다.

그런 식으로 한 달이 지나자 얘깃거리도 고갈되었거니와 창은과 나는 이제 굳이 대화하려 애쓸 필요가 없는 사이가 되었다. 그래서 내가 말했다.

"이제는 숨 좀 돌리자. 나는 일기를 쓸 건데 너는 뭐 할래?"

"우와, 쌤 일기 써요? 일기장에?"

"그냥 몇 줄씩 끼적이는 거야. 습관이 돼서."

"헤, 너무 아날로그 인간인데."

슬금슬금 다가와 나를 빤히 쳐다보던 창은은 이내 무언가를 떠올린 듯했다.

"아앗!"

"왜 그래?"

"잠깐만 있어봐요!"

그러더니 우당탕 뛰어나가서는 한참을 기다려도 돌아오지 않는 것이었다. 일기를 쓰고 있어도 될지 아니면 아무것도 하지 않고 기다려야 할지 고민하다 보니 10분이 훌쩍 지나 있었다.

마침내 창은이 쿵쾅거리며 돌아왔다. 큼직한 포장 상자를 양손으로 받쳐 들고서. 창은은 그것을 지하실에서 가져왔다고 했다.

"쌤이 엄마도 안 닮았고 아빠도 안 닮았다고 했었죠? 헤헤, 할아버지 닮은 듯."

창은이 펼쳐 보인 상자에는 낡은 공책이 차곡차곡 쌓여 있었다.

그것은 외할아버지의 일기장이었다.

3

일기장은 모두 서른 권으로 빛바랜 표지의 귀퉁이에는 권별로 숫자가 매겨져 있었다.

누군가의 사적인 기록을 엿본다는 사실이 마음에 걸려 처음엔 조금 망설이기도 했지만 결국 읽기로 했다. 나는 결코 요양을 우습게 보지 않았고, 따라서 내게는 머리를 말랑말랑하게 유지할 의무가 있으며, 무엇보다 이곳의 생활이 너무나 따분하기 때문이었다.

나는 나비의 날개를 들추듯 신중하게 첫 권을 펼쳤다. 일기는 검은색 볼펜으로 쓰여 있었다. 군데군데 볼펜 잉크가 번져 있기는 했어도 읽는 데는 지장이 없었다.

일기는 할아버지가 부모님을 여의고 백부 어른의 집에 의탁한 지 석 달째 되는 시점에서 시작됐다. 그때 할아버지는 열세 살이었다. 할아버지에게는 형이 있었는데 형제가 각기 다른 친척에게 맡겨졌다. 첫 일기는 그런 내용이 길고 담담하게 서술되어 있었다.

새로운 식구들이 정이 많고 친절하여 생활은 조금도 불편하지 않았다. 그러나 안온하게 지내는 중에도 할아버지는 마음 한구석으로 늘 형님을 걱정했다. 외가 쪽 어른을 따라간 형님은 일자리를 구하면 곧바로 당신을 데리러 오겠노라고 약속했었다. 그 때문에 할아버지는 백부댁에서 당신을 양아들로 입양하겠다는 것도 거절했더랬다. 이후 형님을 데려간 친척의 주소를 어렵사리 알아내 편지를 몇 차례 보냈으나 답장은 돌아오지 않았다.

열여섯 살이 되자 할아버지는 인근 벽돌공장에 취직했다. 어리고 기술도 없어 허드렛일이나 하는 신세였지만 그래도 꽤 보람찬 나날이었다. 그해 여름, 슬슬 작업이 손에 익고 남몰래 저축도 시작할 무렵에 재앙이 닥쳤다. 전쟁이 발발한 것이었다.

여느 청년들처럼 할아버지도 육군에 징병 되었다. 간단한 군사 교육을 받은 뒤 곧바로 전장에 투입되었다. 당시의 일기는 편지 형태로 노트에 끼워져 있었다. 그것은 물론 형님에게 부치려던 것이었다.

한번은 형님과 똑 닮은 적병을 보고 머뭇거리다 총에 맞을 뻔하기도 했다. 다행히 옆에 있던 전우의 총탄이 더 빨랐다. 이마에 구멍이 난 자의 얼굴을 확인하고 안도했지만 문제는 그다음이었다. 그 전까지는 감히 해보지 못했던 생각을 떠올리게 된 것이었다. 어쩌면 형님이 인민군에 속해 있을지도 모른다는 생각을.

이후로 할아버지는 무턱대고 방아쇠를 당기거나 수류탄을 던질 수 없게 되었다. 죽이지 않으면 죽을 수밖에 없는 전장에서 할아버지가 살아남은 것은 순전히 운이 좋아서였다.

바로 그 결정적인 행운이 마지막 편지에 상세히 쓰여 있었다.

보고 싶은 완기 형!

아직도 전쟁이 한창인데 형은 무탈한지요. 전엔 그토록 형을 그리워했는데 근자에 와서는 불의한 때 불의한 데서 마주칠 바에야 차라리 만나지 않기를 소망했어요. 그랬던 것이 안전한 후방으로 거처를 옮기니 다시 또 새로이 형 얼굴이 어른거리는군요. 마음이 간사스럽기가 참말로 구제불능입니다그려.

얼마 전에는 몹시도 괴이쩍은 일을 겪었어요.

우리 부대는 고지 하나를 스무날째 사수하고 있었는데 주야를 불문하고 기습해 오는 인민군 때문에 다들 잠이 부족한 상황이었어요. 후방에 병력 지원을 요청해도 감감무소식이라 우리 쪽에서는 선제적으로 나서지 못하고 방어에 치중해야 했지요. 저쪽 사정도 우리와 크게 다르지 않은지 양측 간에 자잘한 전투만 간헐적으로 반복되었어요. 그렇게 스무날을 버티려니 다들 제정신이 아니었지요. 형도 그런 경험을 해봤을지 모르겠군요. 피곤에 겨워 꾸벅꾸벅 졸면서도 오히려 예민해져서 온 정신이 바짝 곤두서는 경험 말이에요.

그런 상태로 정오께에 경계근무를 나갔어요. 여느 때처럼 세 명이 한 조였는데 우리는 나잇대가 비슷해 곧잘 어울려 다녔어요. 평소엔 근무지에서 실없는 농담을 하며 시간을 보냈지만 그날은 좀체 대화가 오가지 않았어요. 우리 스스로 의아하게 느낄 정도로 침묵이 팽배했어요. 지칠 대로 지쳐서 그랬던 것도 있겠지만 이제 와 생각해보면 각자 무의식중에 죽음을 예감했는지 몰라요. 아무튼 그렇게 참호 안에서 근무를 서다 시간이 되어 다음 조와 교대했지요.

황량한 비탈을 걸어가던 때였어요. 나는 일행 중 선두에 있었는데 문득 웬 냄새에 이끌려 고개를 돌렸어요. 무슨 냄새지? 하면서 돌아봤을 때는 다른 친구들도 벌써 두리번거리고 있더군요. 다들 그 냄새를 맡았던 거예요.

알다시피 전장에는 특유의 냄새가 있지 않겠어요? 매캐한 화약내나 냇내에다가 기름내랑 흙냄새, 비린내 같은 것들이 더해진 묵직한 냄새 말이에요. 그중에 가장 강렬한 것이라면 아무래도 시체가 풍기는 냄새겠지요.

전쟁이 시작된 뒤로 나는 이미 죽었거나 죽음이 임박한 사람들을 질리도록 봤어요. 총에 맞고 칼에 베이고 수류탄의 무수한 파편이 박히고 들개에게 물어뜯긴 사람들 말이에요.

형, 인간은 가련하리만치 하찮은 존재예요. 얄팍한 거죽 속 내용물이 하릴없이 흘러내리는 모양을 보면 망그러진 포도알이 떠올라요. 거멓게 피가 굳고 살이 곪고 내장이 썩느라 포도알보다는 훨씬 냄새가 지독하지만요.

그런데 비탈에서 맡은 것은 그보다 더 고약했어요. 인간은 한 번 맡아본 냄새는 결코 잊지 않는다더군요. 그렇다면 그것은 17년을 살면서 한 번도 맡아본 적 없는 새로운 종류의 냄새겠지요. 비릿하고 시큼한 동시에 깊숙한 데서 무언가 썩고 있는 듯한… 아니, 그것은 차라리 짐승의 숨결을 닮았어요. 미지의 야수가 더운 입김을 뿜어내듯 강렬한 악취가 일순간 훅 풍기고는 점차 희미해졌거든요. 하지만 주변엔 짐승은커녕 나무나 풀도 없었지요.

필설로 하자니 설명이 길지만 실제로는 모든 것이 순식간이었어요.

내가 친구들을 돌아보다가 발을 잘못 딛고 균형을 잃어 비탈 아래쪽으로 주르륵 미끄러지고 어디선가 쾅 소리가 들리더니 눈앞이 캄캄해진 것들이 전부 찰나의 일이었지요.

그때 미끄러지지 않았어도 내가 살았을까요? 나와 나란히 걷던 친구들은 수류탄 공격으로 즉각 목숨을 잃었어요. 나는 요행히 피신한 덕에 살아남았지요. 노을이 질 무렵에서야 비탈 아래 쓰러져 있는 걸 누군가가 발견했대요. 내가 깨어난 것은 나흘이나 사경을 헤맨 뒤였어요. 얼굴이 긁히다 못해 화상을 입었고 왼팔은 팔꿈치 아래로 아예 감각이 없으며 걸을 때마다 골반 언저리가 시큰거리지만, 그래도 목숨은 건졌어요.

완기 형! 나는 살았어요. 그런데 형은 정말로 무탈합니까? 어느 땅에 있건 형이 건강히 살아있기를 바라지만서도 어째서인지 이런 생각이 들어요. 사실은 그때 내가 있던 비탈에 형이 찾아온 게 아니었을까 하는 생각이요. 형이 나를 구제하러 왔던 거라고요. 아니면 데리러 왔거나요…. 아뇨, 허튼 생각이겠지요. 망상일랑 관두고 나는 형이 멀쩡히 살아 있다고 생각하렵니다. 그래야 언제고 다시 만나서 이 편지를 손수 전해주지 않겠어요? 부디 그때까지 무사하세요.

동생 완재가.

휴전 후에 할아버지는 벽돌공장으로 돌아가지 않았다. 대신 여차저차 건축사무소에서 일을 배우다가 여차저차 독립해 작은 사업체를 꾸렸고 다시 여차저차 사업에 수완을 보이며 승승장구했다. 결정적으로 부동산 투기에서 대성공을 거두어 할아버지의 회사는 국내 유수의 건설사로 성장했다.

일기에는 그러한 과정이 할아버지의 시점으로 서술되어 있었다.

그러나 내 정신은 줄곧 다른 데 팔려 있었는데, 어떤 기억이 날 듯 말 듯 뇌리를 맴돌고 있었기 때문이었다. 그것은 일기를 모두 읽고 난 뒤에야 겨우 생각이 났다.

나는 할아버지의 임종을 지켜봤었다. 그날 병실에는 나와 동생, 엄마 그리고 할머니뿐이었다. 다른 식구들은 다른 날에 벌써 다녀갔거나 아직 오지 않았었다. 찾아뵈었던 우리도 할아버지가 그날 돌아가실 줄은 몰랐다.

그날 일은 아직도 생생했다.

동생과 나는 학교에서 있었던 일을 종알종알 떠들었다. 할아버지는 침대에 기대어 누운 채로 나른한 미소를 띠고 눈을 감았다 떴다 하면서 우리 얘기를 듣고 계셨다. 그리고 내 손을 어루만지고 있었다. 비록 우리가 자주 만난 사이는 아니었지만 나는 할아버지를 좋아했다. 할아버지가 나를 좋아하는 만큼.

그러다 할아버지가 벌떡 몸을 일으켰다. 내내 누워 계시던 분이 갑자기 허리를 꼿꼿이 펴고 앉은 것이었다. 동생과 나는 놀라서 입을 다물었고, 병실 끝에서 대화 중이던 엄마와 할머니도 말을 멈추었다.

할아버지는 무언가를 찾는 것처럼 주위를 두리번거렸다.

"왜요? 뭐 드려요?"

할머니가 물었지만 할아버지는 대꾸하지 않았다. 그저 불안한 눈으로 여기저기 훑어볼 뿐이었다.

그러는 중에도 할아버지는 내 손을 세게 쥐고 있었으므로 나는 억지로 손을 빼내야 했다. 그런데 내가 손을 빼내기 전에, 그리고 할아버지가 침대에서 내려오려다 떨어져 영영 깨어나지 못하게 되기 전에, 나는 할아버지가 중얼거리는 소리를 똑똑히 들었다.

"그 냄새야. 그 냄새가 나고 있어."

그때 그 말을 들은 건 나뿐이었는데, 나중에 엄마와 할머니에게 그 말을 전했더니 아무도 그게 무슨 뜻인지 몰랐다. 병실에 있을 때 별다른 냄새는 나지 않았었다. 그래서 식구들은, 심지어 나조차도, 아마 내가 잘못 들었을 거라고 생각했다.

하지만 할아버지는 정말로 냄새를 맡았던 것이다.

그 냄새를.

4

그 후 며칠간 가벼운 열병을 앓았다. 전부터 병치레가 잦았으니 썩 대단한 사건은 아니라 하겠다. 그러나 이제는 상황이 달라졌다. 아니, 상황은 그대로였다. 달라진 것은 나였다.

엄마는 나 같은 사람이 골골거리면서도 더 오래 산다고 했다. 내 생각은 달랐다. 나는 남들보다 생명력을 적게 지니고 태어났으니 남들보다 일찍 죽는 게 온당할 것이다. 몽땅한 촛불 하나가 고작 자기 그림자만 드리울 정도로 애연히 빛을 발하다가 가늣한 바람결에 맥없이 꺼져 다시 원래의 어둠에 묻혀버리는 것, 그것이 내가 죽음에 대해 가지고 있던 이미지였다. 고요하고 엄숙하며 지극히 자연스러운 풍경이었다.

그런데 할아버지의 일기가 그 이미지를 엉망으로 만들었다. 할아버지가 냄새를 맡자마자 한 번은 수류탄이 날아왔고 또 한 번은 침대에서 떨어졌다. 몇몇 정황까지 감안하면 냄새가 죽음을 예고했다고밖에 볼 수 없었다. 그렇다면 죽음이란 최소한 몇 초쯤 전부터 예정되어 있는 것이다. 물론 다른 가설도 있다. 비단 몇 초로 그칠 게 아니고, 우주의 탄생부터 현재에 이르기까지 삼라만상이 한 폭의 그림처럼 완성되어 있다는 것이다. 그러나 그런 경우라면 깊이 생각하는 게 무슨 소용이겠는가.

나는 죽음이 단순한 현상이 아니라는 결론에 이르렀다. 여전히 고요하고 엄숙하지만 그것은 차라리 미지의 존재가 발하는 의지처럼 보였다. 생명을 집어삼키겠다는 집요한 의지 말이다.

다행히 나는 아직 그 냄새를 맡아 본 적이 없었다.

다행? 나는 안도하기는커녕 공포에 질렸다. 지금까지 내가 가깝게 느꼈던 죽음이 실제로는 아득히 멀리 있었음을 알았기 때문이었다. 흡사 얕은 물가에서 첨벙거리면서 파도에 휩쓸려 죽을 것을 걱정하는 꼴이었다.

내가 두려운 것은 요컨대 파도의 크기였다. 비록 냄새는 못 맡았을지언정 이내 파도가 나를 덮치리라는 사실만큼은 또렷하게 예감하고 있었다. 그렇다는 것은 파도가 멀리서도 느껴질 만큼 거대하다는 뜻이다. 이를테면 해일만큼. 그것이 내게 다가온다면 그 크기는 어느 정도일지 가늠이 안 되었다. 태양은 손바닥으로 쉽게 가려지지만 그것의 진정한 크기는…. 나는 행성만한 크기의 죽음이 나를 짓누르는 악몽을 꾸었다. 꿈에서 본 행성은 나를 향해 눈을 번득거리고 있었다.

이런 이야기를 시시콜콜 털어놓을 생각은 없었다. 그러나 일기를 읽은 뒤로 내가 예민해지고 신경질적으로 변모한 것을 창은이 따져 묻길래 간략히 설명하게 되었다. 그때까지는 딱히 비길로 할 이야기도 아니었으니까.

"그래서 그렇게 킁킁거리고 다니는 거예요?"

창은이 콧잔등을 씰룩거리며 냄새 맡는 시늉을 했다.

"내가 언제 그렇게 웃기게 했다고…. 너는 연기하면 안 되겠다."

"아니거든요. 웃겼거든요."

"뭐, 아무튼 전보다 냄새에 과민해진 것은 사실이니까."

"왜요? 사람 죽이는 냄샌데 안 무서워요? 나 같으면 아예 코를 막고 살 텐데."

"냄새가 죽이는 게 아니야. 그리고 난 죽는 건 안 무서워. 그게 뭔지도 모르고 죽는 게 무섭지."

그게 뭔지 알면 안 무서울까? 잘 모르겠다.

"그럼 그 냄새를 아는 사람한테 물어봐요."

"할아버지 말고 누가 또 있다는 거야?"

"찾아봐야죠."

창은이 말했다.

"죽었다 살아난 사람은 그 냄새를 맡아봤을 거 아니에요."

5

내가 명단을 건네자 박여송 씨는 난색을 표했다.

"이참에 확실히 해둡시다. 나는 명진 씨 회사가 아니라 명진 씨 어머님 회사에서 일하는 거예요. 기본적으로 회사 일을 우선

해서 처리해야 한다고요. 내가 명진 씨를 돌보는 것은 말하자면 부업이에요. 그런데 여기에 또 가욋일을 추가하라면 제가 많이 곤란해요."

간단히 말하면 귀찮다는 얘기였다.

"죄송합니다. 달리 부탁할 데가 없어서요. 수당은 넉넉히 챙겨드리고 어머니께도 좋게 말씀 해드릴게요."

"사람 이상하게 만드시네. 돈 달라는 소리가 아니고…. 나 원, 아무튼 이번만입니다."

그가 구시렁거리면서 손을 내밀었다.

명단에는 네 사람의 이름과 사는 지역이 적혀 있었다. 나와 창은이 신문기사를 검색해서 찾아낸 사람들이었다. 그들은 다들 한 번씩 죽었다 깨어났다는 공통점이 있었다. 죽을 고비도 제각각이라, 누구는 저수지에 빠졌고 누구는 아파트에서 투신했으며 한 사람은 무너진 건물에 고립되었나 하면 어떤 사람은 벼락을 맞았다. 박여송 씨가 할 일은 신문기사의 불충분한 정보를 바탕으로 그들을 내게 데려오는 것이었다.

그 주 내내 첫 번째 사람을 찾아다닌 박여송 씨는 주말을 지나 월요일 정오에 비보를 전했다.

"허수영 있잖아요, 허 모 씨. 아파트에서 떨어진 여자."

"벌써 찾았어요?"

"찾긴 찾았는데, 죽었어요."

"네?"

"퇴원한 뒤에 기어코 다시 투신했다더라고. 처음에 나뭇가지에 걸렸던 게 그 사람한테는 행운이 아니었던 거지요. 다음에 시도할 때는 나무가 없는 데를 골랐다니까….

그나저나 식구들이 쳐다보는 눈길이 영 곱지가 않던데요. 방송국에서 취재하려고 나왔다고 둘러대긴 했지만 나도 괜히 찝찝하고. 일단 하기로 했으니 군소리 않겠다만 명진 씨는 이 사람들을 찾아서 어쩌려고 그래요?"

"물어볼 게 있어서 그래요. 다른 분들도 꼭 좀 찾아주세요."

다시 일주일이 지난 월요일에 박여송 씨는 새로운 소식을 전했다. 삐딱한 태도와 달리 일 처리는 성실했다.

"이상하네. 구재창도 죽었어요."

"구 씨…라면 저수지에 빠졌던?"

"그래요. 이 사람은 죽을 생각이었는지는 몰라도 운이 없었던 건 확실해요. 낚시하다가 배가 뒤집혀서 한참 사경을 헤매더니 이번에는 민물고기를 날로 먹다가 무슨 기생충에 감염이 돼서 죽었거든. 간흡충이라던가? 대충 그런 이름이었는데 아무튼 그렇게 죽은 지도 꽤 되었다죠."

다음으로 찾은 사람은 남영성이었다. 일찍이 그는 벼락에 맞고 살아남았다. 그리고 여전히 살아 있었다. 살아남았다는 것보다 아직 무사하다는 것이 더 신기할 지경이었다.

"생업이 있는 양반이라 바로 모시기는 힘들어서 쉬는 날에 뵙기로 했어요. 여기 주소 찍어 줬으니 다음 주 화요일에 찾아올 겁니다."

"네, 고맙습니다. 수고하셨어요."

"한 사람 남았는데 어떡할까요?"

"어…, 마저 찾아주셔야죠."

박여송 씨가 툴툴거리며 내 방을 나갔다. 저래 보여도 또 금세 찾아올 것이다.

남영성은 약속한 화요일에 별장을 찾아왔다. 까무잡잡한 근육질의 군인 타입을 상상했으나 실제로 찾아온 사람은 넉살 좋은 중년이었다. 어울리지도 않는 콧수염 때문에 더 우스꽝스럽게 느껴졌다.

나는 그를 정원 구석의 파라솔로 안내했다. 관리인의 아내가 정원에 물을 뿌리고 있었다.

"애먼 사람 오라 가라 하길래 영감님일 줄 알았더니 도련님이었네."

"죄송합니다. 제가 몸이 조금 약해서…."

"아, 그 얘긴 들었수다. 근데 무슨 일로 나를 찾았는지는 얘기 안 해주던데?"

"실은 3년 전 이야기를 조금 자세히 듣고 싶어서요."

"벼락 맞은 얘기?"

남영성은 콧수염을 쓱쓱 털었다.

"뭐 대단할 거 있나? 동창들이랑 모처럼 등산이나 하고 돌아오는 길이었지. 출발할 때부터 날이 흐리긴 했는데 뉴스에서는 그냥 흐리기만 할 거랬거든. 기상청 놈들은 일을 하는 건지 마는 건지 알 수가 있어야지, 원. 아니나 다를까 산 밑에 다 내려오니까 기다렸다는 듯이 장대비가 쏟아지더라고. 그래도 뭘 어쩌겠어. 마땅히 비 피할 데도 없으니 그냥 맞으면서 걸었지. 다섯이서 일렬로 갓길을 걸어가는데 갑자기 번쩍하더니 눈 떠보니 병실이더라고."

그는 그러더니 셔츠를 가슴까지 올려 증거를 보여주었다. 나뭇가지 모양의 자국이 문신처럼 길고 선명하게 새겨져 있었다.

"자, 이거 보슈. 이게 벼락이 지나간 길이야."

"혹시 다른 기억은 없으세요?"

"무슨 기억? 강 건너에서 할머니가 돌아가라고 손짓하는 거?"

"아뇨. 어… 네? 진짜로 그러셨어요?"

"하핫, 설마."

"그럼 벼락 맞기 직전에는 별일 없었나요? 무슨 냄새를 맡았다거나…."

"냄새?"

남영성이 문득 웃음을 거두었다.

"혹시 시궁창 냄새 말하는 거요?"

반응을 보니 그도 짚이는 데가 있는 모양이었다. 나는 주먹을 꽉 쥐었다.

"보여드릴 게 있습니다."

나는 조심히 다룰 것을 신신당부하고서 할아버지의 일기장을 그에게 건넸다. 그는 편지 부분을 몇 번이고 반복해서 읽었다.

"짐승의 숨결…. 그래, 내가 맡은 게 바로 이 냄새야."

"그런데 할아버지는 돌아가시기 전에도 같은 냄새를 맡으셨어요."

그런 뒤에 나는 그에게 내가 생각한 가설을 조심스레 설명했다.

"죽음을 예고해? …그럴지도 모르겠군."

남영성은 혼잣말처럼 중얼거렸다.

"도련님 말대로라면 난 지금까지 목숨을 세 번이나 건진 셈이네."

"네?"

"냄새 말인데, 나는 그걸 세 번 맡았거든."

그가 약간 과장된 손짓으로 콧수염을 털었다.

6

남영성이 처음 그 냄새를 맡은 것은 열 살 때였다. 그는 공터에서 친구들과 축구를 하고 있었다. 그때 누군가 잘못 찬 공이 도랑에 빠져서 주우러 갔다가 묘한 악취를 맡은 것이었다. 잰걸음으로 걸어가던 그는 냄새 때문에 잠시 주춤거렸고, 마침 그 순간에 도랑을 따라 세워져 있던 담장이 와르르 무너져 내렸다. 벽돌 더미에 발등을 찍혀 그는 한동안 목발 신세를 져야 했다. 당시 남영성은 그것이 도랑에서 나는 조금 특이한 시궁창 냄새라고만 생각했다.

다음으로 맡은 것이 벼락을 맞았을 때였다. 그때도 그는 시궁창 냄새를 맡았다. 워낙 순식간에 일어난 일이라 예전 기억을 떠올릴 새도 없었으나 어쨌거나 그는 냄새 때문에 고개를 들었었다. 그 작은 움직임이 어떻게 그를 살렸는지는 몰라도 그는 또다시 목숨을 구제했다.

세 번째는 가장 최근의 사건으로 석 달쯤 전의 일이었다. 그는 무슨 일이 있었는지 제대로 설명하지 못했다.

"그날은 볼일 마치고서 시내에서 어슬렁거리고 있었지. 노을질 즈음이었는데 갑자기 시궁창 냄새가 훅 풍기더라고. 여기 일기에 나온 그 냄새 말이야. 솔직히 말하면 그 냄새가 맞았는지도 잘 몰라요. 곧바로 반대방향으로 뛰었거든. 모르긴 몰라도 10분은 전속력으로 뛰었을걸."

"왜요, 사고가 있었어요?"

"그건 모르지, 나도. 그냥 그 순간에 내가 거기 있기 싫다는 생각만 들었어요. 온몸의 털이 쭈뼛했거든. 나중에 생각하기로 나한테 일종의 초감각 같은 게 생겼다는 착각이 들지 뭐요."

"초감각이요?"

"거 왜, 동물들이 그런다잖아. 지진 나기 전에 피하고 홍수 나기 전에 피하고…. 그런 비슷한 느낌이었어. 쭈뼛, 하는 게. 그래서 뒤도 안 보고 냅다 도망쳤던 거지."

남영성이 말했다.

"그런데 죽음을 예고하는 냄새라니…. 허면 다른 게 아니고 그 냄새를 아는 게 능력이었군."

"아…."

나는 냄새를 미리 알면 죽음을 수월하게 받아들일 거라고만 생각했었다. 패배주의적인 발상이었다. 물론 내가 체념한 탓만은 아닐 것이다. 감히 누가 죽음과의 대결에서 승리하려고 하겠는가?

그럼에도 불구하고 죽음을 유예할 수는 있다. 달려드는 황소를 희롱하는 투우사처럼 죽음을 회피해버리는 것이다. 남영성의 이야기는 그것이 가능함을 증명했다. 적어도 나는 그렇게 생각했다.

헛된 희망이 어느새 가슴 속에 움트고 있었다.

✳

남영성이 돌아간 뒤 심은하 씨가 내 방에 왔다.

"방금 그 사람 누구야? 요새 뭐해?"

"어, 춘천에서 페인트 하시는 분인데 뭐 좀 물어보느라고요."

"춘천에서 페인트 하는 사람한테 궁금한 게 뭔데?"

"대단한 일은 아니에요."

"그러니까 얘기해봐. 문제 생기기 전에 미리 알아둬야 해."

일이 성가셔지기 전에 나는 고분고분 실토했다. 그러나 전부 이야기하지는 않았다. 몇 가지 사실과 불온한 가능성은 슬쩍 감추었다.

"정말로 그런 냄새가 난대?"

"심은하 씨는 지금까지 살면서 죽을 뻔했던 적 없어요?"

"몇 번 있지. 근데 나는 그런 냄새 못 맡았는데?"

"그럼 진짜 죽을 뻔하셨던 건 아니었나 보다."

심은하 씨는 영 미심쩍은 표정이었다.

"너무 몰두하지는 마. 그러다 건강 해쳐."

"그럴게요."

나는 그날 당장 박여송 씨에게 전화를 걸었다. 그는 마지막 사람을 찾는 중이었는데 그가 알아낸 바로 무너진 건물에서 운 좋게 살아난 중학생은 미국으로 유학을 갔다고 했다.

"수고 많으셨습니다. 일단 돌아오세요."

나는 박여송 씨에게 새로운 임무를 맡겼다. 예상했다시피 그는 대번에 거절했다. 그러나 이 작업이 내게 얼마나 중요한지를 듣고서 마음이 조금 동한 것 같았다. 이에 더해 수당을 올려주겠다고 꾀니 그는 마지못해 수락했다. 돈 때문이 아니라고 했지만 어쨌든 나는 올려줄 생각이었다.

사흘 뒤에 그가 조향사를 데려왔다. 까무잡잡한 피부에 온통 백발인 노년 여성이었다. 단정하게 차려입은 모습이 꽤나 인상적이었다. 그녀에게서는 은은하게 좋은 향이 났는데, 내가 향이 좋다고 하자 그녀는 직접 만든 향수를 뿌렸다고 자랑했다.

초여름이라 햇볕이 따가웠다. 우리는 파라솔이 만든 둥근 그늘에 마주 앉았다. 아이스티의 얼음이 달그락 소리를 냈다. 그녀의 직업에 관해 이것저것 이야기를 듣다가 마침내 내가 참지 못하고 질문을 던졌다.

"설명만 듣고 그 냄새를 만들 수 있으십니까?"

"세상에 존재하는 향이에요?"

"네. 맡아본 사람이 있어요. 그런데 좋은 냄새는 아니에요. 시궁창 냄새라고 하더라고요."

"그런 냄새를 왜…?"

"저는 못 맡아본 냄새라 궁금해서요. 가능하십니까?"

"아까 나한테서 좋은 향이 난다고 했지요? 그러면 그걸 다른 사람에게 설명할 수 있겠어요?"

나는 말문이 막혔다. 너무 막연했다.

"자, 보시다시피 그 냄새를 파악하는 것부터 어렵지요. 객관적으로 설명할 방법이 없거든요. 첫 번째 난관을 어찌어찌 해결하더라도 그게 악취라면 또 문제예요. 내가 하는 일은 여러 향료를 적절히 배합해서 좋은 향을 만들어내는 거예요. 일부러 악취를 만든 적도 없거니와 거기에 어떤 향료를 써야 할지조차 감이 안 잡혀요. 나뿐만 아니라 어떤 조향사를 데려와도 간단히 해낼 작업은 아닐 거예요."

그녀가 말했다.

"그럼에도 불구하고 불가능하지는 않다고 대답하겠어요. 어쨌든 세상에 있는 냄새고, 냄새는 내 전문이니까. 다만 언제까지 하겠다고 장담은 못 해요."

나는 감격한 나머지 꽤 높은(어쩌면 터무니없이 높은) 금액을 계약금으로 제시했다. 대신 최우선으로 작업해달라는 조건을 붙였다. 그녀는 전화를 걸어 스케줄을 확인한 뒤 계약서에 서명했다. 이제 그녀는 내가 아니라 남영성과 상의하며 냄새를 만들어 낼 것이었다.

그리고 나는, 다시 지루한 일상으로 돌아왔다.

7

여름방학이 시작되자 창은은 집을 나왔다. 그전부터 본관
2층에 따로 나와 지냈으니 심각한 일은 아니었다. 그래도 식사
는 꼬박꼬박 자기 식구들과 하던 걸 이제는 아예 본관 식구들
(즉 우리들)과 하면서 집에 갈 일이 없게 된 것이다. 번거로워서
그런 것일 수도 있었다. 아닌 게 아니라 내가 묻자 창은은 한마
디로 일축했다.

"귀찮아서요."

그런데 나는 어쩐지 창은이 아버지를 피하는 것 같았다. 어느
밤엔가 둘이 언성을 높여 싸우는 소리가 내 방에까지 들렸더랬
다. 그리고 며칠 후에 창은이 소위 '가출'을 단행했으니 의심이
들 만도 했다. 설령 그렇다 해도 내가 참견할 계제는 아니었다.

한편, 밤마다 창은의 방에서는 음악 소리가 요란하게 울렸다.
심은하 씨가 몇 번 주의를 주긴 했으나 고쳐지지 않았다. 예전
에 창은은 연기 연습을 할 때 음악을 틀어놓는다고 내게 말했었
다. 연기하는 모습을 들키기 싫은 것이었다.

박여송 씨는 바쁠 때는 엄청 바빴고 한가할 때는 나보다 더
한가했다. 대충 일주일에 사흘 일하고 나흘 쉬도록 업무를 분배
하는 듯했다. 나는 정확한 주기를 알아내려고 메모를 해보았으

나 허사였다. 일주일 내내 쉬는 때도 있고 일주일 내내 일할 때도 있었다. 회사에서 무슨 일을 하는지는 여전히 오리무중이었다.

그는 하루도 빠짐없이 내 방에 들러 필요한 게 없는지 물었다. 가끔은 향수 만드는 일이 어떻게 돼 가고 있냐고 묻기도 했다. 나는 별다른 진척이 없다고 솔직하게 말했다. 그러면 박여송 씨는 알쏭달쏭한 표정으로 나를 쳐다보았다.

심은하 씨는 일주일에 한두 번씩 장을 보러 갔는데 그때마다 나를 데려갔다. 내가 딱히 일꾼으로 쓸모있는 사람은 아닌지라 심은하 씨도 나를 길동무쯤으로만 여길 터였다. 그래서 나는 심은하 씨와 적당히 거리를 둔 채로 조용히 뒤따라다녔다. 그녀가 장을 보는 동안 나는 시장 사람들을 관찰했다. 동시에 그들도 우리를 관찰했다. 우리 관계를 궁금히 여겼다. 아무리 심은하 씨가 나이에 비해 젊어 보인다지만 우리가 연인으로 보이지는 않았고, 그렇다고 엄마와 아들로 보이지도 않았기 때문이었다.

"우리 아들이에요."

누가 묻는 말에 한번은 심은하 씨가 그렇게 대답했다. 물론 장난삼아 한 대답이었다. 사람들 반응이 우습기도 해서 나도 몇 번쯤은 같이 어울려주었다.

그러다 언젠가 누가 또 물었다.

"아이구, 시집을 일찍 갔나 봐? 아들이 이렇게 큰 걸 보면."

그녀는 심은하 씨가 보기보다 나이가 많다는 것을 몰랐던 것이었다. 그러니 그녀로서는 둘 중 한 가지로 대답하면 될 일이었다. 내가 아들이 아니라고 사실대로 말하거나, 본인 나이가 보기보다 많다고 말하거나.

그러나 심은하 씨는 이렇게 대답했다.

"한창 꽃다울 때 낳았어요. 시집도 안 갔는데 애가 덜렁 생겼으니 나 혼자 고생했지, 뭐."

그것 역시 장난이었는지 몰랐다. 그녀는 대수롭지 않게 말했고 나도 별로 의미를 두지 않았다.

그런데 가을 무렵부터 그녀는 나를 거의 아들 취급하기 시작했다. 시장에서뿐만 아니라 별장에서도 말이다. 가끔은 나를 전혀 엉뚱한 이름으로 부르기도 했다. 그런 일이 몇 번 있다 보니 나는 그녀의 대답을 떠올렸고 급기야 그때 그 말이 진실이라고 믿기에 이른 것이었다.

나중에 심은하 씨가 먼저 이야기를 꺼냈다. 그녀는 열여덟 살에 아들을 낳았다. 아이 아버지는 제 한 몸도 건사하지 못하는 인간이었다. 어쩔 수 없이 그녀 홀로 아이를 키워야 했다. 엄밀히 말하면 혼자 해낸 건 아니었다. 그녀가 일하러 나간 낮 시간에는 큰언니가 도맡아 키워주었으니까. 고단했지만 미래를 생각해 견뎌 낸 시절이었다.

세월이 흘러 아들은 대학에 입학했다. 기숙사 생활을 하던 아들이 집에 돌아온 것은 입대를 앞둔 겨울이었다. 그 며칠 사이에 집에 강도가 들었다. 2인조 강도는 아들을 먼저 제압하고 다음으로 심은하 씨를 쓰러뜨렸다. 그들은 칼을 다루는 것이 서툴렀다. 그래서 아들은 필요 이상으로 잔인하게 죽임을 당했고,

심은하 씨는 죽지 않을 정도로만 베였다. 이웃이 늦지 않게 발견한 덕에 그녀는 목숨을 건졌다. 목에는 깊은 칼자국이 남았다.

"냄새? 난 그런 거 안 믿어."

그녀는 할 말이 남은 것처럼 입술을 잔즐거렸으나 결국 입을 다물었다.

여름방학이 끝나고도 창은은 여전히 가출 상태였다. 내 짐작대로 창은은 아버지를 피하고 있었다.

겨울이 되기 전에 관리인과 대화할 기회가 있었다. 의도한 것은 아니었고, 새벽까지 잠을 이루지 못해 잠시 바람이나 쐴 겸 정원에 나왔다가 우연히 만난 것이었다. 그는 연못 주변을 서성이고 있었는데 내가 다가가자 담배를 얼른 비벼 껐다.

"이 시간에 웬일이에요? 밤바람이 찰 텐데."

내가 대답했다.

"잠이 안 와서…."

"몸은 좀 어때요? 예서 좀 괜찮아진 것 같아요?"

"신경 써주신 덕분에 많이 좋아졌습니다."

그것은 사실이 아니었다. 나로 말하자면 착실히 죽어 가는 중이었다. 죽음은 내게 다가오는 속도를 늦추지 않았다. 오히려 더욱 속도를 내고 있었다.

가을 이후로 나는 심장이 덜그럭거리는 감각을 느끼고 있었다. 심장은 내 빈껍데기 같은 몸을 움직이느라 고군분투하는 것이었다. 고작 2층짜리 계단을 오르내리고도 마라톤을 완주한 것처럼 가슴이 쿵쾅거렸고 정원을 슬슬 거닐어도 쉽게 지쳤다.

그럴수록 나는 초조해졌다. 죽음이 성큼 다가왔는데 향수를 만드는 작업은 너무도 더디게 진행되고 있었다. 이러다 내가 죽어버리면 그다음에 완성되어봤자 무슨 소용이겠는가? 그런 것을 생각하다가 다시 또 숨이 가빠졌고 한동안 잠을 설치다가 바람을 쐬러 나온 것이었다.

"여기가 성당 터였다는 건 알죠? 예배당에 불이 났었다고…."

"네, 전에 말씀 들었어요."

"예배당은 아마 여기 어디 있었을 겁니다."

"그렇습니까?"

"그런데 그때 예배 중이었을까?"

관리인이 말했다.

"불이 났을 때 말이에요. 내 생각에는 예배 중에 그랬을 것 같거든. 그러니까 여기가 버려졌겠지."

"그럼 여기서 죽었…."

"그때 사람들이 죽었다면, 결국 예배드리다가 그렇게 된 거잖아요? 내가 궁금한 건 그 사람들이 죽어가면서도 신을 믿었을까 하는 거예요. 글쎄, 그랬을까?"

그러더니 그가 불쑥 물었다.

"신이 있다고 생각해요?"

내가 우물쭈물하자 그가 다시 말했다.

"우리 마누라는 신이 있대요. 그렇게 믿는대. 아닌 게 아니라 허구한 날 기도흰지 뭔지 쫓아댕기거든. 그럼 신한테 뭘 해달라고 빌면 들어주느냐고 물었더니 그렇대. 하, 참…. 그래서 그럼

우리도 남부럽잖게 살도록 빌지 그러냐 하니까 그런 건 안 들어
준대. 대신 지금의 처지를 받아들이게 해준다나. 아니, 뭘 알고
서 지껄이는 건지 원."

그가 짓이겨진 담배꽁초를 내려다보았다.

"전남편 그렇게 되고부터 교회 나가기 시작했으니 나야 입
다물고 있으면 그만이지만 이게 영 배알이 꼴리거든. 신이 다
해준다는데 정작 해달라는 거 다 해주느라 쌔빠지는 건 나란 말
이지. 안 그래요?"

찝찔한 바다 냄새가 바람에 실려 왔다. 그가 길게 하품을 했다.

"괜한 소릴 지껄였네. 나는 이만 들어갑니다. 오래 있으면 감
기 걸려요."

그해 마지막 날까지 향수는 완성되지 않았다.

나는 조향사와도 대화를 하고 남영성과도 대화를 했다. 조향
사는 남영성의 설명이 모호하고 부정확하며 불친절하다고 불평
했다. 남영성은 그런 조향사의 불평을 전부 수긍했다. 그도 자
신의 설명이 형편없다고 생각하고 있었다. 그는 그 냄새가, 직
접 맡아봐야만 알 수 있으며 말로는 결코 묘사할 수 없다고 토
로했다. 그러면서 한마디 덧붙였다.

"그렇다고 그 양반 앞에서 죽어줄 수도 없잖아, 안 그래?"

8

양원석은 가난한 집의 장남으로 태어났다. 그의 부모는 그가 열여섯 살이 되던 해에 사고로 죽었다. 그는 여덟 명의 동생들을 부양하기 위해 학업을 포기하고 자동차 정비소에 취직했다. 동생들이 각자 자기 가정을 꾸리고 떠나갔을 때 그의 나이는 마흔이었다. 그는 혼자였다.

텅 빈 집에서 적적하게 지내던 그는 우연한 기회에 인터넷 도박 사이트에 접속하게 되었다. 처음 몇 번인가 돈을 번 탓에 그는 도박에 푹 빠지게 되었다. 그러나 이후로는 줄곧 잃기만 했다. 빚은 없었지만 그렇다고 모아놓은 재산이 있는 것도 아니어서 그는 곧 사채를 쓰게 되었다. 도저히 혼자 힘으로는 감당하지 못할 만큼 빚이 불었다.

한효범은 소위 '얼짱'이었다. 그녀는 고등학교를 졸업하자마자 인터넷 쇼핑몰을 차려서 크게 성공했다. 그녀는 돈을 버는 만큼이나 쓰는 데에도 거침이 없었다. 카드를 한 번에 수백만 원씩 긁는 일이 다반사였다.

그러다 사업이 잠깐 주춤하던 시기가 있었는데 그때 동업자가 투자받은 돈을 들고 잠적해버렸다. 중학교 때부터 단짝이었고 사업도 처음부터 함께했던 친구였다. 한효범이 갚아야 할 돈은 12억 원이었다. 투자금을 갚기 위해 사업을 정리해야 했다. 그때는 언제든 만회할 수 있다고 생각했다.

그런데 벌이가 없는 때에도 그녀의 씀씀이는 여전했다. 새로 시작한 쇼핑몰이 자리를 잡기도 전에 그녀가 갚아야 할 부채가 어마어마하게 늘었다. 견디다 못한 애인이 그녀를 떠났고 그녀는 곧 우울증에 걸렸다. 사업은 실패했다.

손경진은 사회 부적응자였다. 그녀는 대학 첫 학기를 간신히 마친 뒤 다시는 등교하지 않았다. 그녀는 아무 의욕도 없었다. 부모님을 대할 면목이 없었으므로 방에만 틀어박혀 지냈다. 결국 시시하게 죽을 거라고 생각했다.

주영기는 전과자였다. 스무 살 적에 친구와 사소한 일로 주먹다짐을 벌이다 상대를 죽음에 이르게 한 것이었다. 전과자가 살아가는 법은 두 가지다. 편견을 이겨 내든지 또다시 범죄를 저지르든지.

처음 몇 년 동안 그는 편견을 이겨 내고자 애썼다. 식당에서 배달과 허드렛일을 하며 성실히 살았다. 그러는 사이에 결혼을 하고 아이도 생겼다. 그러나 식당에 도둑이 들었을 때 가장 먼저 의심을 받은 것은 주영기였다. 비록 가장 먼저 풀려난 것도 그였지만 어쨌거나 사장은 그를 불신하게 되었고 그에게서 무엇이든 트집을 잡으려고 애썼다.

마침내 주영기가 폭발했다. 다툼 끝에 그는 사장을 칼로 찔러 죽이고 말았다. 아내와 아이를 남겨 둔 채로 멀리 도주했다. 그는 낮에 숨고 밤에 이동하며 지난날을 곱씹었다. 어디서부터 잘못된 것인지 생각했다.

위 네 사람 각각의 막다른 인생의 끝에는 내가 있었다. 이들은 나를 찾아왔다. 엄밀히 말하면 내가 이들을 찾은 것이었다.

"사람 좀 찾아주세요. 서너 명쯤."

새해가 밝고 봄이 되도록 조향사로부터 기별이 없었으므로 나는 다른 가능성을 모색하기로 했다. 물론 이번에도 여지없이 박여송 씨부터 설득해야 했다.

"누구요?"

"죽으려는 사람이요."

그러면서 나는 조건을 달았다.

"목숨이라도 팔아야 할 만큼 돈이 궁한 사람."

"무슨⋯. 이번에는 무슨 꿍꿍이예요?"

내가 계획을 설명하자 그가 펄쩍 뛰었다.

"이거 큰일 낼 사람이네. 난 안 해요. 아니, 못 해요. 그건 범죄라고!"

"범죄가 아니고 계약입니다. 쌍방 모두에게 이로운 계약이죠. 자살자들에게 돈과 편의를 제공한다고 생각해보세요. 저 역시 원하는 걸 얻고요. 윈윈 아닙니까."

"말 같지도 않은 소리!"

그는 화를 내며 나가버렸다.

다음 날도, 그다음 날도 그는 내 방에 찾아오지 않았다. 나는 애가 탔지만 참을성 있게 그를 기다렸다.

일주일이 지나자 그가 나를 보러 왔다. 그도 나름의 계산을 해본 모양이었다. 실종됐을 때 문제가 되지 않을 사람으로 알아보겠다고 했다. 나는 그에게 수당을 올려주겠다고 했다. 여전히 그는 돈 때문이 아니라고 했다.

"사람만 구하면 그 뒤로는 난 모릅니다."

"그러세요."

"그래서 목숨값은 얼맙니까?"

"글쎄, 얼마가 적당할까요? 1억 원이면 모자랄까요?"

"후…. 그 절반만 줘도 줄을 설 겁니다."

"잘됐네요. 그럼 그건 알아서 해주세요. 다만 최대한 서둘러야 합니다."

박여송 씨가 양원석, 한효범, 손경진 그리고 주영기를 별장으로 데려왔을 때는 6월 중순이었다. 얼굴도 체격도 제각각이었지만 그들은 결국 같은 부류로 느껴졌다. 삶을 체념한 인간이란 형겊 인형처럼 푸석푸석하고 권태로운 모습이었다. 나도 한때는 저들과 같았다. 이 지긋지긋한 삶이 다하기만을 기다리며 시간을 보냈었다. 하지만 이제는 저들의 도움을 받아 죽음을 유예하고 생을 거머쥘 터였다.

계획은 간단했다.

지원자는 지정된 시각에 지정된 장소에서 엄격한 통제하에 죽음을 맞이한다. 그리고 숨이 끊어지는 순간에 주변 공기를 채취한 뒤 그것을 질량분석기에 넣고 돌린다. 그렇게 냄새 분자를 얻어내 조향사에게 건네면 그것을 바탕으로 확실한 재료를 써서 냄새를 재현할 수 있을 것이다.

이는 남영성의 말에서 힌트를 얻은 것이었다. 요컨대 냄새를 맡으려면 누군가가 죽어야 한다.

"너무 번거로운 것 아니야?"

내가 전화로 남영성에게 계획을 설명하자 그가 말했다. 그는 박여송 씨 외에 내가 계획을 털어놓은 유일한 사람이었다.

"뭘 채취하고 분석하고…. 그냥 도련님이 옆에 서 있다가 직접 냄새를 맡으면 되잖아?"

"물론 제가 옆에서 지켜볼 겁니다. 하지만 죽음을 앞둔 사람만 그 냄새를 맡을 수 있다면 저에게는 냄새가 나지 않을 수도 있으니까요. 헛된 죽음이 되지 않게 해야죠."

"히야, 꼼꼼도 하시군."

그는 처음부터 내 계획을 적극 지지했다. 그 역시 죽음에 시달려 왔으니 이 실험의 결과가 궁금할 터였다. 가끔 하는 전화 통화로는 성에 안 찼는지 실험을 앞두고 그는 아예 별장에서 지내겠다고 찾아왔다.

한편, 별장 식구들은 갑자기 들이닥친 투숙객들로 어안이 벙벙했다. 나는 실험을 도와줄 사람들이라고 둘러댔다. 모호하고 불친절할지언정 틀린 말은 아니었다. 더구나 일행 중에 남영성이 있으니 다르게 생각할 수도 없었을 것이었다.

나머지 식구들이 그럭저럭 이해해주는 것과 달리 관리인은 노골적으로 싫은 티를 냈다. 새로 온 사람들은 각자 방에서 대부분의 시간을 보냈고 관리인은 그들과 직접 마주칠 일이 없으니 그것은 차라리 나에 대한 불만이었다. 내가 1년만 있다 돌아갈 줄 알았는데 돌아가기는커녕 되레 군식구를 늘렸으니 달갑지 않은 것이었다.

"몸은 좀 어때요?"

근래 그는 내 건강에 대해 심은하 씨보다 더 많이 물었다. 어지간하면 썩 꺼졌으면 하는 것이었다. 내 건강은 최악까지는 아니지만 좋다고는 못할 수준이었다. 입원할 만큼은 아니고 그렇다고 요양 생활을 청산할 만큼도 아닌 어정쩡한 상태. 그런 데다 실험을 끝내야 하니 여름 동안에는 울진에 머물러야 했다.

"많이 괜찮아졌습니다. 봐서 가을쯤에는 올라갈 수 있겠어요."

"쯧, 얼른 나으셔야지…."

그는 걱정인지 독촉인지 모를 말을 주워댔다.

실험이 지연된 것은 순전히 내 탓이었다. 지하실에 내려간 적도 없으면서 막연히 지하실을 쓸 생각을 했던 것이었다. 그러나 지하실은 곰팡이가 점령한 지 오래였으며 그것들을 몰아내고 쾌적한 상태로 만들기 위해서는 하루 이틀의 공사로 될 일이 아니었다.

늦봄부터 시작한 공사는 7월이 되어서야 마무리되었다.

이제 모든 준비가 끝났다. 나는 죽음을 목격할 것이다. 그리고 냄새의 정체를 알아낼 것이다.

9

순서는 임의로 정했다.

처음은 주영기였다. 내가 그의 방에 찾아갔을 때 그는 침대에 걸터앉아 성경을 읽고 있었다. 나는 종종 지원자들을 찾아가 안

부를 묻고 공사의 진척 상황을 알려주곤 했으므로 그는 내 방문
에 별로 당황하지 않았다.

　일전에도 그는 성경을 읽고 있었다. 오래전 교도소에 있을 때
는 열심히 읽었는데 출소한 후에는 한 번도 들여다보지 않았다
고 했다. 교회에도 성실히 나가고 헌금도 꼬박꼬박 냈더라면 사
람을 죽이는 일은 없었을 거라고 내게 말했다. 나는 그랬을지도
모르겠다고 대꾸했다.

　"이따 자정 전에 모시러 오겠습니다."

　내가 말했다.

　주영기는 잠시 멍하니 나를 바라보더니 이내 무슨 말인지 이
해했다.

　"오늘…이에요?"

　"네. 더 늦어지면 서로 힘들 것 같아서…."

　"아무리 그래도 너무 갑작스러운데."

　"사례금의 나머지도 지체 없이 아내분께 전달해드리겠습니다."

　"저기요, 저기요! 부탁이 있는데…."

　그의 목소리가 떨렸다.

　"마지막으로 저희 집사람이랑 통화 좀 시켜주십쇼. 그냥 목
소리를 듣고만 있어도 돼요. 마지막이잖아요, 네?"

　"죄송합니다. 그건 조금 힘들 것 같아요."

　나는 그가 사람을 죽였다는 걸 기억하고 조금 긴장했다. 하지
만 그도 자신이 억지를 부리는 것을 알았는지 조용히 고개를 떨
구었을 뿐이었다.

실험실은 단출했다. 방음이 되는 밀실 한가운데에는 철제 의자가 놓여 있었다. 방에는 지원자와 나만 들어가기로 했다. 나는 지원자가 죽어 가는 동안 옆에서 냄새를 채취하며, 박여송 씨와 남영성이 유리문 밖에서 만약의 사태에 대비할 것이었다.

주영기도 실험이 어떻게 진행될지를 알고 있었다. 자신이 어떻게 죽을지만 빼고.

어떻게 죽느냐가 관건이었다. 지원자가 깨어 있어야 하므로 안락사는 처음부터 배제되었다. 또한 목을 매면 냄새가 나도 우리에게 전할 수 없을 테니 배제되었다. 마찬가지로 물에 빠뜨리는 방안도 제외했다. 냄새를 맡을 겨를도 없이 일찍 죽어버려도 곤란했다. 가장 좋은 것은 대략 5초 정도의 여지를 두고 죽음에 이르는 것이었다.

때문에 처음에는 전기의자를 설치하는 것을 진지하게 고려했었다. 스위치를 누른 뒤 몇 초 후에 전류가 흐르도록 만드는 것이었다. 그때 남영성이 참견했다.

"가만 보면 도련님은 일을 너무 번잡하게 생각하더라. 서서히 죽이는 데는 이게 직빵이에요."

그러면서 그는 손을 뻗어 내 가슴을 쿡 찔렀다.

"여기가 허파 자리거든. 여길 쏙 찌르면 만사 오케이야. 이거면 전기고 나발이고 다 필요 없이 그냥 회칼 한 자루만 있으면 된다고."

내가 망설이자 그가 킬킬댔다.

"사람 죽이는 게 정 껄끄럽고 찝찝하면 내가 해줄게요."

"아뇨, 그게 아니고 그렇게 하면 언제 죽을지 알 수가 없어서요….."

"언제 죽을지는 몰라도 확실히 죽는 건 내 장담해요."

하기야 전기 공사를 새로 하는 것보다 간편한 방법이었다. 나는 그 방법대로 하기로 했다.

박여송 씨는 반대했다. 그는 살인 방조와 살인은 차이가 크다고 말했다. 재고의 여지가 없는 얘기였다. 내 생각에 둘은 냄새를 알고 죽느냐 모르고 죽느냐의 차이만큼 크진 않았으니까.

본관 건물은 밤 10시면 복도를 소등했다. 이후로 식구들은 각자 방에서 시간을 보냈다. 남영성과 나는 12시에 주영기를 데리러 갔다. 주영기는 어두운 방에서 묵상하고 있었다. 우리가 들어서자 그는 힘없이 우리를 따라나섰다. 창은이 틀어놓은 헤비메탈 음악이 복도를 쿵쿵 울렸다. 악마가 울부짖는 듯한 소리 덕분에 아무도 우리의 기척을 느끼지 못할 터였다.

우리는 주영기를 의자에 앉히고 팔과 다리를 케이블타이로 묶었다. 애써 담담한 체했지만 안대로 눈을 가리자 그는 몹시 불안해했다.

"뭐, 뭐 하는 거예요? 최대한 편안하게 죽여준다고 했잖아요? 주사 놔주는 거 아니었어요?"

나는 딱히 그런 약속을 한 기억은 없었지만 그래도 배려하는 차원에서 휴대폰을 꺼내 음악을 틀어주었다. 장송곡을 틀어줄까 하다가 너무 짓궂다는 생각에 그냥 피아노 연주곡을 재생했다.

그러나 주영기는 진정되기는커녕 더욱 심하게 버둥댔고 그럴

수록 타이가 손목과 발목을 더욱 강하게 속박했다. 아무리 그래도, 아니 그렇기 때문에 더욱, 자기가 곧 칼에 찔린다는 사실을 알려줄 수는 없었다.

"가만히 계시면 금방 끝납니다."

내 목소리가 들리자 그도 조금은 안심한 듯했다. 아니면 헛된 저항을 포기했거나.

남영성이 비품실에서 칼을 가져다주었다. 이제 우리 둘만 남았다.

희끔한 백열등 아래서 어쩐지 칼날이 무디어 보였다. 과연 이게 살을 찢고 폐에 닿을 수 있을까? 하지만 망설일 여유가 없었다. 지금 이 순간에도 죽음은 내게 다가오고 있었다. 나는 남영성이 일러준 지점에 칼날을 대보았다. 주영기는 알아차리지 못했다. 나는 크게 한 번 심호흡했다. 피아노 연주곡은 주영기보다는 내게 효과가 있었다. 나는 침착하게 회칼을 밀어 넣었다. 조금 걸리는 느낌은 있었지만 그래도 갈비뼈를 비껴간 모양으로 꽤 깊숙이 들어갔다. 그의 셔츠에 붉은 꽃이 피었다.

불의의 습격에 놀란 주영기가 헐떡였다.

"으, 으윽!"

나도 헐떡거렸다. 심장이 마구 쿵쾅거렸다. 사람을 찔렀다는 사실에 흥분이 돼서? 그보다는 곧 죽음의 본모습을 알아낼 수 있다는 사실에 흥분이 된 것이었다.

칼을 바닥에 내려놓고 미리 준비한 플라스틱 통을 꺼냈다. 혹시 몰라 두 개를 준비했다.

"아시죠? 수상한 냄새가 나면 바로 말씀해주셔야 합니다."

주영기는 고통에 신음했다. 입에서는 상소리가 섞인 새된 소리만 흘러나왔다.

오래지 않아 그는 축 늘어졌다. 숨이 끊어진 것이었다. 아무 냄새도 나지 않았고 주영기는 아무 말도 하지 않았다. 나는 허둥대면서 뚜껑을 닫았다.

다음 날 박여송 씨는 플라스틱 통을 미리 섭외한 대학원생에게 전달했다. 대학원생이 자기네 연구실 기계로 분석해 결과를 알려줄 것이었다. 그리고 주영기는…. 주영기도 박여송 씨가 알아서 처리하기로 했다.

남영성이 물었다.

"실험이 잘된 거 같아요?"

"글쎄요. 저는 아무 냄새도 못 맡아서…."

"도련님이 찔린 게 아니니까 그렇겠지."

그가 또 킬킬댔다.

"그 기계가 냄새를 알아내면 어떡할 거요?"

"곧장 조향사 선생님께 보내야죠."

"아니, 내 말은…. 나머지 사람들은 어떡할 거냐고. 이제 죽일 이유가 없잖아요, 안 그래?"

"그렇죠…."

"하지만 그 사람들을 내보냈다가는 밖에서 무슨 얘길 떠들어 댈지 모르고."

나는 입을 다물었다.

"그 문제는 도련님이 고민 좀 해봐요."

며칠 후 우편으로 분석 결과가 도착했다. 기계가 알아낸 바로 내가 보낸 통에는 그냥 평범한 공기가 들어 있었다고 한다.

10

두 번째는 한효범이었다.

사실 그녀는 죽을 이유가 없었다. 상황을 놓고 보자면 그 정도로 궁지에 몰린 건 아니었다. 노력 여하에 따라서는 충분히 재기할 수도 있었다. 그렇기에 나는 그녀가 잘 이해되지 않았다.

얼마 전에 그녀는 자기 계획을 털어놓았다. 그녀는 사람을 고용했다고 했다.

"내 친구랑 애인요. 그 두 명 잡아다 죽여달라고 했어요. 최대한 고통스럽게."

"누구한테요?"

"그런 거 전문으로 하는 청부업자가 있어요. 입금만 되면 바로 착수하겠대요."

"그래서 죽겠다고요?"

나는 이해가 안 됐다.

"나는요, 걔들한테 복수할 수 있으면 죽어도 좋아요. 그러니까 어차피 복수할 거면 조금 일찍 죽어도 상관없죠."

"흠, 그건 뭔가…."

나는 입을 다물었다. 본인이 기꺼이 죽어주겠다는데 내가 나서서 초를 칠 필요는 없을 것이다.

"그리고 그게 다가 아니에요."

한효범은 점점 뚱딴지같은 소리를 늘어놓았다.

"청부업자가 일을 제대로 해낸다는 보장이 없잖아요. 그러니 내가 죽어서 귀신이 되면 걔들 앞에 나타나려고요. 죽도록 괴롭혀야지. 정말 완벽한 계획 아니에요?"

"그렇군요. 완벽한 계획이네요."

피로해진 탓에 나는 적당히 맞장구를 쳐주었다. 원한이 그녀를 망가뜨려 놓았다.

이 이야기를 들은 박여송 씨는 그녀에게는 사례하지 말자고 했다. 범죄를 할 걸 알면서 돈을 내줘서는 안 된다는 것이었다. 하지만 나는 청부업자의 계좌에 돈을 보내도록 했다.

"한효범 귀신이 여기로 찾아오면 어쩌려고요."

물론 그 때문은 아니었지만.

한효범도 주영기와 같은 방식으로 죽었다. 다만 회칼은 긴 송곳으로 바꾸었고 방에는 의자를 하나 더 가져다놓았다. 나는 거기 앉아서 그녀가 죽어가는 모습을 면밀히 지켜보았다.

고통에 몸부림치며 그녀가 말했다.

"고, 고마워요…."

그녀는 끝까지 나를 당황케 했다. 나중에 생각하기로 그녀는 내가 얼굴을 훼손하지 않은 것에 고마워한 것이었다. 어떻게 죽든 괜찮지만 가급적이면 얼굴은 건드리지 말아달라고 얘기했던 게 기억났다. 그녀는 친구와 애인이 자신을 못 알아볼까 봐 걱정했다.

죽기 전에 그녀는 또 말했다.

"아아…. 이 냄새가…."

한효범은 냄새를 맡았다. 나는 찰나를 놓치지 않고 그녀 얼굴 가까이에서 뚜껑을 닫았다. 그래도 안심이 안 되어 비닐로 봉하기까지 했다. 나는 맡지 못했으나 그녀는 맡은, 죽음의 냄새를 포획하는 데 성공한 것이다.

그러나 질량분석기는 이번에도 특이사항이 없다고 알려왔다.

실험은 이후 며칠 동안 중단되었다. 내가 쓰러졌기 때문이었다. 상심이 큰 탓이었을까, 창은과 과외를 하고 내려오던 나선 계단에서 굴러 의식을 잃었다. 심은하 씨 말로는 이번엔 진짜로 위험했다고 했다. 글쎄, 그래도 죽을 정도는 아니었을 것이다. 냄새를 못 맡았으니까.

기력을 되찾고 곧바로 세 번째 실험을 강행했다. 세 번째는 양원석이었다.

그의 사정을 듣고서 나는 왜 동생들에게 도움을 받지 않느냐고 물었다. 그는 도저히 그렇게는 못 하겠다고 대답했다. 동생들에게 자신은 늘 우러러볼 대상이어야 한다는 것이었다.

"빚을 갚으면 돈이 조금 남을 건데요, 그사이에 이자가 얼마나 붙었을지는 모르지만…, 아무튼 나머지는 우리 동생들한테 공평하게 나눠주세요."

평생을 누군가에게 기대어 살아온 나로서는 그의 사고방식을 납득할 수 없었다. 그러나 혹시 내 동생이라면 양원석의 마음을 이해할지도 모른다는 생각이 들었다. 동생은 다른 사람의 도움이라면 몰라도 내 도움만은 받지 않을 것이다. 우리 남매는 우애가 돈독했지만 그와 별개로 나는 동생이 나를 낮잡아 본다고 느낄 때가 종종 있었다.

한편, 이번 실험은 조금 다르게 진행하기로 했다. 쓰러져 있는 동안 나는 문득 새로운 가설이 떠올랐는데 그것을 확인할 생각이었다.

그래서 나는 양원석의 코를 막았다.

"아시죠? 냄새가 나면 반드시 알려주셔야 합니다."

"아니, 코를 막아놓고 무슨 냄새를 맡으라고?"

처음에 송곳은 양원석의 뼈에 걸려서 본의 아니게 불필요한 고통을 주었다. 두 번의 시도로 폐에 구멍을 내는 데 성공했다. 그의 가무잡잡한 얼굴이 벌게졌고 관자놀이께 혈관이 불룩거렸다. 내가 그의 코앞에서 지켜보고 있었지만 그의 시선은 내가 아닌 어딘가 먼 데를 응시하고 있었다. 문득 나는 그가 곧 죽을 것을 직감했다.

"냄새요, 냄새는요!"

내가 닦달하자 그가 대답했다.

"그, 그래. 냄새. 나요…. 냄새가 난다고….."

실제로 그가 죽은 것은 그로부터 5초가량 뒤였다. 고개가 푹 수그러졌다. 나는 플라스틱 통에 냄새를 담긴 했지만 내 생각이 맞는다면 그것은 쓸모가 없을 터였다. 아닌 게 아니라 질량분석기는 지난번과 같은 결과를 전했다.

이로써 나는 결론을 내렸다. 세상에 그런 냄새는 존재하지 않는다고.

남영성이 항변했다.

"아니야. 그쪽 할배도 그렇고 나도 그렇고 똑똑히 맡았다니깐."

"그래요, 그건 거짓이 아닐 겁니다. 다만 실제로 그런 냄새가 없다는 말씀입니다."

"뭐? 웬 횡설수설이야?"

"들어보세요. 냄새를 맡는다는 것은 냄새 분자에 우리 코가 반응하는 겁니다. 냄새 분자가 후각세포의 수용체와 결합해서 뇌가 냄새를 인지하거든요. 결국 냄새라는 건 코가 아니라 뇌가 알아차리는 거지요."

"여전히 횡설수설로 들리는데."

"그런데 코를 막았는데도 양원석은 냄새를 맡았어요. 다들 맡는 자리에서 저는 아무 냄새도 못 맡았고요. 그러니 그 냄새는 코에서 신호를 보낸 게 아니라 뇌가 제멋대로 착각했다고 볼 수 있겠지요."

"헛것을 보듯이 내가 헛냄새를 맡았다는 얘기야?"

"네."

"허어. 별일이군."

남영성은 실망했다. 그러나 나만큼은 아니었다. 나는 실망을 넘어 가히 절망했다. 앞으로 나는 그 냄새를 죽기 전에 딱 한 번 맡을 수 있을 것이다. 그 냄새를 맡으면 즉각 죽음에 이를 것이다.

"그럼 이제 실험은 안 해요? 손경진은 어쩌려고?"

남영성이 물었다.

"돌려보내려고요. 대신 주기로 했던 돈은 그대로 줄 겁니다."

"헷, 돌려보내도 어차피 죽을 앤데 그냥 여기서 마무리하는 편이…."

"아니요, 저는 살인자가 아닙니다."

남영성이 입을 삐쭉 내밀었다. 나는 그가 무슨 생각을 하는지 알고 있었다. 이미 세 명이나 내 손에 죽었으니 무슨 변명을 하건 나는 살인자라는 것이겠지. 그가 나를 어떻게 생각하든 상관없었다. 어쨌든 손경진은 무사할 것이다.

남영성은 흥미를 잃고 춘천으로 돌아갔다.

그다음 날 나는 점심이 되기 전에 손경진의 방으로 올라갔다. 그녀는 커튼을 살짝 열어 그 틈새로 바깥 구경을 하다가 내가 들어서자 아무 일도 없었다는 듯이 커튼을 닫았다.

"지내는 데 불편한 점은 없습니까?"

손경진은 고개를 끄덕였다.

"일전에 말씀드린 실험 말인데요, 따로 알려드리진 않았지만 한 보름쯤 전부터 시작했었습니다."

그것은 다른 참가자들에게도 마찬가지였다. 괜한 동요를 방지하려는 것이었다. 서로 교류가 없으니 다들 당일에야 자기가 죽는다는 것을 알았다.

"아무튼 그래서 지금은 손경진 씨만 남은 상황이에요. 그런데 저희 쪽에 사정이 생겨서 이제 실험은 중단하기로 했거든요."

말하면서 나는 그녀의 눈치를 살폈다. 내 말이 끝나도록 그녀는 표정에 별다른 변화가 없어서 무슨 생각을 하는지 알 수가 없었다. 그러다 불쑥 그녀가 말했다.

"이제 제가 필요 없나요?"

"원하시면 며칠 더 계셔도 되지만 내일 당장에라도 저희 직원이 댁까지 모셔다드릴 겁니다. 사례도 직접 챙겨드리고요."

그녀는 내 대답이 마음에 들지 않았는지 재차 물었다.

"이제 제가 필요 없나요?"

"어…."

나는 어떻게 대답해야 좋을지 몰라 고개만 끄덕거렸다. 이번에는 그녀가 나를 관찰했고 나는 왜인지 시선을 떨구어 그녀로부터 피했다. 그녀는 아무 말도 하지 않았다.

그날 밤 손경진은 커튼 봉에 목을 매고 스스로 목숨을 끊었다. 관리인이 아침에 정원을 청소하다가 창가에 드리운 그림자를 발견했다. 그 모습이 심상치 않아서 확인하러 왔다고 했다. 그는 염려하거나 기겁하기보다는 마구 짜증을 냈다. 나는 그녀가 죽기 전에 냄새를 맡았을지 더 이상 궁금하지 않았다.

11

남영성에게는 진짜로 위기 회피 능력이 있을지도 모른다. 애초에 그가 주장한 대로 손경진을 처리했더라면 문제가 없었을

것이다. 그러나 내가 도덕군자처럼 구는 바람에 일을 그르쳤고
상황이 심각해졌다. 아침 식사 전에 별장 식구들이 손경진의 시
신 앞에 모두 모였다. 오직 남영성만이 무사히 빠져나갔다.

"혹시 신고했어요?"

내가 물었다. 관리인이 고개를 가로저었다. 심은하 씨도 아
직 안 했다고 했다.

"잘하셨어요. 신고하면 안 돼요."

"무슨 말이야, 그게? 신고 안 할 거야?"

"걱정 마세요. 우리가 알아서 처리할게요."

"여기 우리 말고 우리가 또 있어? 너, 이 사람 왜 이렇게 됐는
지 당장 말해."

심은하 씨가 다그쳤다. 기세가 살벌해 다른 식구들은 가만히
눈알만 굴렸다.

"혹시 명진이 네가 죽였니? 그래?"

"아니에요."

"그럼 말해봐, 얼른."

나는 우물쭈물하며 대답을 망설였다. 박여송 씨도 우두망찰
서 있을 따름이었다.

"됐어. 신고할 거야."

"자, 잠깐만."

내가 그녀를 붙들었다. 이렇게 된 이상 털어놓는 수밖에 없었
다. 나는 신중하게 운을 뗐다.

"왜 신고하면 안 되는지 전부 말씀드릴게요."

우리는 식탁에 둘러앉았다. 나는 그 자리에 창은이 있는 게 퍽 껄끄러웠지만, 심은하 씨가 모두 모인 데서 말하도록 내게 종용했다. 그리하여 나는 할아버지의 일기부터 시작해 어떻게 사람을 죽이게 되었는지까지 샅샅이 고해바쳤다.

　내 얘길 듣는 반응들은 제각각이었다. 박여송 씨야 그렇다 쳐도 심은하 씨 역시 눈썹 하나 까딱하지 않고 들었다. 반면 관리인은 때로는 숨을 들이마시고 때로는 거칠게 상소리를 내뱉었다. 그런데 한편으로는 내심 즐거워하는 듯도 보였다. 그의 아내는 두 손을 꼭 모은 채로 입술을 오물거리며 무언가를 연신 중얼거렸다. 아마도 기도문일 터였다. 그리고 창은은 무슨 징그러운 벌레를 보듯이 나를 쳐다봤다. 그 애는 나를 경멸하게 된 것이었다.

　"그럼 다른 사람들은? 다 죽었다며? 그건 어떻게 처리했어?"

　"제가 했습니다."

　박여송 씨가 말했다.

　"그러니까 어떻게 했냐고."

　"후배 중에 의대 다니는 놈이 있는데, 예전에 자기 연구에 상태 좋고 부패 안 된 시체가 필요하다고 얘기했었거든요. 이게 윤리적으로 문제가 있어서 학교로부터는 지원을 못 받는다나. 그 생각이 나서 연락했더니 아주 반색하더라고요. 시체를 못 구해 연구가 진행이 안 된다면서. 그래서 그놈한테 보냈습니다. 여기 손경진도 가져다주면 요긴하게 쓰일 거예요."

　"무슨 연군데?"

"그것까지는 저도 잘⋯."

"알았어. 그건 안 궁금해. 앞으로 우리가 위험해질 일이 없는지만 알면 돼."

"문제없습니다."

"확실해? 어떻게 처리했는지 다시 확인해서 알려줘."

박여송 씨에게 거듭 다짐을 받고 나서야 심은하 씨는 조금 진정했다.

"이봐요."

이번엔 관리인이 끼어들 차례였다. 그가 내게 말했다.

"보아하니 얼렁뚱땅 넘기려는 것 같은데 별장 책임자로서 나만 독박 쓰는 것 아니오?"

"절대로 폐 끼치는 일 없도록 할게요."

"이미 폐를 끼치고 있는데 무슨 소리야. 그래, 그렇게나 내 생각을 해주신다면 나도 한두 개쯤 요구할 권리는 있겠지. 긴말 않을게요. 하나, 월급 올려주시고, 둘, 이제 방 빼요. 1년만 지낸다더니 질질 끌다가 이 사달이 났잖아."

관리인의 카랑카랑한 음성이 어쩐지 웃음소리처럼 들릴 지경이었다.

"안 그러면 경찰서에서 무슨 말을 할지 모르니 알아서들 하셔."

"지금 협박하는 겁니까?"

박여송 씨가 날카롭게 반응했다. 관리인도 물러서지 않았다.

"왜, 수틀리면 나도 죽이시려고?"

"진정하세요, 진정. 말씀하신 것 다 들어드릴 테니까⋯."

내가 말했다.

그렇게 상황이 정리되었다. 신고는 무마되었고 퇴거가 결정되었다.

나도 더는 미련이 남지 않았다. 떠나기로 한 이상 언제든 가버리면 그만이었다. 하지만 그러지 않은 것은… 창은이 나를 보려고도 하지 않아서였다. 나는 그것을 바로잡고 싶었다. 우리가 좋은 감정을 지닌 채로 헤어졌으면 했다. 결국 미련이 남았던 것일까. 그래서 짐 정리를 핑계로 별장에 남았다. 보나 마나 관리인이 구시렁대겠지만 며칠 더 머무르는 정도는 괜찮을 터였다.

그런데 내가 몰랐던 사실이 있었다. 별장에 머무르기로 한 결정은 결코 내가 원한 게 아니었다는 사실 말이다. 그때는 내가 창은과 좋게 헤어지기를 바란다고 생각했었다. 하지만 그것은 착각이었다.

죽음은 단순한 현상이 아니다. 죽음은 의지이다. 그 의지가 나를 이곳 울진에 며칠 더 매어두고자 농간을 부린 것이었다. 그래야 얼마 남지 않은 내 생명을 갈취할 수 있기 때문이었다. 나는 교활한 의지에 이끌려 영문도 모른 채 별장에 남기로 결정했으며 그러한 까닭을 창은과의 관계 개선에서 찾았다. 그런 뒤에 그걸 숨길 요량으로 짐 정리를 구실 삼은 것이었다.

돌이킬 수 없는 지경에 이르러서야 나는 내가 덫에 걸렸음을 깨달았다.

12

떠나겠다고 공언한 다음 날부터 이변이 일어났다.

짜고 비린 갯냄새가 바람에 실려 오는 게 드문 경우는 아니었으나 그날은 유독 심했다. 정원까지 나갈 것도 없이 방에서 창문만 살짝 열었음에도 갯가를 거니는 듯 끈적한 바람이 엄습했다. 그러더니 점심 무렵에는 밖에서 묘한 소리가 들려 오는 것이었다. 처음에는 우우, 하고 낮게 들리던 것이 창가로 다가갈수록 푸스스, 하거나 츠츠츳, 하는 성마른 아우성으로 변모했다. 무심코 커튼을 젖히자마자 머리끝이 쭈뼛해졌다. 뭔지 모를 벌레들이 정원을 시커멓게 덮고 있었던 것이다. 비현실적인 광경을 멍하니 보고 있으려니 개중에 한 마리가 바깥쪽 창에 등장해 유리를 타고 주르륵 미끄러져 내려왔다.

그것은 갯강구였다. 회갈색의 납작한 몸통에 가시 같은 다리가 십수 개나 달린 벌레 말이다. 그것의 긴 더듬이가 마치 내 방을 염탐하는 듯 유리창을 톡톡 두드리며 서성거렸다. 작은 틈이라도 발견하면 비집고 들어올 기세였다. 이윽고 어디선가 비슷한 놈들이 하나둘씩 나타나더니 창틀에서 득시글대기 시작했다. 나는 아침에 창을 제대로 닫았었는지 기억나지 않으나 차마 확인해볼 용기가 없어 뒷걸음질쳤다. 그러다 무엇엔가 발이 걸려 엉덩방아를 찧고 말았는데 갑각류의 습격이라도 받은 양 혼비백산하여 2층으로 피신했더랬다.

다른 식구들도 벌레에게 시달리기는 마찬가지였다. 아무리

잡아 죽여도 갯강구는 건물 곳곳에서 목격되었다. 관리인은 갯강구가 여기까지 올라온 건 처음 본다고 했다. 결국 우리는 2층으로 방을 옮겨 각자 방에 감금된 채 섬처럼 지내야 했다.

나는 지금이야말로 창은과의 관계 개선을 도모할 절호의 기회임을 알았다. 창은의 옆방을 고른 것도 그 때문이었다. 한효범이 지내던 방이었지만 설혹 그녀가 귀신이 되어 돌아온다고 해도 기꺼이 그 방을 택했을 것이다. 그때 나는 일종의 사명감에 도취되어 있었다.

그날 밤 나는 창은과 대화를 시도했다.

"창은아, 임창은. 나랑 얘기 좀 하자."

그러면서 벽을 가볍게 노크했다. 창은은 대답하는 대신 음악의 볼륨을 키웠다. 쟁쟁거리는 기타 연주가 낮에 들었던 갯강구 소리와 비슷해 소름이 돋았다. 불쾌하기는 창은도 마찬가지였는지 오래지 않아 음악이 멎었다.

나는 어세를 조금 누그러뜨려 재차 말을 걸었다.

"이따 정각에 내가 문 두드릴 테니까 좀 열어줘. 벌레 들어오기 전에. 부탁할게."

여전히 반응이 없었다.

그날 밤은 완전히 엉망이 되었다. 내가 멋대로 찾아간 것이니 창은을 탓할 계제는 아니었다. 창은의 문은 갯강구에게도 내게도 완강히 닫혀 있었다. 반면 내 문은 내가 옆방 문 앞에서 좌절하는 동안 활짝 개방되어 있었다. 벌레들은 기회를 놓치지 않고 틈입했다. 내 방에서 나는 갯강구 두 마리를 압사시켰고 네 마리를 놓쳤다. 이런 데서 잠을 자는 것은 무리였다. 기진맥진하여 선잠에 빠졌다가도 목덜미가 근질거리는 느낌에 소스라치며 깨기 일쑤였다.

다음 날 관리인은 해충 방역업체에 전화를 걸어 사람을 불렀다. 그러나 정오가 되도록 사람은 오지 않았고 애먼 먹구름만 잔뜩 몰려왔다. 한바탕 소낙비가 퍼부은 뒤에, 본격적으로 악몽이 시작되었다. 방역업체 사람은 끝내 오지 않았다.

구름이 해를 차단한 하늘은 오후 내내 어두웠고 숲은 적막했다. 비가 그치고부터 바람도 불지 않았다. 아무리 조용한 날에도 잎사귀는 쏴아, 하고 기척을 내곤 했는데 나무들이 아예 수묵화처럼 멈춰 있었다. 대기가 정지한 듯했다.

이내 우리는 갯강구 떼의 상륙이 지진의 전조였음을 알게 되었다.

갑자기 우지끈하는 소리가 나더니 바닥이 크게 출렁거렸다. 유리창이 파르르 떨었다. 진동은 몇 분이나 지속되었다. 나는 속수무책으로 침대 위를 굴렀으나 다친 데는 없었다.

잠시 진정된 사이 식구들은 서로 안위를 확인했다. 내 방에는 심은하 씨가 다녀갔다. 듣자 하니 모두 무사한 모양이었다.

"제길, 산사태가 났네."

나갔다 돌아온 관리인이 상황을 알렸다. 건물의 한쪽 모서리까지 흙더미가 밀려 왔지만 크게 걱정할 상황은 아니라고 했다. 정문의 지반이 매몰되고 자동차가 나무에 깔린 것에 비하면 말이다. 물론 이 모든 상황을 가장 심각하게 받아들이는 것은 다

름 아닌 관리인 자신이었다. 나머지 사람들은 자기 방에서 재난
영화를 관람하는 수준이었다.

건넛방에서 박여송 씨가 관리인을 불렀다.

"여기 이 건물 지반은 괜찮습니까?"

"나야 모르죠. 6·25 전쟁 전에 토대를 다졌으니 불안하다고
해야 할지, 그래도 지금까지 멀쩡했으니 튼튼하다고 해야 할지."

"그럼 밖으로 대피하는 게 좋을까요? 어떻습니까?"

"글쎄, 모른다니깐. 그래도 저기 자동차 꼴 안 당하려면 여기
계시는 게 나을 텐데."

다들 한동안은 별로 불만이 없었다. 그런데 몇 시간 후에는
상황이 반전되었다. 전기가 나간 것이었다. 갑자기 불이 꺼졌
고, 곧이어 냉방도 꺼졌다. 조금 지나서는 데이터 통신도 먹통
이 되었다.

변압기를 살피러 간 관리인이 짜증 내는 소리가 들렸다. 복구
불가. 지진으로 송전탑이 쓰러졌는지도 모를 일이었다. 관리인
은 무슨 일인지 알아보겠다며 차를 몰고 시내로 내려갔다.

나머지 고립된 사람들이 어둠 속에서 할 수 있는 것은 별로
없었다. 사방이 고요해 갯강구가 지나다닐 때마다 부스럭거리
는 소리가 들려왔는데 마치 누군가가, 예컨대 한효범의 귀신이
내 귓전에 대고 속삭인다는 착각이 들었다. 밀실에서 냉방마저
끊기니 땀이 주룩주룩 흘렀다. 여기나 저기나 어차피 갯강구에
둘러싸여 있을 거라면 밖으로 나가는 게 낫지 않을까 생각하면
서도 차마 실행에 옮기지 못하고 있었다.

나는 나지막이 창은을 불러보았다. 별로 기대한 건 아니었는데 이번엔 대답이 돌아왔다.

"…알았어요."

우리는 서로를 의지할 상대가 필요했다. 이번엔 내 방도 확실히 단속하고 왔다.

창은은 침대에 앉았고 나는 의자에 앉았다. 그런데 막상 마주앉으니 무슨 말을 할지 몰랐다. 어쨌거나 내가 사람을 죽인 건 사실이니까.

"그땐 그 냄새의 정체를 꼭 알고 싶었어."

내가 말했다.

"그걸 알아내면 조금 더 살 수 있겠다고 생각했거든."

"그 얘긴 그만해요."

창은이 말했다.

다시 무거운 침묵이 내려앉았다. 갯강구의 기척이 그리울 지경이었다.

하릴없이 앉아 있자니 열없어진 나는 괜스레 창가를 서성거렸다. 관리인이 돌아와 이 어둠과 침묵과 불편을 타개해주기를 소망했다. 아직 이른 저녁이었으나 밖은 여전히 어두웠다. 관리인 말대로 이 일대의 전기가 모두 나간 모양이었다. 뭍은 되레 캄캄했고 그나마 바다가 어슴푸레한 달빛을 반사하고 있었다. 그리고 보니 이 방에서는 바다가 보인다고 했지. 내 시선은 자연히 바다를 향했다.

그때 불현듯 수평선을 훑고 지나가는 빛이 있었다. 멀리 등대에서 나오는 불빛이었다.

"앗, 저 등대는 왜 전기가 안 끊겼지?"

"등대는 자가발전해요."

창은이 무심히 대답했다. 무인등대여서 시간에 맞춰 자동으로 점멸한다고 했다.

나는 다시 바다로 시선을 돌렸다. 바다는 검은 사막처럼 잔잔했고, 배는 한 척도 눈에 띄지 않았다. 그런데 스쳐 지나가는 등대 불빛에 무언가 걸렸다.

어쩌면 나는 일종의 환각을 경험했던 건지도 모르겠다. 비몽사몽 중이기도 했고 내내 심신이 지쳐 있었으니까. 그래, 내가 본 것이 차라리 환각이었다면 좋으련만….

그것은 섬, 또는 산, 또는 거인의 형상이었다. 부자연스럽게 우뚝 솟은 무언가가 바다 한가운데 있었다. 나는 자세히 관찰하려고 창가로 한발 다가섰다. 다시 등대 불빛이 그것을 비추었을 때 나는 놓치지 않고 악귀의 모습을 볼 수 있었다.

문어의 얼굴에 악어의 피부, 그리고 비대한 인간의 몸이 기괴하게 결합된 형상이 거기 있었다. 물론 그것만으로는 설명이 불충분할 것이다. 얼굴에서 촉수들이 갈라져 나와 뭔가를 탐색하듯 흐늘거렸고, 등 뒤로 뼈만 앙상하게 남은 날개가 초라한 위신을 드러내고 있었다. 몸통을 두른 비늘은 무쇠처럼 단단해 보이면서도 벨벳처럼 윤이 났다.

내가 죽음에 대해 막연히 품고 있던 심상을 구체화해도 그것보다는 덜 끔찍할 터였다. 그것이 육지를 향해, 나를 향해, 비틀거리며 걸음을 내디디고 있었다.

"저, 저, 저게 뭐지?"

내가 창은을 불렀다.

"창은아, 이리 좀 와서 봐봐."

"뭔데요."

"저기 바다에….."

창은이 마지못해 내게로 왔다.

"어디요?"

"저기 저거."

내가 손가락으로 그것을 가리켰다.

"새카매서 모르겠는데."

등대의 도움이 없다면 그것은 흑색의 바다나 하늘로부터 구
별하기 어려웠다. 나는 등대가 다시 비추기 전에 조금 더 자세
히 확인할 요량으로 창을 개방했다. 갯강구는 안중에도 없었다.

"뭐, 뭐 하는 거예요!"

창은이 나를 말리려 했으나 내가 더 빨랐다. 창이 열리자 답
답한 공기가 빠져나가고 바깥의 공기가 방으로 들어왔다.

그러자 구역질 나는 냄새가 해일처럼 밀려왔다. 비릿하고 시
큼한 동시에 깊숙한 데서 무언가 썩고 있는 듯한, 천 개의 무덤
이 일제히 열린 것 같은, 미지의 야수가 더운 입김을 뿜어내는
듯한 강렬한 악취가….

"윽, 이 냄새 뭐야!"

창은이 코를 싸쥐었다. 나만 맡은 게 아니었다.

나는 거의 본능적으로 창은에게 몸을 던졌다. 우리는 침대로 포개어 쓰러졌고 무슨 일이 벌어질지 몰라도 나는 그 애를 꼭 감싸고 있었다.

이윽고 대지의 세 번째 공격이 시작되었다.

그것이 끝이었다.

아니, 완전히 끝장나기까지는 아직 약간의 시간이 남아 있었다. 별장의 지반이 푹 꺼지면서 2층 바닥도 무너져 내렸다. 아래층으로 추락한 우리는 그러나 침대 위에 있었던 덕에 놀랍게도 거의 무사했다. 창은이 비틀거리며 잔해 사이로 내려섰고 나는 그러지 못했다. 심장이 말썽이었다. 언제나 나를 위협하던 시한폭탄. 나는 왼쪽 가슴을 옴켜쥔 채 의식을 잃어 가고 있었다.

죽음은 내 생명을 거두기 위해 총공세를 펼쳤다. 갯강구들이 곧 다가올 참사를 감지한 듯 숨을 곳을 찾았고, 은신하기에 적당한 곳으로 하필 나를 골랐다. 한 마리가 내 뺨에 오르더니 더듬더듬 구멍을 찾았다. 녀석은 이내 콧구멍을 찾아냈다. 비좁은 구멍을 가로막은 채 버둥거리니 나로서는 입을 벌리지 않을 재간이 없었다. 갯강구는 입으로 들어갔다. 거부해도 불굴의 의지를 꺾지 못했다. 다른 구멍을 노리는 녀석들도 있었지만 갯강구들은 대체로 입을 선호했다.

그렇지만 내 사인은 질식사가 아니었다. 나는 내가 밟아 죽인 갯강구들처럼 압사할 운명이었다. 가까스로 제자리에 붙어 있던 건물 천장이 여진에 의해 와르르 무너졌다.

이렇게 끝났다.

최후의 순간까지 내 뇌는 냄새를 또렷이 인지하고 있었다. 그런데 그것이 정녕 뇌의 착각이며 환후에 불과했을까? 혼몽한 중에도 나는 무언가를 보았다. 그러니까, 천장의 들보가 내 두개골을 박살 내기 직전에 말이다. 보일 리 없는 동시에 봐서는 안 되는 것이었다.

어디선가 검고 축축한 촉수가 나타나 실뱀처럼 내게 달라붙었다. 냄새의 근원은 그 촉수였다. 그것들은 나를 어디론가 끌고 가려고 했다. 정확히 말하면 나의 무언가를 흡입하고 있었다. 아마도 생명을. 촉수 하나하나가 저마다 의지를 가지고 일사불란하게 움직였다. 그 과정에 몇몇 갯강구도 촉수의 습격을 받아 축 늘어졌다. 갯강구의 생명을 먹어치운 촉수는 희미해지며 어디론가 사라졌다. 원래 있던 곳으로 돌아갔을 테지. 바다의 거인이 있는 곳으로.

모든 죽은 자들이 소환되는 곳으로.

포스트
잇!

어스름이 질 무렵이었다. 사내아이가 의자를 힘겹게 거실로 옮기더니 그 위에 올라섰다. 눈높이에는 어항이 있었고 그 안에서 금붕어 두 마리가 유유히 헤엄치고 있었다. 소년은 호주머니에서 낚싯대를 꺼냈다. 자석이 부착된 플라스틱 개구리를 낚도록 고안된 장난감 낚싯대였다. 소년은 낚싯줄을 어항 속에 퐁당 집어넣고는 기세 좋게 낚여주던 개구리처럼 금붕어들도 잡혀주기를 기대했다.

조롱하듯 낚싯줄 사이로 요리조리 헤엄치며 도무지 잡힐 기미를 보이지 않는 금붕어에게 진력이 날 즈음 소년의 바짓부리를 붙드는 손이 있었다. 까치발을 들고 있던 터라 위험천만한 상황이 벌어졌다. 몸이 휘청대자 어항의 물도 출렁였다. 간신히 균형을 잡은 소년이 동생을 내려다봤다.

"오빠, 엄마는?"

소년은 다시 어항으로 시선을 돌리며 무심히 대답했다.

"없어."

"어디 갔는데?"

"몰라."

응, 하고 잠시 망설이던 동생이 목청껏 외치기 시작했다.

"엄마! 엄마아! 어엄마아아!"

물고기들이 사납게 흩어졌다. 소년이 황급히 동생을 달랬다.

"엄마 나갔어. 슈퍼 갔어. 집에 아무도 없어."

겨우 고함은 그쳤지만 동생은 여전히 불안한 표정이었다.

"그럼 언제 오는데?"

"모르지…."

그러고 보니 지금까지는 한 번도 이런 일이 없었다. 곁에는 항상 엄마가 있었다. 외출할 일이 있어도 두 남매를 데리고 다녔다. 그런데 오늘 동생이 자는 틈을 타서 엄마는 소년에게 잠깐 슈퍼에 다녀오겠다며, 혹시 동생이 깨면 오빠답게 잘 돌보고 있으라고 당부를 하고 나간 것이다. 그 순간에는 소년도 다른 꿍꿍이가 싹트고 있었으므로 별다른 의문을 품지 않았었다. 그리고 엄마가 나가자마자 그간 벼르던 물고기 낚시를 시작한 것이다. 그랬던 소년은 불안하게 흔들리는 동생의 눈동자를 보며 덜컥 겁이 났다. 엄마가 이대로 돌아오지 않으면 어쩌지?

문득 냉장고에 쪽지를 붙여두었다던 엄마의 말이 기억났다.

"이리 와봐."

소년은 울먹이는 동생과 사이좋게 의자를 맞들고 부엌으로 옮긴 다음에 냉장고 앞에 섰다. 역시나 반질반질한 냉장고 표면에는 노란 종이가 붙어 있었다. 포스트잇이었다. 얼마 전부터 한글을 읽는 데 재미가 들린 동생이 또박또박 읽었다.

'안에 포도 있어. 사이좋게 먹어야 돼'

냉장고를 열자 과연 포도가 있었다. 남매는 바구니에 담긴 포도를 꺼내 식탁으로 가져갔다. 동생은 포스트잇에 크게 감명받은 눈치였다. 동생이 포도알을 입 안에 넣고 도르르 굴리면서 소년에게 물었다.

"저기다 쓰면 다 진짜가 되는 거야?"

소년은 거기까진 생각해본 적이 없었으나 오빠답게 호기로운 얼굴로 고개를 끄덕였다.

"응, 아마. 잘은 모르지만 아마."

"그럼 나 하나만 써봐도 돼?"

"뭐라고 쓸 건데?"

동생은 대답 대신 소년의 책상 서랍에서 색연필을 꺼내오더니 글씨를 썼다. 삐뚤빼뚤 서투른 글씨였으나 읽기에 어려움은 없었다.

'아이스크림.'

소년은 힐끔 내려다보고는 점잖게 충고했다.

"무슨 아이스크림인지 써야지."

그러자 동생은 다시 웅크려 글자를 추가했다. 꾹꾹 눌러쓰는 폼이 자못 진지했다.

'딸기 아이스크림.'

그렇게 썼지만 식탁에는 아무런 변화도 없었다. 동생은 고개를 갸웃거렸다. 잠깐 생각하던 소년이 이제껏 왜 이 사실을 몰랐느냐는 투로 외쳤다.

"저기다 붙여야 돼!"

손가락은 냉장고를 가리키고 있었다. 동생은 존경을 담은 눈길로 잠시 오빠를 바라보고는 쪼르르 달려가 냉장고 앞에 섰다.

"어디다 붙여?"

"아이스크림이니까 위에다 붙여야지."

그렇게 말하고는 손수 의자를 가져다주었다. 의자에 올라선 동생은 척 하고 메모를 붙이고는 눈을 질끈 감았다 떴다. 소년의 재촉에("빨리 열어봐") 동생은 냉동실 문을 열었다. 냉동실에는 꽝꽝 얼어붙은 삼겹살과 가래떡과 만두가, 얼음이, 그리고 당연하게도 딸기 아이스크림이 들어 있었다.

"와아."

둘의 입에서 적절한 감탄사가 흘러나왔다. 이제 식탁에는 포도송이와 아이스크림이 가지런히 놓였다. 그러나 남매의 눈길은 다른 데 가 있었다.

"이번엔 아빠라고 쓸래."

"바보야, 아빠는 돌아가셨잖아."

"그럼 써도 안 와?"

오지 않을 이유도 없지, 소년은 생각했다. 마법의 노란 종이가 소원을 가려서 들어줄 것 같지는 않았다. 아니, 그래도 아빠는 돌아가셨는데….

"그래도 한번 써볼게."

교통사고였다. 아빠는 작년 가을 남매와 엄마를 떠났다. 동생은 상황조차 이해하지 못했고 소년은 앞으로 아빠를 못 본다는 사실을 담담히 받아들였다. 그러나 엄마는 한동안 슬픔에서 벗어나지 못했었다. 그런 엄마를 보면 소년도 덩달아 슬퍼지곤 했다. 그래, 아빠가 돌아오면 엄마가 기뻐할 거야.

동생이 선심 쓰듯 건넨 메모지를 받아들고 소년은 이번에는 현관으로 향했다. 동생과 시선을 교환하고, 가녀린 한숨을 내쉰 후에, 소년은 두꺼운 현관문에 포스트잇을 조심스레 붙였다.

'아빠 오세요.'

그러자 초인종이 울렸다.

작가의 말

이럴 줄은 몰랐다.

문서창을 열었을 때만 해도 '작가의 말' 때문에 애먹으리라고
는 예상 못 했다. 그도 그럴 것이 이건 정말 아무 일도 아니었으
니까. 그냥 여흥 같은 거였으니까.

그런데 막상 쓰기 시작하니 그만 머릿속이 하얘진 것이다. 어
림잡아 한두 시간이면 끝냈을 일을 사흘째 빈 화면만 노려보고
있다. 참다못한 아내가 그게 뭐 대수냐는 듯이 말했다.

"자, 불러줄 테니까 받아 적어. 사랑하는 아내에게 이 책을
바칩니다. 오랜 세월 전폭적으로 지지해준 덕에 창작에 매진할
수 있었으며, 이러한 내용이 책에 실리지 않으면 앞으론 국물도
없을 것이며…."

그러나 독자 제위께서 일개 필부의 가정사를 궁금해하실 리

만무. 어쨌거나 국물은 확보했으니 헌사는 이쯤 해두고, 이제 또 무슨 얘기를 쓸지 다시 골몰해보자.

*

사실은 알고 있었다.

내가 속한 합평 모임은 소설 합평 외에도 다양한 문화생활을 향유하고 미식을 추구하며 친목을 도모하는데, 비록 최근 몇 년 간은 온라인 그룹채팅으로 갈음하는 실정이지만 한창때는 매주 만날 만큼 열의가 대단했다.

그 모임에서 한번은 이런 얘기가 나왔었다.

"앞으로는 소설을 쓰면 후기 같은 것도 첨부합시다."

"자고로 작가는 작품으로 말하는 법일진대 그리하자는 의도 가 무엇인지 여쭈어도 될는지."

"우리가 청운의 뜻을 품어 소설도 쓰고 수필도 쓰고 있다지만 후기란 사뭇 생소한 장르가 아니겠습니까? 장차 기량이 늘고 운 도 따라 출간을 목전에 두었을 적에 사소한 것에 발목을 잡혀 일 을 그르치지 않도록 미리미리 실력을 연마하자는 말씀입지요."

"그렇게 깊은 뜻이….."

그럼에도 불구하고 나는 장래를 대비하지 않았다. 내가 알기 론 우리 모두 그랬다. 늑대가 코앞까지 다가왔는데 벽돌집을 세 우기는커녕 볏짚조차 모으지 않은 것이다. 특별한 핑곗거리가 있었던 것도 아니고 그저 위기감이 없었을 뿐이니 잡아먹혀도 할 말이 없다.

＊

그런데 혹시 또 모를 일이다.

저 애기가 오갔을 무렵의 나는 온갖 것들을 온갖 데에다 끼적여대는 이른바 메모 강박에 빠져 있었다. 보고 듣고 경험한 것은 물론이요 불쑥 떠오르는 재미난 소재나 근사한 단어도 닥치는 대로 기록했다. 소설에 쓸 만한 것이라면 무엇이든 상관없었다. 그러니 어쩌면 지금 같은 타이밍에 어울리는 멋들어진 문장을 몇 마디쯤 적어놓았을 수도 있지 않을까?

솔직히 별로 기대는 안 했지만 어차피 손도 뇌도 놀고 있는 김에 메모장을 뒤져보았는데, 그래서 찾은 것들이란 온통 취객의 낙서처럼 의미불명인 단어 꾸러미들뿐이었다. 나는 내가 더는 메모에 집착하지 않게 됐던 이유를 새삼 이해했다. 그래도 소득이 아예 없진 않았다. 개중에 멀쩡한 것이 있었다.

＊

그것은 일기였다.

아이와 있으면서 우습거나 희한하거나 대견해지는 상황을 기록한 모음집으로, 일기 어플리케이션에 저장한 탓에 편의상 일기라고 부르는 것이고 엄밀히는 스케치 정도로 칭하는 게 맞겠다. 실제 있었던 일을 실제 날짜와 함께 기록했으니 그냥 일기로 봐도 무방하겠으나 이 경우 통상의 일기와 일말의 괴리가 느껴지는 것도 사실이다.

하여간 모음집의 분위기는 다음과 같다.

– 아빠, 나는 〈미키와 카레이서 클럽〉(디즈니 만화다)이 별로 재미
  가 없어.
– 왜? 지금까지는 잘 봤잖아. 이제 시시해졌어?
– 그런 건 아닌데… 쥐가 나와서 뭔가 좀 별로야.

이런 것도 있다.

'ㅎ'의 꼭지 부분을 세우거나 눕혀서 써도 된다는 것을 배움.
– 이런 재미가 있네.

또는 이런 것.

– 새 이불 사줄 테니까 이제 이불 버리자. 너무 낡았어.
– 안 돼. 내가 좋아하는 이불이야.
– 이젠 덮지도 않잖아.
– 벌써 이름도 지었단 말이야.
– 뭐? 무슨 이불에까지 이름을 붙여? 이름이 뭔데?
– 핑크색 이불.

다 이런 식인지라 더 본다고 해서 딱히 쓸 만한 문장이 튀어나
올 것 같지는 않지만 나는 어쨌든 이것들을 끝까지 읽었다. 본래
의 목적은 잠시 망각한 채 순전히 읽고 싶어서 읽은 것이었다.
어쩔 수 없다. 애당초 내 취향에 맞는 이야기들만 모았으니까.

그러다 문득 이런 생각을 했다.

이 책에 실린 소설들도 이와 마찬가지다. 무엇보다 나 자신의 즐거움을 위해 쓴 것이다. 이러한 태도가 지금까지는 문제가 안 됐지만 이제는 양상이 달라졌다. '작가의 말'을 쓰면서(빈 화면을 노려보면서) 그만 독자의 존재를 의식해버렸기 때문이다.

그래서 결국 무슨 말을 하고 싶은가 하면, 바라건대 내가 사랑하는 이 아홉 편의 소설이 독자 여러분의 마음에도 들었으면 좋겠다는 얘기다. 나아가 우리 모두에게 이상적인 전개는 2018년 3월 4일 일요일 밤에 이루어진 아래의 대화가 엇비슷하게 재현되는 것이겠다.

자기 전에 아이가 앵무새 이야기를 지어내서 들려줌.
– 오늘은 늦었으니까 이만 자자. 재미있었어. 내일도 얘기해줘.
– 알겠어. 내 마음속에 이야기가 아주 많이 있거든.

2021년 가을
이나경

수록
지면

◇ 〈냉장고에 코끼리 집어넣기〉 2017년 브릿G 게재

◇ 〈극히 드문 개들만이〉
  2020년 제3·4회 타임리프 공모전 수상 작품집
  《꼬리가 없는 하얀 요호 설화》(황금가지) 수록

◇ 〈다수파〉 2016년 〈환상문학웹진 거울〉 게재

◇ 〈누나 노릇〉 2020년 환상문학웹진 〈거울〉 대표중단편선 《누나 노릇》(아작) 수록

◇ 〈사랑손님과 나〉
  2020년 제3·4회 타임리프 공모전 수상 작품집
  《꼬리가 없는 하얀 요호 설화》(황금가지) 수록

◇ 〈포스트잇 사용법〉 2018년 브릿G 게재

◇ 〈메리 크리스마스〉 2017년 브릿G 게재

◇ 〈냄새〉 2018년 〈환상문학웹진 거울〉 대표중단편선 《아직은 끝이 아니야》(아작) 수록

◇ 〈포스트 잇!〉 2017년 브릿G 게재

극히 드문
개들만이

초판 1쇄 발행   2021년 11월 5일

지은이   이나경
펴낸이   박은주
편집장   최재천
기획   김아린
편집   설재인
디자인   김선예, 서예린, 오유진
마케팅   박동준

발행처   (주)아작
등록   2015년 9월 9일(제2021-000132호)
주소   04050 서울특별시 마포구 양화로 156
LG팰리스빌딩 1428호
전화   02.324.3945-6   **팩스**   02.324.3947
이메일   decomma@gmail.com
홈페이지   www.arzak.co.kr

ISBN   979-11-6668-641-2 03810

© 이나경, 2021

책 값은 표지 뒤쪽에 있습니다.
잘못 만들어진 책은 구입하신 서점에서 교환해 드립니다.